A CONFISSÃO DE UM FILHO DO SÉCULO

ALFRED DE MUSSET

A CONFISSÃO DE UM FILHO DO SÉCULO

tradução
Maria Idalina Ferreira Lopes

prefácio de
Verónica Galíndez

Copyright © Editora Manole Ltda., por meio de contrato com a tradutora.

Amarilys é um selo editorial Manole.
Este livro contempla as regras do Acordo Ortográfico de 1990, que entrou em vigor no Brasil.

Editor-gestor: Walter Luiz Coutinho
Editor: Enrico Giglio
Produção editorial: Luiz Pereira
Projeto gráfico, editoração eletrônica e capa: Studio DelRey

Dados Internacionais de Catalogação na Publicação (CIP)
(Câmara Brasileira do Livro, SP, Brasil)

Musset, Alfred de, 1810-1857.
A confissão de um filho do século/Alfred de Musset;
tradução Maria Idalina Ferreira Lopes. – Barueri, SP: Amarilys, 2016.

Título original: La Confession d'un enfant du siècle.
ISBN 978-85-204-3937-1
1. Ficção francesa I. Título.

15-10982   CDD-843

Índice para catálogo sistemático:
1. Ficção: Literatura francesa 843

Todos os direitos reservados.
Nenhuma parte deste livro poderá ser reproduzida, por qualquer processo, sem a permissão expressa dos editores. É proibida a reprodução por xerox.

A Editora Manole é filiada à ABDR — Associação Brasileira de Direitos Reprográficos.

Edição brasileira – 2016

Editora Manole Ltda.
Av. Ceci, 672 — Tamboré
06460-120 — Barueri — SP — Brasil
Tel.: (11) 4196-6000 — Fax: (11) 4196-6021
www.manole.com.br / www.amarilyseditora.com.br
info@amarilyseditora.com.br

Impresso no Brasil / *Printed in Brazil*

ALFRED DE MUSSET

(Paris, 11 de Dezembro de 1810 — Paris, 2 de Maio de 1857)

Musset talvez tenha sido o mais jovem poeta a integrar o Cenáculo [Cénacle], salão literário dirigido por Charles Nodier, importante e reconhecido escritor romântico. Sempre precoce, aluno destacado de uma das mais prestigiosas escolas francesas, Musset dedica-se a todas as possibilidades que a escrita lhe oferece: prosa, poesia, novela, teatro. A frequentação do salão é importante para sua formação de poeta, pois ali conhece outros aspirantes a escritores, mas também encontra a mais importante personalidade da época: Victor Hugo. No entanto, contrariamente à maioria dos frequentadores do salão, recusa-se a prestar-lhe homenagem. Tempos depois, revisita sua frequentação do Cénacle e critica seus ritos e modos de atuação.

Aos 19 anos, em 1829, publica seu primeiro livro de poemas: *Contos de Espanha e da Itália*, que lhe rende fama imediata. Aos vinte anos já gozava de reputação equivalente a outros grandes nomes do romantismo, ainda que tenha se mostrado crítico à primeira geração da escola romântica.

Esse sucesso não chega sem consequências: ele rapidamente começa a frequentar a vida noturna, pela qual desenvolve gosto excessivo, sendo frequentemente caraterizado como dândi, o que o levou ao alcoolismo antes dos trinta anos e que foi a principal causa de sua morte. Para se sustentar nessa vida de excessos, ele decide se dedicar à dramaturgia, uma vez que as peças de teatro tinham uma saída comercial, o que raramente é o caso com a poesia. Assim, publica, em 1830, a comédia intitulada *A noite veneziana* [La Nuit Vénitienne].

Contrariamente ao sucesso obtido entre os poetas — tanto os mais velhos, quanto aqueles de sua geração — a sua peça de teatro se constitui como o mais retumbante fracasso. Ainda que esse feito o tenha afastado longamente dos palcos, não se pode dizer que o tenha afastado do teatro propriamente dito. Musset continua a escrever peças de teatro, desta vez "para ler", as publica em uma revista de grande circulação na época, a Revue des deux mondes, e depois em um volume intitulado *Um espetáculo em uma poltrona* [Un Spectacle dans un fauteuil]. Trata-se de título particularmente significativo no que concerne as questões centrais do teatro de Musset: o teatro levado aos limites de sua expressão poética, mas que acaba, na maioria das vezes, impossibilitando sua encenação. É o que acontece com sua peça mais conhecida: *Lorenzaccio*, publicada em 1834, mas somente encenada pela primeira vez em 1896. Uma peça que requeria uma quantidade impensável, na época, de artifícios técnicos, mas também de figurantes, por exemplo. Ainda assim, *Não se brinca com o amor* [*On ne badine pas avec l'amour*], faz sucesso até hoje, tendo sido representada no Brasil.

O fato biograficamente mais relevante de Musset, e que teve consequências notáveis para sua produção, além da depressão e do alcoolismo, é sem dúvida sua relação amorosa com George Sand. A reconhecida escritora — inspiração de muitos artistas de sua época e mais tarde também amante de Frédéric Chopin, assinava com pseudônimo masculino (para poder publicar na época) — já era personalidade reconhecida quando do idílio conturbado com o jovem Musset. Trata-se de referência importante por estar na origem dos maiores êxitos literários do poeta: *A confissão de um filho do século* e dos poemas conhecidos como "ciclo das noites", ambos escritos após a traumática ruptura com a escritora, que sempre foi vista por ele como tendo sido seu grande amor. Por sinal, um dos epítetos mais comuns relacionados a Musset é justamente "poeta das noites". Em ambos os casos, trata-se de narrar sua grande decepção amorosa, a grandeza do amor que a precedeu, sua queda. Foi uma fase que a crítica chamou de romantismo de "exaltação amorosa" e que hoje é visto como uma espécie de romantismo ultrapassado, algo fora de moda.

No entanto, o que parece ainda chamar muita atenção em *A confissão de um filho do século* é justamente tudo o que a ligação com Georges Sand e a posterior ruptura revelam em termos de contexto literário da época. Trata-se de uma prosa autobiográfica que nos permite acompanhar a construção de uma subjetividade poética, os comportamentos esperados de um escritor, as relações entre a literatura e a vida para um poeta que se diz romântico.

A "confissão" já é um gênero autobiográfico conhecido quando Musset o adota, tendo sido usado no plural, *Confissões*, por Jean-Jacques Rousseau, para sua obra autobiográfica monumental. As *Confissões* de Rousseau figuram, na história literária, como uma espécie de momento inaugural do que mais tarde viria a ser conhecido como Romantismo na França. Trata-se de uma empreitada que tem por objetivo uma autoavaliação do sujeito por meio de sistemático trabalho de escrita. Assim, é mais uma incursão pessoal, reflexiva, de um percurso de vida e de uma construção intelectual, do que propriamente um levantamento de acontecimentos importantes.

O FILHO DO SÉCULO E O MAL DO SÉCULO

A confissão de um filho do século é publicado em 1836, quando Musset tem 26 anos. O romance é composto de 5 partes com número de capítulos irregulares. Trata-se de contar seu amor pela escritora George Sand, vontade esta já expressa em cartas a ela endereçadas desde 1834. A versão da escritora sobre o idílio só será publicada após a morte de Musset, sob o título *Ela e ele* [Elle et lui], em 1859. Após a publicação, no mesmo ano, o irmão de Musset, Paul, publica *Ele e ela* [Lui et elle], como resposta a George Sand.

Ainda que narre um amor que tem uma equivalência na vida real, ou seja, de base autobiográfica, *Confissão* é considerado romance, pois todas as fontes estão ficcionalizadas. Assim, encontramos um narrador que se chama Otávio, tem 19 anos e descobre haver sido traído por sua amante.

De fato, o episódio desencadeador da escrita de Musset é exatamente esse: em viagem a Veneza com George Sand, Musset fica doente e é atendido por um médico, com quem George Sand o trai.

Em seguida, vemos que o romance se desprende do acontecimento específico para se dedicar a uma reflexão desiludida do amor, do dandismo, das práticas libertinas da vida noturna, do vazio que se instalam no protagonista. Temos uma narrativa que explora as profundezas de uma construção sentimental. Caracteriza-se, aos poucos, o "mal do século" : o drama de uma geração, seu desespero. A sociedade está corrompida, perdida, as únicas saídas estão na antiguidade, distante demais para poder se constituir como proposta viável. As promessas da Revolução Francesa, que impulsionaram o surgimento do romantismo, não se concretizam. Os letrados se sentem profundamente melancólicos, entediados, atingidos por uma espécie de imobilismo político. Todas as alternativas foram exploradas, mas com fracassos repetidos. O tédio reina. O mal do século é uma doença da alma. O homem está perdido e não tem razão de viver.

No romance, essa desilusão construída na primeira parte, desencadeada por um contexto sócio-político, acaba tendo consequências para a vida amorosa do herói: quando consegue viver um segundo amor, ele é incapaz de confiar plenamente no amor da mulher com a qual está. Essa desconfiança marca todas as relações do "filho do século", pois está baseada nas desilusões vividas, pela traição do primeiro amor, que deixa marcas profundas. Por meio da "educação sentimental" do herói, percebemos, ainda, uma incapacidade de viver a experiência temporal: há uma espécie de recusa do passado (marcado pela melancolia), um desgosto com relação ao presente (marcado pelo tédio) e uma profunda descrença no futuro (marcada pelas grandes dúvidas metafísicas). Eis elementos que também encontraremos em outras "educações sentimentais" da literatura francesa, como em *O vermelho e o negro* de Stendhal e *A educação sentimental* de Flaubert.

Em *A confissão de um filho do século* poderemos acompanhar a proposta romântica de Musset no que ela tem de mais específico: a experiência pessoal, e ao mesmo tempo de transcendente ou de político: a reflexão analítica a respeito de sua geração, de seu contexto.

Verónica Galíndez
Professora Doutora em Literatura Francesa
da Universidade de São Paulo

Os trechos marcados com itálico no texto a seguir apresentam nota do tradutor ao final do livro.

CAPÍTULO 1

PRIMEIRA PARTE

CAPÍTULO I

Para escrever a história de sua vida, antes é preciso ter vivido; por isso é a minha que escrevo.

Mas assim como um ferido afetado pela gangrena vai a um anfiteatro para que lhe cortem o membro apodrecido, e o professor que o amputa, cobrindo com um lençol branco o membro separado do corpo, o faz circular de mão em mão por todo o anfiteatro, para que os alunos o examinem; da mesma forma, quando certo tempo da existência de um homem, e, por assim dizer, um dos membros de sua vida, foi ferido e gangrenou por uma doença moral, ele pode cortar essa porção de si mesmo, separá-la do resto de sua vida, e fazê-la circular em praça pública, para que as pessoas da mesma idade apalpem e julguem a doença.

Assim, atingido, em minha tenra juventude, por uma doença moral abominável, narro o que me aconteceu durante três anos. Se eu fosse o único doente, nada diria; mas como muitos outros além de mim sofrem do mesmo mal, escrevo para eles, sem ter a certeza de que prestarão atenção; pois, caso ninguém se importe, minhas palavras me terão dado o fruto de minha cura, e, como a raposa presa na armadilha, terei roído meu pé prisioneiro.

CAPÍTULO II

Durante as guerras do império, enquanto maridos e irmãos estavam na Alemanha, mães inquietas puseram no mundo uma geração ardente, pálida, nervosa. Concebidos entre duas batalhas, educados nos colégios ao rufar de tambores, milhares de crianças se entreolhavam com uma expressão sombria, observando seus músculos franzinos. Vez ou outra seus pais, cobertos de sangue, apareciam, erguiam-nos sobre seus peitos enfeitados com medalhas de ouro, depois os colocavam no chão e tornavam a partir montados em seus cavalos.

Um único homem vivia, então, na Europa; os outros seres cuidavam de encher os pulmões com o ar que ele respirara. Todo ano, a França presenteava-lhe com trezentos mil jovens; e, tomando com um sorriso essa fibra nova arrancada do coração da humanidade, ele a torcia entre suas mãos, e tecia uma nova corda para seu arco; e então o armava com uma dessas flechas que atravessaram o mundo e acabaram caindo em um pequeno vale de uma ilha deserta, sob um salgueiro-chorão.

Nunca houve tantas noites insones como no tempo desse homem; nunca se viu tantas mães desoladas se inclinarem sobre as muralhas das cidades; nunca houve tamanho silêncio em torno daqueles que falavam de morte. E, no entanto, nunca houve tanta alegria, tanta vida, tantas canções de guerra em todos os corações; nunca houve tantos sóis tão puros como aqueles que secaram todo esse sangue. Diziam que Deus os fazia para esse homem, e eram chamados seus sóis de Austerlitz. Mas ele próprio os fazia com seus canhões sempre tonitruantes, e que deixavam nuvens só nos dias seguintes de suas batalhas.

Era o ar desse céu sem máculas, onde brilhavam tantas glórias, onde resplandecia tanto aço, que as crianças respiravam então. Elas se sabiam destinadas às hecatombes; mas imaginavam Murat invulnerável, e viram o imperador passar sobre uma ponte onde zuniam tantas balas que não se sabia se ele poderia morrer. E mesmo quando deveria ter morrido, o que foi aquilo? A própria morte era tão bela, tão grande, tão magnífica em sua púrpura fumegante! Parecia-se tanto com a esperança, e, de tanto ceifar espigas tão verdes, tornara-se jovem, e já não se acreditava mais na velhice. Todos os berços da França eram escudos, e todos os caixões também o eram, e não havia mais velhos, apenas cadáveres ou semideuses.

Mas, um dia, estando o imortal imperador sobre uma colina a olhar sete povos se entrematando, Azrael passou pela estrada e, não sabendo ainda se ele seria o senhor do mundo ou apenas da metade, roçou-o com a ponta de sua asa e jogou-o no oceano. Ao som de sua queda, as velhas crenças moribundas se reergueram em seus leitos de dor, e, avançando com suas patas recurvadas, todas as aranhas reais retalharam a Europa, e, com a púrpura de César, fizeram para si uma roupa de Arlequim.

Assim como um viajante que, enquanto segue seu caminho, corre dia e noite, faça chuva ou faça sol, sem se aperceber de suas vigílias nem dos perigos; mas, quando chega ao seio de sua família e senta-se diante da lareira, experimenta uma lassidão sem limites e mal consegue se arrastar até a cama; a França, viúva de César, sentiu subitamente sua ferida. Desmaiou e adormeceu tão profundamente que seus velhos reis, acreditando na sua morte, envolveram-na em uma mortalha branca. O velho exército de cabelos grisalhos retornou esgotado de fadiga, e as lareiras dos castelos desertos reacenderam-se tristemente.

Então esses homens do Império, que tanto correram e tanto degolaram, abraçaram suas mulheres esquálidas e falaram de seus primeiros amores; miraram-se nas fontes de suas campinas natais e viram-se tão velhos, tão mutilados, que se lembraram de seus filhos para que lhes fechassem os olhos. Perguntaram onde eles estavam; os filhos saíram dos colégios e, não vendo nem sabres, nem armaduras, nem infantaria, nem cavaleiros, perguntaram, por sua vez, onde estavam seus pais. Responderam-lhes que a guerra terminara, que César estava morto e que os retratos de Wellington e de Blücher estavam pendurados nas antecâmaras dos consulados e das embaixadas, com essas duas palavras embaixo: *Salvatoribus mundi.*

E, então, uma juventude ansiosa sentou-se sobre um mundo em ruínas. Todos esses filhos eram como gotas de sangue fervente que inundara a terra; nasceram no seio da guerra, para a guerra. Sonharam durante quinze anos com as neves de Moscou e o sol das Pirâmides; foram forjados no desprezo pela vida como jovens espadas. Não saíram de suas cidades, mas lhes disseram que, por cada porta dessas cidades, ia-se a uma capital da Europa. Tinham na cabeça todo um mundo; olhavam a terra, o céu, as ruas e os caminhos, tudo estava vazio, e, ao longe, ressoavam solitários os sinos de suas paróquias.

Pálidos fantasmas, cobertos de vestimentas negras, atravessavam lentamente os campos; outros batiam às portas das casas e, assim que eram abertas, tiravam de seus bolsos grandes pergaminhos desgastados, com os quais expulsavam os habitantes. De todos os lados chegavam homens ainda trêmulos do mesmo medo que os tomara em sua partida, vinte anos antes. Todos pediam, disputavam e gritavam; e se surpreendiam que uma única morte atraísse tantos corvos.

O rei da França estava em seu trono, olhando aqui e ali buscando uma *abelha* em suas tapeçarias. Uns lhe estendiam o chapéu, e ele lhes dava dinheiro; outros lhe mostravam um crucifixo, e ele o beijava; outros se contentavam em gritar ao seu ouvido grandes nomes retumbantes, e a esses respondia que fossem para o salão, pois ali os ecos eram sonoros; outros ainda lhe mostravam seus velhos casacos, e como tinham apagado as abelhas, a esses dava uma vestimenta nova.

Os jovens olhavam tudo isso, sempre pensando que a sombra de César iria desembarcar em Cannes e assoprar essas larvas; mas o silêncio permanecia, e viam flutuar no céu apenas a palidez dos lírios. Quando os jovens falavam de glória, diziam-lhes: "Tornem-se padres"; quando falavam de ambição: "Tornem-se padres"; de esperança, de amor, de força, de vida: "Tornem-se padres".

Contudo, subiu na tribuna um homem segurando em sua mão um contrato entre o rei e o povo; ele começou a dizer que a glória era uma bela coisa, e que a ambição e a guerra também o eram, mas que havia uma ainda mais bela, chamada liberdade.

Os jovens ergueram a cabeça e se lembraram de seus avós, que também falaram isso. Lembraram-se de ter encontrado, nos cantos escuros da casa paterna, bustos misteriosos com longos cabelos de mármore e uma inscrição romana; lembraram-se de ter visto à noite, na vigília, seus antepassados balançarem a cabeça e falarem de um rio de sangue muito mais terrível que o do imperador. Para eles, havia, nessa palavra liberdade, algo que lhes fazia bater o coração ao mesmo tempo como uma longínqua e terrível lembrança e como uma cara esperança, mais longínqua ainda.

Estremeceram ao ouvi-la; mas, voltando para casa, viram três caixões sendo levados a Clamart: eram três jovens que pronunciaram alto demais a palavra liberdade.

Diante dessa triste visão, um estranho sorriso aflorou em seus lábios. Mas outros oradores, ao subir à tribuna, começaram a calcular publicamente o quanto custava a ambição, e a glória era bem cara; mostraram o horror da guerra e chamaram de carnificina as hecatombes. E falaram tanto e por tanto tempo que todas as ilusões humanas, como árvores no outono, caíam folha por folha em torno deles, e aqueles que os ouviam passavam a mão sobre a testa, como febris que despertam.

Uns diziam: "A queda do imperador foi causada pelo povo que não o queria mais"; outros: "O povo queria o rei; não, a liberdade; não, a razão; não, a religião; não, a constituição inglesa; não, o absolutismo"; um último acrescentou: "Não! Não queríamos isso, mas o repouso". E continuaram assim, ora zombando, ora discutindo, durante muitos anos, com o pretexto de construir, demolindo pedra por pedra, de tal forma que não havia mais nada de vivo na atmosfera de suas palavras, e de repente os homens da véspera tornaram-se velhos.

Três elementos dividiam, então, a vida que se oferecia aos jovens: atrás deles, um passado para sempre destruído, agitando-se ainda sobre suas ruínas, com todos os fósseis dos séculos do absolutismo; diante deles, a aurora de um imenso horizonte, as primeiras claridades do futuro; e, além desses dois mundos... algo semelhante ao oceano que separa o velho continente da jovem América, algo vago e flutuante, um mar tempestuoso e pleno de naufrágios, atravessado vez ou outra por alguma vela branca distante ou por algum barco soprando um pesado vapor, o século presente, em uma palavra, que separa o passado do futuro, que não é nem um nem outro e que, ao mesmo tempo, se assemelha a ambos, e onde não se sabe, a cada passo dado, se se anda sobre uma semente ou sobre um escombro.

Eis em que caos foi então necessário escolher. Eis o que se apresentava aos jovens cheios de força e de audácia, filhos do império e netos da revolução.

Ora, do passado, nada queriam, pois a fé em nada não se oferece; o futuro, amavam-no, mas como? Como Pigmalião a Galateia. Para eles, era como uma amante de mármore, e eles esperavam que ela se animasse, que o sangue corresse em suas veias.

Restava-lhes, portanto, o presente, o espírito do século, anjo do crepúsculo, que não é nem noite nem dia; encontraram-no sentado sobre um saco de cal cheio de ossos, oprimido no casaco dos egoístas, e tremendo de um frio terrível. A angústia da morte entrou-lhes na alma diante desse espectro metade múmia e metade feto; aproximaram-se dele como o viajante a quem se mostra em Estraburgo a filha de um velho conde de Saverdern, embalsamada em seu vestido de noiva. Esse esqueleto infantil faz tremer, pois suas mãos delgadas e lívidas carregam o anel das casadas, e sua cabeça se desfaz em pó no meio das flores de laranjeiras.

Quando uma tempestade se aproxima, um vento terrível passa pelas florestas e todas as árvores estremecem, e vem, então, um profundo silêncio. Assim Napoleão abalara tudo ao passar pelo mundo; os reis sentiram sua coroa vacilar, e, levando a mão à testa, não encontraram nada além de seus cabelos eriçados de terror. O Papa fizera trezentas léguas para abençoá-lo em nome de Deus e lhe colocar seu diadema; mas ele o tomou de suas mãos. Assim, tudo estremecera nessa floresta lúgubre das potências da velha Europa, e veio, então, o silêncio.

Dizem que, ao encontrar um cão raivoso, se tiver a coragem de andar de forma grave, sem se virar, e de uma maneira regular, o cão se contenta em segui-lo durante certo tempo, rosnando entredentes; mas, se deixar escapar um gesto de terror, se der um passo demasiado rápido, ele se lança sobre você e o devora; pois, dada a primeira mordida, não há mais meio de lhe escapar.

Ora, na história europeia, muitas vezes um soberano fez esse gesto de terror e seu povo o devorou; mas se um o fez, nem todos o fizeram ao mesmo tempo, isto é, um rei desapareceu, mas não a majestade real. Diante de Napoleão, a majestade real fizera esse gesto que põe tudo a perder, e não apenas a majestade, mas a religião, a nobreza e toda a potência divina e humana.

Napoleão morto, as potências divinas e humanas estavam bem restabelecidas de fato; mas a crença nelas não mais existia. Há um perigo terrível em saber o que é possível, pois o espírito sempre avança mais. Outra coisa é pensar "Isto poderia ser" em vez de "Isto foi". Esta é a primeira mordida do cão.

Napoleão déspota foi o último lampejo da lâmpada do despotismo; destruiu e parodiou os reis, como Voltaire os livros santos. E depois dele ouviu-se um grande ruído, era a pedra de Santa Helena que acabara de cair sobre o antigo mundo. E logo surgiu no céu o astro glacial da razão; e seus raios, semelhantes aos da fria deusa das noites, derramando luz sem calor, envolveram o mundo em um lívido sudário.

Apareceram, então, pessoas que odiavam os nobres, que declamavam contra os padres, que conspiravam contra os reis; eles bem que gritaram contra os abusos e os preconceitos, mas a grande novidade foi ver o povo sorrindo. À passagem de um nobre, ou de um padre, ou de um soberano, os camponeses que fizeram a guerra balançavam a cabeça e diziam: "Ah, aquele ali em outro tempo e lugar tinha outro rosto". E quando falavam do trono e do altar, respondiam: "São quatro tábuas de madeira, nós as pregamos e despregamos". E quando lhes diziam "Povo, você retornou aos erros que cometeu; lembrou-se dos seus reis e de seus padres", eles respondiam "Não fomos nós, foram aqueles tagarelas ali". E quando lhes diziam "Povo, esqueça o passado, trabalhe e obedeça", levantavam de suas cadeiras, e ouvia-se um surdo impacto. Era um sabre enferrujado e quebrado que se agitara em um canto da choupana. Então logo se acrescentava: "Ao menos descanse; se não te prejudica, não busque prejudicá-lo". Ó Deus! Contentavam-se com isso.

Mas a juventude, essa não se contentava. Sem dúvida há no homem duas potências ocultas que se combatem até a morte: uma, clarividente e fria, apega-se à realidade, calcula, pesa e julga o passado; a outra tem sede de futuro e lança-se ao desconhecido. Quando a paixão vence o homem, a razão segue-o chorando e advertindo-o do perigo; mas, assim que o homem ouve a voz da razão, assim que se diz "É verdade, sou um louco; aonde estava indo?", a paixão lhe grita "E eu, vou então morrer?".

Um sentimento de mal-estar inexprimível começou, então, a fermentar em todos os corações jovens. Condenados ao repouso pelos soberanos do mundo, entregues a todo tipo de arrogantes, ao ócio e ao tédio, os jovens viam se afastar as vagas escumantes contra as quais haviam preparado seus braços. Todos esses gladiadores untados de óleo sentiam no fundo de sua alma uma insuportável miséria. Os mais ricos tornaram-se libertinos; os de uma fortuna medíocre arrumaram um emprego e contentaram-se ou com a justiça, ou com a espada; os mais pobres lançaram-se ao frio entusiasmo, às grandes palavras, ao horrível mar da ação sem objetivo. Como a fraqueza humana busca a associação, e os homens são, por natureza, rebanhos, a política também se meteu. Ia-se lutar com os guardas nos degraus da câmara legislativa, corria-se a uma peça de teatro onde Talma usava uma peruca que o fazia lembrar César, precipitava-se ao enterro de um deputado liberal. Mas, entre os membros dos dois partidos opostos, não havia um que, ao retornar para casa, não sentisse amargamente o vazio de sua existência e a pobreza de suas mãos.

E enquanto a vida lá fora era tão pálida e tão mesquinha, a vida interior da sociedade tomava um aspecto sombrio e silencioso; a mais severa hipocrisia reinava nos costumes; as ideias inglesas encontrando-se com a devoção, até a alegria desaparecera. Talvez fosse a Providência já preparando seus novos caminhos; talvez fosse o anjo anunciador das sociedades futuras já semeando no coração das mulheres os germes da independência humana, que algum dia elas exigiriam. Mas o certo é que, de repente, e tão inesperado, em todos os salões de Paris, os homens foram para um lado e as mulheres para o outro; e, assim, uns vestidos de branco, como as noivas, os outros vestidos de preto, como os órfãos, começaram a se medir com os olhos.

Mas não se enganem: essa roupa preta usada pelos homens de nosso tempo é um símbolo terrível; para poder usá-la, armaduras tiveram de cair peça por peça e os bordados flor por flor. A razão humana derrubou todas as ilusões, mas carrega seu próprio luto, para que a consolem.

Os costumes dos estudantes e dos artistas, tão livres, tão belos, tão cheios de juventude, ressentiram-se da mudança universal. Os homens, ao se separarem de suas mulheres, sussurraram uma palavra fatal: o desprezo; e entregaram-se ao vinho e às cortesãs. E os estudantes e os artistas fizeram o mesmo. O amor era tratado como a glória e a religião: uma ilusão antiga. Iam, então, aos lugares mal-afamados; a *costureira*, essa classe tão sonhadora, tão romanesca, e de um amor tão terno e tão suave, viu-se abandonada nos balcões das lojas. Era pobre, e não a amavam mais; e como desejasse ter vestidos e chapéus: vendeu-se. Ô miséria! O rapaz que deveria amá-la, que ela teria amado, aquele que, antes, a levava aos bosques de Verrières e de Romainville, aos bailes ao ar livre, às ceias sob as árvores; aquele que, à noite, vinha conversar sob o lampião, no fundo da loja, durantes as longas noites de inverno; aquele que com ela dividia seu pedaço de pão molhado com o suor de sua testa, e seu amor sublime e pobre; esse mesmo homem, depois de tê-la abandonado, encontrava-a em uma noite qualquer de orgia no fundo do lupanar, pálida e lívida, perdida para sempre, com a fome em seus lábios e a prostituição no coração.

Ora, naqueles tempos, dois poetas, os dois mais belos gênios do século após Napoleão, passaram a vida reunindo todos os elementos de angústia e de dor esparsos sobre o universo. Goethe, o patriarca de uma literatura nova, depois de descrever em Werther a paixão que leva ao suicídio, traçara em seu Fausto a mais sombria figura humana que já representou o mal e o infortúnio. E, da Alemanha, seus escritos começaram, então, a invadir a França.

Do fundo de seu gabinete de estudo, cercado de quadros e de estátuas, rico, feliz e tranquilo, observava com um sorriso paternal chegar a nós sua obra de trevas. Byron respondeu-lhe com um grito de dor que fez estremecer a Grécia e suspendeu Manfredo sobre os abismos, como se o vazio fosse a palavra do hediondo enigma com o qual se envolvia.

Perdoem-me, ó grandes poetas, que agora são um punhado de cinzas e repousam sob a terra, perdoem-me! São semideuses, e eu apenas uma criança que sofre. Mas, escrevendo tudo isso, não posso me impedir de amaldiçoá-los. Por que não cantaram o perfume das flores, as vozes da natureza, a esperança e o amor, a vinha e o sol, o azul e a beleza? Sem dúvida, conheciam a vida e, sem dúvida, sofreram; o mundo desabava ao seu redor, e vocês chorariam sobre suas ruínas, e desesperar-se-iam; e suas amantes os traíram, e seus amigos os caluniaram, e seus compatriotas os desprezaram. E vocês tinham o vazio no coração, a morte diante dos olhos, e eram colossos de dor. Mas, diga-me, nobre Goethe, não havia mais voz consoladora no murmúrio religioso de suas velhas florestas da Alemanha? Você, para quem a bela poesia era irmã da ciência, não podiam as duas encontrar na imortal natureza uma planta salutar para o coração de seu favorito? Você, que era um panteísta, um poeta antigo da Grécia, um amante das formas sagradas, não podia colocar um pouco de mel nesses belos vasos que sabia fazer, você que só tinha que sorrir e deixar as abelhas virem até seus lábios? E você, e você, Byron, não tinha perto de Ravena, sob as laranjeiras da Itália, sob esse belo céu veneziano, perto do seu amado Adriático, sua bem-amada? Ó Deus! Eu que lhe falo, e que não passo de uma frágil criança, conheci, talvez, males que você não sofreu, e, contudo, creio ainda na esperança e agradeço a Deus.

Quando as ideias inglesas e alemãs passaram, assim, sobre nossas cabeças, foi como um desgosto morno e silencioso, seguido de uma convulsão terrível. Pois formular ideias gerais é o mesmo que mudar o salitre em pólvora, e o cérebro homérico do grande Goethe sugara, como um alambique, todo o licor do fruto proibido. Aqueles que não leram então acreditaram nada saber. Pobres criaturas! A explosão levou-os, como grãos de poeira, ao abismo da dúvida universal.

Foi como uma negação de todas as coisas do céu e da terra, que se pode nomear desencantamento, ou se preferir, *desesperança*, como se a humanidade em letargia fosse considerada morta por aqueles que lhe sentiam o pulso. Assim como esse soldado a quem outrora se perguntou "Em que acredita?", e que logo respondeu: "Em mim", assim a juventude da França, ouvindo essa pergunta, logo respondeu: "Em nada".

E, então, dois campos se formaram: de um lado, os espíritos exaltados, sofredores, todas as almas efusivas que precisam do infinito dobraram a cabeça chorando; envolveram-se de sonhos doentios, e apenas frágeis caniços foram vistos sobre um oceano de amargura. De outro, os homens de carne permaneceram em pé, inflexíveis, no meio dos prazeres positivos, pensando apenas em contar o dinheiro que possuíam. Não passou de um soluço e de um acesso de riso, um vindo da alma e o outro, do corpo.

Eis, então, o que a alma dizia:

Ai! Ai! A religião se foi. As nuvens do céu caem em chuva, não temos mais nem esperança nem expectativa, nem dois pedaços de madeira preta em cruz diante dos quais estender as mãos. O rio da vida carrega grandes geleiras sobre as quais flutuam ursos polares. O astro do futuro mal se levanta; não pode sair do horizonte; ali permanece envolvido pelas nuvens; e, como o sol no inverno, seu disco surge com um vermelho-sangue que guardou de 1793. Não há mais amor, não há mais glória. Que espessa noite sobre a terra! E estaremos mortos quando o dia se erguer.

Eis, então, o que dizia o corpo:

O homem está na terra para se servir de seus sentidos; de um metal amarelo ou branco tem um pedaço maior ou menor e, por isso, direito a mais ou menos estima. Comer, beber, dormir é viver. Quanto aos elos existentes entre os homens, a amizade consiste em emprestar dinheiro; mas é raro ter um amigo que se possa amar o suficiente para isso. O parentesco serve para as heranças: o amor é um exercício do corpo; o único prazer intelectual é a vaidade.

Assim como na máquina pneumática uma bala de chumbo e uma pena caem com a mesma rapidez no vazio, os espíritos mais firmes acabaram sofrendo o mesmo destino que os mais fracos e também caíram antes nas trevas. Para que serve a força quando não se tem apoio? Não há qualquer recurso contra o vazio. E Goethe é a única prova que desejo. Ele que, quando nos fez tanto mal, sentira o sofrimento de Fausto antes de disseminá-lo e sucumbira como tantos outros, ele, filho de Espinosa, que devia apenas tocar a terra para reviver, como o fabuloso Anteu.

Mas, como a peste asiática exalada dos vapores do Ganges, a terrível *desesperança* andava a passos largos sobre a terra. Chateaubriand, príncipe da poesia, cobrindo o horrível ídolo com seu manto de peregrino, colocara-o sobre o altar de mármore, no meio dos perfumes dos incensórios sagrados. Cheios de uma força agora inútil, os filhos do século endureciam suas mãos ociosas e bebiam em sua taça estéril a poção envenenada. Tudo se abismava, quando os chacais saíram da terra. Uma literatura cadavérica e infecta, que só tinha a forma, mas uma forma hedionda, começou a regar com um sangue fétido todos os monstros da natureza.

Quem um dia ousaria narrar o que se passava nos colégios? Os homens duvidavam de tudo: os jovens negaram tudo. Os poetas cantavam o desespero: os jovens saíram das escolas com a fronte serena, o rosto fresco e vermelho e a blasfêmia na boca. E sendo o caráter francês naturalmente alegre e aberto, sempre predominante, os cérebros se encheram facilmente com as ideias inglesas e alemãs, mas os corações, demasiados leves para lutar e para sofrer, secaram como flores mirradas. Assim, o princípio de morte desceu friamente e sem abalo da cabeça às entranhas. Em vez do entusiasmo do mal, tivemos apenas a abnegação do bem; em vez do desespero, a insensibilidade. Jovens de quinze anos, sentados tranquilamente sob as árvores em flor, tinham como passatempo conversas que fariam estremecer de horror os bosques imóveis de Versailles. A comunhão de Cristo, a hóstia, esse símbolo eterno do amor celeste, servia para selar cartas; os filhos cuspiam o pão de Deus.

Bem-aventurados os que escaparam a esses tempos! Bem-aventurados os que passaram sobre os abismos olhando o céu! Certamente existiram, e esses nos lamentarão.

É verdade, infelizmente, que há na blasfêmia um grande desperdício de força que alivia o coração demasiado cheio. Quando um ateu, olhando seu relógio, concedia a Deus quinze minutos para fulminá-lo, certamente eram quinze minutos de cólera e de regozijo atroz que se ofertava. Era o paroxismo do desespero, um apelo sem nome a todas as potências celestes, uma pobre e miserável criatura contorcendo-se sob o pé que a esmaga, um grande grito de dor. E quem sabe? Aos olhos daquele que tudo vê, talvez uma prece.

Assim os jovens encontravam um emprego da força inativa na afetação do desespero. Zombar da glória, da religião, do amor, de tudo no mundo é um grande consolo para aqueles que nada sabem fazer; caçoam, assim, deles mesmos e dão-se razão mesmo recriminando-se. E como é agradável acreditar-se infeliz, quando se está apenas vazio e entediado. O deboche, além do mais, primeira conclusão dos princípios de morte, é um terrível moedor quando o assunto é se irritar.

E, por isso, os ricos diziam-se: "Só a riqueza é verdadeira; todo o resto é um sonho; desfrutemos e morramos". Os de medíocre fortuna diziam-se: "Só o infortúnio é verdadeiro, todo o resto é um sonho; blasfememos e morramos".

É demasiado negro? É exagerado? O que acham? Sou um misantropo? Permitam-me uma reflexão.

Lendo a história da queda do império romano, é impossível não perceber o mal que os cristãos, tão admiráveis no deserto, fizeram ao estado assim que tiveram o poder. Montesquieu disse: "Quando penso na ignorância profunda na qual o clero grego mergulhou os leigos, não posso deixar de compará-los aos Citas mencionados por Heródoto, que furavam os olhos de seus escravos, para que nada pudesse distraí-los e impedi-los de bater o leite. Nenhum assunto de estado, nenhuma paz, nenhuma guerra, nenhum sonho, nenhuma negociação, nenhum casamento, tudo era tratado apenas pelo intermédio dos monges. Jamais saberemos o mal que disso resultou."

Montesquieu poderia acrescentar: O cristianismo destruiu os imperadores, mas salvou os povos. Abriu aos bárbaros os palácios de Constantinopla, mas abriu as portas das choupanas aos anjos consoladores de Cristo. Eram os grandes da terra; e isso é mais interessante que os últimos balbucios de um império corrompido até a medula dos ossos, que o sombrio galvanismo por meio do qual ainda se agitava o esqueleto da tirania sobre o túmulo de Heliogábalo e de Caracala! Há algo mais belo de se conservar que a múmia de Roma embalsamada com os perfumes de Nero, coberta pela mortalha de Tibério! Tratava-se, senhores políticos, de ir ao encontro dos pobres e dizer-lhes: fiquem em paz; de deixar os vermes e as toupeiras roerem os monumentos da vergonha, mas tirar dos flancos da múmia uma virgem tão bela quanto a mãe do Redentor, a esperança amiga dos oprimidos.

Eis o que fez o cristianismo. E agora, tantos anos depois, o que fizeram os que o destruíram? Viram que o pobre deixava-se oprimir pelo rico, o fraco pelo forte, e, por isso, diziam a si mesmos: "O rico e o forte me oprimirão sobre a terra; mas quando desejarem entrar no paraíso, estarei na porta e os acusarei no tribunal de Deus". E assim, ó Deus, eles aguardavam.

Os antagonistas de Cristo disseram, então, ao pobre: "Tenha paciência até o dia de justiça, não há justiça; espere a vida eterna para ali reclamar sua vingança, não há vida eterna; recolha em um frasco suas lágrimas e as de sua família, os gritos de seus filhos e os soluços de sua mulher, para levá-los aos pés de Deus na hora de sua morte; não há Deus".

Claro que o pobre secou suas lágrimas, disse à sua esposa que se calasse, a seus filhos que viessem com ele, e se reergueu em sua gleba com a força de um touro. E disse ao rico: "Você que me oprime não passa de um homem"; e ao padre: "Mentiu-me, você que me consolou". Era justamente isso o que desejavam os antagonistas de Cristo. Talvez acreditassem fazer assim a felicidade dos homens, enviando o pobre à conquista da liberdade.

Mas se o pobre, tendo compreendido que os padres o enganam, que os ricos o roubam, que todos os homens têm os mesmos direitos, que todos os bens são deste mundo e que sua miséria é ímpia; se o pobre, acreditando nele e tendo em seus dois braços sua única crença, disse um belo dia "Guerra ao rico! A mim também as alegrias aqui da terra, pois o céu está vazio! A mim e a todos, pois todos são iguais!", ó pensadores sublimes que o conduziram até aqui, o que lhe dirão se for vencido?

Sim, são filantropos, sim, têm razão quanto ao futuro, e chegará o dia em que serão abençoados; mas ainda não, ainda não podemos abençoá-los. Quando, outrora, o opressor dizia: "A terra é minha!", respondia o oprimido: "O céu é meu". Agora, que responderá?

Toda a doença deste século tem duas causas; o povo, que passou por 1793 e por 1814, carrega no coração duas feridas. Tudo o que era não é mais; tudo o que será ainda não é. Não busque em outro lugar o segredo de nossos males.

Eis um homem cuja casa está em ruínas; ele a demoliu para construir outra. Os escombros jazem no terreno, e ele espera pedras novas para sua nova construção. No momento em que está pronto para talhar seus muros e fazer seu cimento, a picareta nas mãos, os braços levantados, dizem-lhe que não há pedras e o aconselham a lavar e a aproveitar as velhas. O que querem que faça, ele que não quer nenhuma ruína para construir o ninho para seus filhotes? Mas a pedreira é profunda, os instrumentos demasiado frágeis para dali retirar as pedras. "Espere", dizem-lhe, "vamos tirá-las pouco a pouco"; "Espere", "Trabalhe", "Avance", "Recue". Dizem-lhe tantas coisas. E, durante esse tempo, esse homem, não tendo mais sua antiga casa e ainda sem sua casa nova, não sabe como se proteger da chuva, como preparar sua refeição da noite, onde trabalhar, descansar, viver, morrer, e seus filhos são recém-nascidos.

Ou me engano estranhamente, ou nos parecemos com esse homem. Ó povos dos séculos futuros, quando, em uma manhã quente de verão, estiverem encurvados sobre suas carroças nos verdes campos da pátria; quando virem, sob um sol puro e sem mácula, a terra, sua mãe fecunda, sorrir em seu vestido matinal ao trabalhador, seu filho bem-amado; quando, enxugando sobre suas frontes tranquilas o santo batismo do suor, dirigirem seus olhares ao horizonte imenso, ali não haverá uma espiga mais alta que a outra na colheita humana, mas apenas mirtilo e margaridas no meio dos trigos amarelos. Ó homens livres, quando então agradecerem a Deus por terem nascido para essa colheita, pensem em nós que não estaremos mais aqui; digam que compramos muito caro o descanso do qual desfrutam, lamentem-nos mais que a seus pais, pois temos muitas dores que os tornam dignos de dó e perdemos o que os consolava.

CAPÍTULO III

Vou contar quando a doença do século apoderou-se de mim pela primeira vez.

Estava à mesa, em uma grande ceia, depois de um baile de máscaras. Ao meu redor, meus amigos ricamente vestidos, de todos os lados rapazes e mulheres, radiantes de beleza e de alegria; à direita e à esquerda iguarias refinadas, frascos, lustres, flores; acima de minha cabeça, uma orquestra animada e, diante de mim, minha amante, criatura soberba que eu idolatrava.

Tinha, então, dezenove anos, ainda não havia sofrido nenhum infortúnio nem doença; tinha um caráter ao mesmo tempo altivo e aberto, com todas as esperanças e um coração transbordante. Os vapores do vinho fermentavam em minhas veias, era um desses momentos de euforia em que tudo o que se vê e se ouve envolve a bem-amada. A natureza inteira é, então, como uma pedra preciosa com mil facetas, sobre a qual está gravado o nome misterioso. Abraçaríamos de bom grado todos aqueles que vemos sorrir e sentimo-nos irmãos de tudo o que existe. Minha amante marcara comigo um encontro à noite, e, observando-a, levava lentamente minha taça aos meus lábios.

Quando me virei para pegar um prato, meu garfo caiu. Abaixei-me para pegá-lo, e como não o encontrei, levantei a toalha para ver para onde rolara. Percebi, então, sob a mesa, o pé de minha amante pousado sobre o de um rapaz sentado ao seu lado, suas pernas estavam cruzadas e entrelaçadas e, vez ou outra, se apertavam suavemente.

Levantei-me perfeitamente calmo, pedi outro garfo e continuei a cear. Minha amante e seu vizinho também estavam muito tranquilos, falando-se pouco e não se olhando. O rapaz tinha os cotovelos sobre a mesa e brincava com outra mulher que lhe mostrava seu colar e seus braceletes. Minha amante estava imóvel, os olhos fixos e sonhadores. Observei-os enquanto durou a refeição e não vi nem em seus gestos, nem em seus rostos nada que pudesse traí-los. No final, quando serviram a sobremesa, derrubei meu guardanapo no chão e, como me abaixei novamente, encontrei-os na mesma posição, estreitamente ligados um ao outro.

Havia prometido à minha amante levá-la de volta à sua casa. Ela era viúva e, consequentemente, bastante livre, graças a um velho parente que a acompanhava e a protegia. Enquanto eu atravessava o peristilo, ela me chamou. "Vamos, Otávio" — disse-me — "vamos embora, estou aqui." Comecei a rir e saí sem responder. Depois de alguns passos, sentei-me sobre um pilar. Nem sei em que pensava; estava meio embrutecido e sentindo-me um idiota pela infidelidade dessa mulher, de quem nunca fora ciumento e da qual jamais suspeitara. Como o que acabara de ver não me deixava nenhuma dúvida, não me lembro de nada do que se operou em mim enquanto permaneci sobre esse pilar, a não ser que, olhando maquinalmente o céu e vendo uma estrela cadente, saudei essa aparição fugitiva, na qual os poetas veem um mundo destruído, e tirei dignamente meu chapéu.

Voltei tranquilamente para casa, não desejando nada, não sentindo nada, estava privado de reflexão. Despi-me e fui para a cama; porém, mal apoiei minha cabeça sobre a cabeceira, os espíritos de vingança apoderaram-se de mim com tal força que parecia que todos os músculos de meu corpo haviam se tornado de madeira. Levantei da cama gritando, com os braços estendidos, conseguindo andar só sobre os calcanhares, até os nervos dos meus dedos estavam contraídos. Permaneci assim por quase uma hora, completamente louco e rígido como um esqueleto. Foi o primeiro acesso de cólera que experimentei.

O homem que eu surpreendera junto de minha amante era um de meus mais íntimos amigos. No dia seguinte, fui à sua casa, acompanhado de um jovem advogado chamado Desgenais; pegamos as pistolas, outra testemunha, e fomos ao bosque de Vincennes.

Durante todo o caminho, evitei falar com meu adversário e até mesmo me aproximar dele; resisti, assim, ao desejo de lhe bater ou de insultá-lo, pois esse tipo de violência é sempre hediondo e inútil, já que a lei permite o combate em regra. Mas não pude evitar ter os olhos fixos sobre ele. Era um de meus camaradas de infância, e, nos últimos anos, houvera entre nós uma constante troca de favores. Ele conhecia perfeitamente meu amor por minha amante e já me falara claramente que esses tipos de vínculos eram sagrados para um amigo, que jamais pensaria em me substituir, mesmo que amasse a mesma mulher que eu. Enfim, confiava plenamente nele e creio que nunca apertei a mão de uma criatura de forma mais cordial que a sua.

Eu olhava curiosamente, avidamente, esse homem que, como um herói da antiguidade, ouvira falar da amizade e acabara de ver acariciando minha amante. Era a primeira vez em minha vida que via um monstro. Eu o media com um olhar extenuado para observar qual era seu caráter. Ele, que eu conhecia desde os dez anos, com quem vivi dia após dia na mais perfeita e na mais estreita amizade, parecia-me que nunca o vira. Usarei aqui uma comparação.

Há uma peça espanhola, muito conhecida, na qual uma estátua de pedra, enviada pela justiça celeste, vem cear na casa de um debochado. O debochado se contém e faz o possível para parecer indiferente, mas a estátua pede que lhe dê a mão, e, assim que a dá, o homem se sente tomado por um frio mortal e cai em convulsões.

Ora, todas as vezes que, durante minha vida, confiei por muito tempo ou em um amigo ou em uma amante e, subitamente, descobri que fora enganado, só posso explicar o efeito causado por essa descoberta comparando-o com o aperto de mão da estátua. É verdadeiramente a impressão do mármore, como se a realidade, em toda sua mortal frieza, congelasse-me com seu beijo; é o toque do homem de pedra. Ai de mim! O terrível conviva bateu mais de uma vez à minha porta; mais de uma vez ceamos juntos.

Contudo, os arranjos feitos, meu adversário e eu nos colocamos em linha, avançando lentamente um na direção do outro. Ele atirou primeiro e estraçalhou meu braço direito. Peguei, então, minha pistola com a outra mão, mas não pude levantá-la, faltando-me forças, e caí de joelhos.

Vi, então, meu inimigo avançar precipitadamente, com um ar inquieto e o rosto muito pálido. Minhas testemunhas correram ao mesmo tempo, vendo que eu estava ferido, mas ele os afastou e pegou a mão de meu braço atingido. Seus dentes estavam cerrados e não conseguia falar: vi sua angústia. Ele sofria da mais terrível dor que o homem pode experimentar. "Vá, eu gritava, vá se secar nos lençóis de ***!" Os dois sufocávamos.

Colocaram-me em um fiacre, onde encontrei um médico. A ferida não era grave, já que a bala não atingiu nenhum osso; mas eu estava tão agitado que foi impossível fazer um curativo ali naquele momento. Quando o fiacre partiu, vi, na portinhola, uma mão trêmula; era meu adversário que retornara. Balancei a cabeça como única resposta; estava com tanta raiva que qualquer esforço feito para perdoá-lo teria sido inútil, mesmo sentido que seu arrependimento era sincero.

Quando cheguei a casa, o sangue que escorria abundantemente de meu braço aliviou-me muito; pois a fraqueza libertou-me de minha cólera, que me causava mais dor que meu ferimento. Foi uma alegria me deitar e creio nunca ter bebido nada mais agradável que o copo de água que me deram.

Assim que me deitei, a febre tomou-me. E, como o fantasma de minha bela e adorada amante viera se inclinar sobre mim, comecei a chorar. O que não podia conceber não era que tivesse deixado de me amar, mas que me enganara. Não compreendia por que uma mulher, que não é forçada nem pelo dever, nem pelo interesse, pode mentir a um homem quando ama outro.

Perguntava vinte vezes por dia a Desgenais como isso era possível. "Se eu fosse seu marido", dizia, "ou se a pagasse, conceberia que ela me enganasse. Mas por que, se não me amava mais, não me dizê-lo? Por que me enganar?" Não concebia que se pudesse mentir em amor; era, então, uma criança e confesso que ainda hoje não compreendo. Todas as vezes que me apaixonei por uma mulher, disse-lhe, e todas as vezes que deixei de amar uma mulher, também lhe disse, com a mesma sinceridade, pois sempre pensei que, sobre essas coisas, não somos donos de nossa vontade e que o único crime é a mentira.

Desgenais, a tudo o que eu dizia, respondia: "É uma miserável, prometa-me não vê-la mais". Jurei-lhe solenemente. E também me aconselhou a não lhe escrever, nem mesmo para recriminá-la, e, se me escrevesse, a não lhe responder. Prometi-lhe tudo isso, quase surpreso por me ter pedido e indignado por ter suposto o contrário.

Contudo, a primeira coisa que fiz, assim que pude me levantar e sair de meu quaro, foi correr à casa de minha amante. Encontrei-a sozinha, sentada em uma cadeira em um canto de seu quarto, o rosto abatido e desleixado. Ataquei-a com as mais violentas recriminações, estava embriagado de desespero. Gritava para que ecoasse por toda a casa, e, ao mesmo tempo, as lágrimas, às vezes, cortavam-me a fala tão violentamente que caí sobre a cama para deixá-las escorrer.

— Ah! Infiel. Ah! Infeliz! — dizia-lhe chorando. — Você sabe que morreria disso; isso lhe causa prazer? O que lhe fiz?

Ela jogou-se ao meu pescoço, disse-me que fora seduzida, levada, que meu rival a embriagara nessa ceia fatal, mas que nunca lhe pertencera; que se entregara a um momento de esquecimento; que cometera um erro, mas não um crime; enfim, que via bem todo o mal que me causara, mas que se eu não a quisesse mais, ela também morreria. Tudo o que o arrependimento sincero tem de lágrimas, tudo o que a dor tem de eloquência, ela esgotou para me consolar. Pálida e desorientada, o vestido entreaberto, os cabelos espalhados sobre os ombros, de joelhos no meio do quarto, nunca a vira tão bela, eu estremecia de horror enquanto todos meus sentidos inflamavam-se a esse espetáculo.

Saí rapidamente, não vendo mais nada e mal conseguindo me sustentar. Não queria revê-la mais; mas retornei depois de quinze minutos. Não sei que força desesperada para ali me empurrava; tinha uma espécie de surda vontade de possuí-la mais uma vez, beber sobre seu corpo magnífico todas essas lágrimas amargas e depois nos matarmos. Enfim, eu a odiava e a idolatrava; sentia que seu amor era minha perdição, mas que viver sem ela era impossível. Subi até sua casa como um raio; não falei com nenhum empregado, entrei direto, conhecendo a casa, e empurrei a porta de seu quarto.

Encontrei-a sentada diante de sua penteadeira, imóvel e coberta de joias. Sua criada de quarto a penteava; ela segurava em sua mão um pedaço de crepe vermelho que passava suavemente sobre as faces. Pensei que sonhava; parecia-me impossível que essa fosse a mesma mulher que acabara de ver, havia quinze minutos, mergulhada na dor e estendida sobre o chão. Permaneci como uma estátua. Ela, ouvindo a porta se abrir, girou a cabeça sorrindo. "É você?", disse. Ia ao baile e esperava meu rival que devia conduzi-la. Reconheceu-me, cerrou os lábios e franziu a testa.

Dei um passo para sair; olhei sua nuca, lisa e perfumada, onde seus cabelos estavam presos e sobre a qual cintilava um pente de diamantes. Essa nuca, sede da força vital, estava mais negra do que o inferno; nela estavam presas duas tranças brilhantes, e leves ondas de prata se balançavam por cima. Seus ombros e seu pescoço, mais brancos que o leite, deixavam escapar a penugem rude e abundante.

Havia nessa cabeleira trançada algo de despudoradamente belo que parecia zombar da desordem em que a vira um instante atrás. Avancei de repente e bati nessa nuca com as costas de meu punho fechado. Minha amante não gritou, caiu sobre suas mãos. Depois disso, saí correndo.

Voltei para casa. A febre retornou com tal violência que fui obrigado a me deitar. Meu ferimento abrira novamente e doía muito. Desgenais veio me ver; contei-lhe tudo o que se passara. Ouviu-me em um grande silêncio, depois andou por algum tempo pelo quarto como um homem indeciso. Enfim, parou diante de mim, e começou a rir.

— É sua primeira amante? — perguntou-me.

— Não! — disse-lhe — É a última.

Por volta da meia-noite, como dormia de um sono agitado, pareceu-me em sonho ouvir um profundo suspiro. Abri os olhos e vi minha amante em pé ao lado da cama, os braços cruzados, parecida com um espectro. Não pude conter um grito de pavor, acreditando em uma aparição saída de meu cérebro doente. Saltei da cama e fui para o outro lado do quarto; mas ela veio até mim.

— Sou eu — disse e, agarrando-me, puxou-me.

— O que você quer? — gritei. — Largue-me! Sou capaz de matá-la agora mesmo.

— Pois então! Mate-me — disse ela. — Eu o traí, menti, sou infame e miserável, mas o amo e não posso ficar sem você.

Olhei-a; como estava linda! Todo seu corpo tremia; seus olhos, perdidos de amor, vertiam torrentes de volúpia; seu colo estava nu; seus lábios ardiam.

Ergui-a em meus braços.

— Assim seja — disse-lhe —, mas, diante de Deus que nos vê, pela alma de meu pai, juro que a mato nesse instante e a mim também.

Peguei uma faca de mesa que estava sobre a lareira e a coloquei sob o travesseiro.

— Vamos, Otávio — disse-me sorrindo e beijando-me —, não faça nenhuma loucura. Venha, minha criança, todos esses horrores lhe fazem mal, você está com febre. Dê-me essa faca.

Vi que queria pegá-la.

— Ouça-me — disse-lhe, então —, não sei quem você é e que comédia está representando, mas, quanto a mim, eu não a represento. Amei-a tanto quanto um homem pode amar sobre a terra e, para minha infelicidade e minha morte, saiba que ainda a amo perdidamente. Você vem me dizer que também me ama, assim espero; mas, pelo que há de mais sagrado no mundo, se sou seu amante esta noite, outro não o será amanhã. Diante de Deus, diante de Deus — eu repetia —, não a quero como minha amante, pois a detesto tanto quanto a amo. Diante de Deus, se me quer, eu a mato amanhã de manhã — e quando acabei de falar, caí em um completo delírio.

Ela jogou seu casaco sobre os ombros e saiu correndo.

Quando Desgenais soube da história, disse-me:

— Por que não a quis? Parece-me muito desencantado; é uma bela mulher.

— Está brincando? — disse-lhe. — Acredita que esse tipo de mulher possa ser minha amante? Acredita que concorde em dividi-la com outro? Imagina que ela mesma me confesse que outro a possui e quer que eu esqueça que a amo para também possuí-la? Se esses são seus amores, você me causa pena.

Desgenais respondeu-me que amava apenas as solteiras e que não as olhava de tão perto.

— Meu caro Otávio — acrescentou —, você é bastante jovem; gostaria de ter muitas coisas, e belas coisas, mas que não existem. Acredita em uma singular forma de amor; talvez seja capaz disso; eu o creio, mas não lhe desejo isso. Você terá outras amantes, meu amigo, e um dia lamentará o que aconteceu esta noite. Quando essa mulher veio encontrá-lo, é claro que o amava; talvez não o ame nesse exato momento, talvez esteja nos braços de outro; mas o amava naquela noite, neste quarto; e o que importa o resto? Aquela era uma bela noite e lamentará, tenha certeza, pois ela não retornará. Uma mulher perdoa tudo, menos que não a desejem. Era necessário que o amor dela por você fosse imenso para que viesse ao seu encontro, sabendo-se e confessando-se culpada, talvez imaginando que seria recusada. Acredite-me, você lamentará esta noite, pois sou eu que lhe digo que não terá outra.

Havia em tudo o que Desgenais dizia um ar de convicção tão simples e tão profundo, uma tranquilidade de experiência tão desesperadora, que estremecia ao ouvi-lo.

Enquanto ele falava, eu experimentava uma violenta tentação de ir à casa de minha amante ou de lhe escrever para fazê-la vir. Era incapaz de me levantar, isso me salvou da vergonha de me expor novamente e encontrá-la esperando meu rival ou trancada com ele. Mas ainda podia lhe escrever; perguntava-me, mesmo assim, caso o fizesse, se ela viria.

Assim que Desgenais partiu, senti uma agitação tão medonha, que resolvi acabar com aquilo, fosse como fosse. Depois de uma luta terrível, o horror venceu, enfim, o amor. Escrevi à minha amante que não a veria mais e pedia-lhe para não mais voltar, se não quisesse passar pelo constrangimento de ser recusada em minha porta. Toquei violentamente a campainha e ordenei que a carta fosse levada o mais rápido possível. Assim que meu empregado fechou a porta, chamei-o de volta. Como não me ouviu, não ousei chamá-lo uma segunda vez, coloquei minhas mãos sobre meu rosto e permaneci mergulhado no mais profundo desespero.

Capítulo IV

Na manhã seguinte, ao raiar do dia, meu primeiro pensamento foi me perguntar: "E agora, o que farei?".

Não tinha nenhum emprego, nenhuma ocupação. Estudara medicina, direito, sem me decidir por uma ou outra dessas duas carreiras; trabalhara seis meses para um banqueiro, com tal irregularidade que fora obrigado a pedir minha demissão antes de ser demitido. Fiz bons estudos, mas superficiais, tenho uma memória que exige exercício e que esquece tão fácil quanto aprende.

Meu único tesouro, depois do amor, era a independência.

Desde minha puberdade, dediquei-lhe um culto selvagem e, de certa forma, eu a tinha consagrado em meu coração. Foi em um dia qualquer, quando meu pai, já pensando em meu futuro, falou-me de várias carreiras, entre as quais me deixava a escolha. Estava encostado à janela e olhava um álamo magro e solitário que se balançava no jardim. Refletia sobre todos esses diversos trabalhos e deliberava para escolher um. Virei e revirei todos em minha cabeça um depois do outro até o último e, como nenhum me atraía, deixei flutuar meus pensamentos. Pareceu-me subitamente sentir a terra se mover, e a força surda e invisível que a carrega no espaço tornar-se perceptível aos meus sentidos; eu a via subir ao céu, tinha a impressão de estar em um navio; o álamo diante de meus olhos era como o mastro de um barco; levantei-me, estendi meus braços e gritei: "Não é lá grande coisa ser passageiro de um dia sobre este navio flutuando no éter; é muito pouco ser um homem, um ponto negro sobre este navio; serei um homem, mas não uma espécie de homem particular".

Foi este meu primeiro desejo pronunciado aos catorze anos diante da natureza; e, desde então, tudo que tentei foi por obediência a meu pai, mas nunca consegui vencer minha repugnância.

Era, no entanto, livre, não por preguiça, mas por vontade; e, além do mais, amava tudo o que Deus fez, e muito pouco o que o homem fez. Da vida, só conhecia o amor; do mundo, só minha amante, e isso me bastava. Por isso, apaixonando-me na época em que saí do colégio, acreditei sinceramente que era por toda minha vida, e qualquer outro pensamento desapareceu.

Minha existência era sedentária. Passava o dia na casa de minha amante; meu maior prazer era levá-la ao campo durante os belos dias de verão e deitar-me com ela nos bosques, sobre a relva ou o musgo; o espetáculo da natureza em seu esplendor sempre me fora o mais poderoso dos afrodisíacos. No inverno, como ela gostava de sair, íamos aos bailes e às festas à fantasia, de maneira que essa vida ociosa nunca cessava; e como só pensara nela enquanto me fora fiel, encontrei-me sem um pensamento quando ela me traiu.

Para se ter uma ideia do estado em que se encontrava então meu espírito, o melhor que posso fazer é compará-lo a um desses apartamentos que se vê hoje em dia, onde se reúnem e se confundem móveis de todos os tempos e países. Nosso século não tem formas. Não demos o selo de nosso tempo nem às nossas casas, nem aos nossos jardins, nem ao que quer que seja. Nas ruas, encontramos pessoas que têm a barba cortada como no tempo de Henrique III, outros sem barba, outros têm os cabelos arrumados como os de um retrato de Rafael, e outros como no tempo de

Jesus Cristo. Por isso, os apartamentos dos ricos são gabinetes de curiosidades: o antigo, o gótico, o gosto pelo Renascimento, o de Luís XIII, tudo está misturado. Enfim, temos de todos os séculos, fora o nosso, coisa nunca vista em outra época; o ecletismo é nosso gosto; pegamos tudo o que encontramos: isso por sua beleza, aquilo por sua comodidade, aquela outra coisa por sua antiguidade, esta por sua própria feiura; e assim vivemos só de escombros, como se o fim do mundo estivesse próximo.

Esse era meu espírito. Lera muito e também aprendera a pintar. Sabia de cor uma grande quantidade de coisas, mas nada ordenado, de modo que minha cabeça estava ao mesmo tempo vazia e inchada, como uma esponja.

Apaixonei-me por todos os poetas, um depois do outro; mas, sendo de uma natureza impressionável, o último que chegava tinha o dom de me fazer rejeitar os outros. Tornei-me uma grande loja de ruínas, e, por fim, não tendo mais sede de tanto beber a novidade e o desconhecido, eu mesmo tornei-me uma ruína.

Contudo, sobre ela havia ainda algo de bem jovem; era a esperança de meu coração, que era apenas uma criança.

Essa esperança, que nada esmaecera nem corrompera e que o amor exaltara até o excesso, recebera subitamente um golpe mortal. A perfídia de minha amante a atingira no mais alto de seu voo, e, quando pensava nisso, sentia na alma algo que definhava convulsivamente, como um pássaro ferido que agoniza.

A sociedade, que faz tanto mal, assemelha-se àquela serpente da Índia cuja casa é a folha da mesma planta que cura sua mordida. Ela quase sempre apresenta o remédio ao lado do sofrimento que causou. Por exemplo, um homem que tem sua existência regrada, os negócios de manhã, as visitas a tal hora, o trabalho em outra, o amor naquela outra, não corre risco quando perde sua amante.

Suas ocupações e seus pensamentos são como esses soldados impassíveis, enfileirados para a batalha em uma mesma linha; um tiro derruba um, os vizinhos se agrupam, e ele desaparece.

Eu não tinha esse recurso; a natureza, minha querida mãe, depois que estava sozinho, parecia-me, ao contrário, mais vasta e mais vazia que nunca. Se pudesse esquecer completamente minha amante, teria sido salvo. Quantas pessoas precisam de tão menos para se curarem! Essas são incapazes de amar uma mulher infiel, e sua conduta, em tal caso, é de uma firmeza admirável. Então é assim que se ama aos dezenove anos, quando, não conhecendo nada do mundo, desejando tudo, o jovem sente ao mesmo tempo o germe de todas as paixões? Do que essa idade duvida? À direita, à esquerda, ali, no horizonte, em toda parte, alguma voz o chama. Tudo é desejo, tudo é fantasia. Não há realidade que se sustente quando o coração é jovem; não há carvalho tão retorcido e tão duro do qual não saia uma dríade; e se tivessem cem braços, não temeriam abri-los no vazio: basta abraçar sua amante e o vazio se preenche.

Quanto a mim, nada concebia que não fosse amar; e quando me falavam de outra ocupação, não respondia. Minha paixão por minha amante fora selvagem, e por isso toda minha vida se ressentia de algo monacal e violento. Cito apenas um exemplo. Ela me dera seu retrato em miniatura em um medalhão; levava-o sobre o meu coração, coisa que muitos homens fazem; mas, como um dia encontrei em uma loja de curiosidade um cordão de ferro, na ponta do qual havia uma placa cheia de pontas, pedi que prendessem o medalhão sobre a placa e o usava assim. Esses pregos, que a qualquer movimento entravam em meu peito, causavam-me uma volúpia tão estranha, que, às vezes, apoiava minha mão sobre eles para senti-los mais profundamente. Sei que isso é loucura; o amor fez muitas outras.

Desde que essa mulher me traiu, tirei o cruel medalhão. Não posso dizer com que tristeza separava-me do cordão de ferro, que suspiro deu meu coração quando se viu livre! "Ah, pobres cicatrizes", disse-me, "vocês se apagarão? Ah, minha ferida, minha querida ferida, que bálsamo poderei lhe colocar?"

Mesmo odiando essa mulher, ela estava, a bem dizer, no sangue de minhas veias; amaldiçoava-a, e com ela sonhava. O que fazer? O que fazer com um sonho? Que razão dar às lembranças da carne e de sangue? Macbeth, depois de matar Duncan, diz que o oceano não lavaria suas mãos; ele não teria lavado minhas cicatrizes. Dizia a Desgenais: "O que você quer! Assim que adormeço, a cabeça dela está lá sobre o travesseiro".

Vivera só para essa mulher; duvidar dela era duvidar de tudo; amaldiçoá-la, tudo renegar; perdê-la, tudo destruir. Não saía mais; o mundo parecia-me povoado de monstros, de animais selvagens e de crocodilos. A tudo que diziam para me distrair, eu respondia: "Sim, bem falado, e fiquem certos de que não farei nada".

Ia para a janela e me dizia: "Ela virá, tenho certeza, ela vem; ela vira a rua, sinto que se aproxima. Ela não pode viver sem mim, não mais que eu sem ela. O que lhe direi? Que expressão terei?". E, assim, suas perfídias retornavam. "Ah, que não venha!", gritava para mim. "Que não se aproxime! Sou capaz de matá-la."

Desde minha última carta, não mais ouvi falar dela.

—Enfim, o que estará fazendo? —perguntava-me. Ama outro? Então vamos amar outra também. Mas quem?

E, mesmo procurando, ouvia uma voz distante que me gritava: "Outra além de mim! Dois seres que se amam, que se beijam e que não são você e eu!"

—Como é possível? Estou louco?

—Covarde — dizia-me Desgenais —, quando esquecerá essa

mulher? É uma perda tão grande? O belo prazer de ser amado por ela! Pegue a primeira que vier.

—Não — respondia-lhe —, não é uma perda tão grande. Não fiz o que devia? Não a expulsei daqui? O que, então, tem para me dizer? O resto é comigo; até os touros feridos na arena podem se deitar em um canto, com a espada do matador no ombro, e acabar em paz. O que eu farei, diga-me, aqui ou ali? Mas o que são suas primeiras visitas? Irá me mostrar um céu puro, árvores e casas, homens que falam, bebem, cantam, mulheres que dançam e cavalos que galopam. Tudo isso não é a vida: é o ruído da vida. Vá, vá, deixe-me tranquilo.

CAPÍTULO V

Quando Desgenais percebeu que meu desespero não tinha remédio, que não queria ouvir ninguém nem sair do meu quarto, levou a coisa a sério. Uma noite, eu o vi chegar com um ar grave; falou-me de minha amante e continuou em um tom de chacota, falando muito mal das mulheres. Enquanto ele falava, apoiara-me em meu cotovelo e, levantando-me da cama, ouvia-o atentamente.

Era uma dessas noites sombrias em que o vento que sopra assemelha-se aos lamentos de um moribundo; uma chuva cortante castigava os vidros, deixando, vez ou outra, um silêncio mortal. Toda a natureza sofre com esse tempo: as árvores agitam-se dolorosamente ou curvam tristemente a cabeça, os pássaros dos campos encolhem-se na mata, as ruas das cidades estão desertas. Minha ferida fazia-me sofrer. Ainda ontem, tinha uma amante e um amigo: ela me traíra, ele me colocara em uma cama de dor. Ainda não compreendia claramente o que se passava em minha cabeça, ora achava ter feito um sonho repleto de horror, e que bastava fechar os olhos para, na manhã seguinte, acordar feliz; ora era toda a minha vida que parecia um sonho ridículo e pueril, cuja falsidade acabara de se revelar. Desgenais estava sentado diante de mim, perto do abajur; estava firme e sério, com um sorriso perpétuo. Era um homem de grande coração, mas seco como uma pedra-pomes. Uma experiência precoce tornara-o calvo antes da hora; conhecia a vida e também já chorara, mas sua dor era dura, era materialista e esperava a morte.

— Otávio — disse-me —, analisando o que se passa com você, vejo que acredita no amor como os romancistas e os poetas o representam; acredita, em uma palavra, no que se diz aqui na terra e não no que aqui se faz. Isso acontece porque você não raciocina de forma saudável, o que pode conduzi-lo a grandes infortúnios.

Os poetas representam o amor como os escultores nos descrevem a beleza, como os músicos criam as melodias; isto é, dotados de uma organização nervosa e rara, reúnem com perspicácia e com ardor os elementos mais puros da vida, as mais belas linhas da matéria e as vozes mais harmoniosas da natureza. Havia, como dizem, em Atenas, um bom número de lindas jovens; Praxiteles desenhou todas, uma depois da outra; então, de todas essas belezas diversas, e tendo cada uma seu defeito, fez uma beleza única, sem defeito, e criou Vênus. O primeiro homem que fez um instrumento de música e deu a essa arte suas regras e suas leis, ouvira, muito tempo antes, murmurar os juncos e cantar os pássaros. Assim os poetas, que conheciam a vida, depois de verem muitos amores mais ou menos passageiros, depois de sentirem profundamente até que grau de exaltação sublime a paixão pode se elevar em alguns momentos, apartando da natureza humana todos os elementos que a degradam, criaram esses nomes misteriosos que passaram de época em época pelos lábios dos homens. Dafne e Cloé, Hero e Leandro, Piramo e Tisbe.

Querer buscar na vida real amores como esses, eternos e absolutos, é como buscar em uma praça mulheres tão belas quanto Vênus, ou querer que os rouxinóis cantem as sinfonias de Beethoven. A perfeição não existe. Compreendê-la é o triunfo da inteligência humana; desejá-la para possuí-la é a mais perigosa das loucuras. Abra sua janela, Otávio; não vê o infinito? Não percebe que o céu não tem limites? Sua razão não o diz? E, no entanto, consegue conceber o infinito? Faz alguma ideia de uma coisa sem fim, você que nasceu ontem e vai morrer amanhã? Esse espetáculo da imensidão produziu, em toda parte do mundo, as maiores demências. É daí que vêm as religiões; foi para possuir o infinito que Catão se cortou a garganta, que os cristãos se lançavam aos leões, que os huguenotes se lançavam contra os católicos. Todos os povos da terra estenderam seus braços na direção desse céu imenso e desejaram apertá-lo contra seu peito. O insensato quer possuir o céu; o sábio o admira, ajoelha-se e não deseja.

A perfeição, amigo, não é feita para nós mais que a imensidão. Não se deve buscá-la, nem exigi-la em nada; nem no amor, nem na beleza, nem na felicidade, nem na virtude; mas é preciso amá-la, para ser virtuoso, belo e feliz, o tanto o que o homem pode sê-lo.

Suponhamos que tenha em seu gabinete de estudo um quadro de Rafael que considera perfeito; suponhamos que ontem à noite, olhando de mais perto, descobriu em um dos personagens desse quadro um erro grosseiro de desenho, um membro quebrado ou um músculo exagerado, como, pelo que dizem, existe em um dos braços de um gladiador antigo. Sentirá um grande desprazer, mesmo assim não jogará o quadro no fogo; dirá simplesmente que ele não é perfeito, mas que há pedaços que são dignos de admiração.

Existem mulheres cuja boa natureza e a sinceridade de seu coração as impedem de ter dois amantes ao mesmo tempo. Você acreditou que sua amante era assim; claro, seria bem melhor. Descobriu que ela o enganava; isso o obriga a maltratá-la, desprezá-la, acreditar, enfim, que é digna de seu ódio?

Mesmo que ela nunca o tivesse enganado e que só amasse você, imagine, Otávio, o quanto seu amor ainda estaria longe da perfeição, o quanto ele seria humano, pequeno, limitado às leis da hipocrisia do mundo; imagine que outro homem a possuiu antes de você, e até mesmo mais de um homem; que outros a possuirão depois de você.

Pense um pouco: o que nesse momento o leva ao desespero? É essa ideia de perfeição que tivera de sua amante e que agora se desfaz. Mas quando compreender que também essa primeira ideia era humana, pequena e limitada, verá que um grau a mais ou a menos nessa grande escala podre da imperfeição humana não é lá grande coisa.

Você concordaria de bom grado, não é, com o fato de que sua amante teve outros homens e terá outros ainda? Sem dúvida me dirá que pouco importa sabê-lo, contanto que o ame e que só tenha você enquanto o amar. Mas, digo-lhe: uma vez que ela teve outros homens além de você, o que importa se foi ontem ou se será daqui a dois anos? Pois se ela só deve amá-lo durante um tempo, e se o ama, o que importa, então, que isso seja durante dois anos ou uma noite? Você é homem, Otávio? Vê as folhas caírem das árvores, o sol se levantar e se deitar? Ouve vibrar o relógio da vida a cada batimento de seu coração? Para você, há, então, uma diferença tão grande entre um amor de um ano e o de uma hora, insensato, que, por essa janela grande como a mão, pode ver o infinito?

Para você, honesta é a mulher que por dois anos o ama fielmente; aparentemente, você tem um almanaque feito apenas para saber quanto tempo os beijos dos homens levam para secar sobre os lábios das mulheres. Para você, é bem diferente uma mulher que se dá por dinheiro e outra que se dá por prazer, entre aquela que se dá por orgulho e a que se dá por devoção. Entre as mulheres que compra, você paga umas mais caro que outras; entre aquelas que procura pelo prazer dos sentidos, a algumas você se abandona com mais confiança que às outras; entre aquelas que tem por vaidade, mostra-se mais soberbo desta que daquela; entre aquelas a quem se dedica, existe uma a quem dá o terço de seu coração, e a outra o quarto, e a outra a metade, de acordo com sua educação, costumes, nome, nascimento, beleza, temperamento, de acordo com a ocasião, com o que dizem, com a hora que é, com o que você bebeu no jantar.

Você tem mulheres, Otávio, pois é jovem, ardente, seu rosto é oval e regular, seus cabelos estão penteados com esmero; mas, por isso mesmo, meu amigo, não sabe o que é uma mulher.

A natureza, em primeiro lugar, quer a reprodução dos seres; em toda parte, desde o alto das montanhas até o fundo do oceano, a vida tem medo de morrer. Deus, para conservar sua obra, estabeleceu, então, esta lei: que o maior regozijo de todos os seres vivos fosse o ato da geração. A palmeira, enviando à sua fêmea sua poeira fecunda, estremece de amor nos ventos ardentes; o cervo no cio rasga a corça que lhe resiste; a pomba palpita sob as asas do macho como uma dormideira apaixonada; e o homem, tendo em seus braços sua companheira, no seio da todo-poderosa natureza, sente saltar em seu coração a centelha divina que o criou.

Ó meu amigo, quando você aperta em seus braços nus uma bela e robusta mulher, se a volúpia lhe arranca lágrimas, se sente soluçar sobre seus lábios juramentos de amor eterno, se o infinito desce ao coração, não tema se entregar, nem que seja com uma cortesã.

ALFRED DE MUSSET 51

Mas não confunda o vinho com a embriaguez, nem acredite ser divina a taça onde bebe a poção divina, nem se surpreenda se, à noite, a encontrar vazia e quebrada. É uma mulher, é um vaso frágil, feito de terra, por um ceramista.

Agradeça a Deus por lhe mostrar o céu e, porque bate as asas, não pense ser um pássaro. Nem eles podem ultrapassar as nuvens; há uma esfera onde lhes falta o ar, e a cotovia que se levanta cantando nas névoas da manhã, algumas vezes cai morta sobre a terra.

Tome do amor o que um homem sóbrio toma do vinho; não se torne um bêbado. Se sua amante é sincera e fiel, ame-a por isso; mas se não o é, e se for jovem e bela, ame-a porque é jovem e bela; e se é agradável e espirituosa, ame-a ainda; e se não é nada disso, mas apenas o ama, ame-a ainda mais. Nem todas as noites somos amados.

Não arranque os cabelos e não fale de se apunhalar porque tem um rival. Você diz que sua amante o engana com outro, é seu orgulho que sofre com isso. Então mude apenas as palavras: diga que é o outro que ela engana por você, e assim é o vencedor.

Não crie regras de conduta e não diga que quer ser amado exclusivamente, pois, ao dizê-lo, como também é homem e inconstante, será forçado a acrescentar tacitamente: enquanto isso for possível.

Tome o tempo como ele vem, o vento como ele assopra, a mulher como ela é. As espanholas, as primeiras das mulheres, amam fielmente; o coração delas é sincero e violento, mas trazem um estilete sobre ele. As italianas são lascivas, mas buscam ombros largos e medem seus amantes com a régua dos talhadores. As inglesas são exaltadas e melancólicas, mas são frias e recatadas. As alemãs são ternas e suaves, mas insossas e monótonas. As francesas são espirituosas, elegantes e voluptuosas, mas mentem como demônios.

Antes de mais nada, não acuse as mulheres de serem o que são. Nós as fizemos assim, desfazendo o trabalho da natureza em cada ocasião.

A natureza, que pensa em tudo, a fez virgem para ser amante; mas, ao seu primeiro filho, seus cabelos caem, seu seio se deforma, seu corpo carrega uma cicatriz; a mulher é feita para ser mãe. O homem talvez dela se afastasse então, desgostoso pela beleza perdida; mas seu filho a ele se agarra chorando. Aqui está a família, a lei humana; tudo o que dela se afasta é monstruoso. O que faz a virtude dos camponeses é que suas mulheres são máquinas de fazer filhos e de aleitamento, como eles são máquinas de trabalho. Eles não têm nem falsos cabelos, nem leite virginal, mas seus amores não são perniciosos; nem se dão conta, em seus acasalamentos ingênuos, que a América foi descoberta. Na falta de sensualidade, suas mulheres são saudáveis, têm as mãos calejadas, por isso o coração delas não o é.

A civilização faz o contrário da natureza. Em nossas cidades e segundo nossos costumes, a virgem feita para correr ao sol, para admirar os lutadores nus, como na Lacedemônia, para escolher, para amar, é fechada, trancafiada; contudo, ela esconde um romance sob seu crucifixo. Pálida e desocupada, corrompe-se diante de seu espelho, definha nos silêncios das noites essa beleza que a sufoca e que exige o ar livre. E, então, de repente, tiram-na de lá, nada sabendo, nada amando, desejando tudo; uma velha a doutrina, sussurram ao seu ouvido uma palavra obscena e jogam-na no leito de um desconhecido que a violenta. Isso é o casamento, isso é a família civilizada. E, agora, aí está essa pobre moça que fez um filho; aí estão seus cabelos, seu belo seio, seu corpo que secam. Perdeu a beleza das amantes, e não amou! Concebeu, deu à luz, e pergunta-se por quê; trazem-lhe a criança e lhe dizem: "Você é mãe". Ela responde: "Não sou mãe; que deem essa criança a uma mulher que tenha leite; não há em meus peitos. Não é assim que o leite vem às mulheres." Seu marido responde-lhe que ela tem razão, que seu filho o afastaria dela. Então é vestida, colocam uma renda de Malines sobre seu leito ensanguentado; é cuidada, curada da dor da maternidade. Um mês depois, é vista nas Tuileries, no baile, na Ópera; seu filho está em Chaillot, em Auxerre; seu marido, nos lugares mal-afamados. Dez rapazes falam-lhe de amor, de devoção, de simpatia, de eterno entrelaçamento e de tudo o que ela tem no coração. Ela escolhe um, puxa-o para seu peito, ele a desonra, vira-se e parte para a Bolsa. Agora ela já foi iniciada. Chora uma noite e acha que as lágrimas deixam seus olhos vermelhos. Escolhe outro, de cuja perda outro a consola, e assim até os trinta anos e mais. É, então, que, blasé e corrompida, não tendo mais nada de humano, nem mesmo o desgosto, uma noite ela encontra um belo adolescente de cabelos negros, com olhar ardente, coração palpitante, ela reconhece sua juventude, lembra-se do que sofreu e, devolvendo-lhe as lições de sua vida, ensina-lhe a nunca amar.

Essa é a mulher assim como a fizemos, essas são nossas amantes. Mas como! São mulheres, e há bons momentos com elas!

Se é de uma têmpera forte, seguro de si mesmo e verdadeiramente homem, aqui está meu conselho: jogue-se sem temor na torrente do mundo; tenha cortesãs, dançarinas, burguesas e marquesas. Seja constante e infiel, triste e alegre, enganado ou respeitado, mas saiba se é amado, pois, do momento em que o for, o que importa o resto?

Se é um homem medíocre e comum, creio que deve procurar por mais algum tempo antes de se decidir, mas não espere encontrar em sua amante nada do que acreditou.

Se é um homem fraco, predisposto a se deixar dominar e a se enraizar onde vê um pouco de terra, crie uma couraça que resista a tudo; pois, se ceder à sua natureza débil, ali onde criou raízes, você não crescerá; secará como uma planta abandonada e não terá nem flores, nem frutos. A seiva de sua vida passará para uma casca estranha; todas suas ações serão pálidas como a folha do salgueiro; terá apenas suas próprias lágrimas para regá-lo e, para se alimentar, apenas seu próprio coração.

Mas se é de uma natureza exaltada, acreditando em sonhos e desejando realizá-los, respondo, então, rudemente: o amor não existe.

Pois penso como você e lhe digo: amar é dar-se de corpo e alma, ou melhor, é de dois seres fazer apenas um. É passear ao sol, em pleno vento, no meio dos trigais e das campinas, com um corpo de quatro braços, duas cabeças e dois corações. O amor é a fé, a religião da felicidade terrestre; é um triângulo luminoso posto na abóbada desse templo chamado mundo. Amar é andar livremente por esse templo, tendo a seu lado um ser capaz de compreender por que um pensamento, uma palavra, uma flor leva-o a parar e a levantar a cabeça na direção do triângulo celeste. Exercer as nobres faculdades do homem é um grande bem, eis por que o gênio é uma bela coisa; mas dobrar suas faculdades, pressionar o coração e uma inteligência sobre sua inteligência e sobre seu coração, é a suprema felicidade. E não foi isso que Deus fez para o homem; eis por que o amor vale mais que o gênio. Ora, diga-me, é esse o amor de nossas mulheres? Não, devemos concordar. Amar, para elas, é outra coisa: é sair de véu, escrever com mistério, andar tremendo sob a ponta dos pés, conspirar e zombar, exibir olhos langorosos, suspirar castamente dentro de um vestido engomado e recatado, depois desabotoá-lo para atirá-lo por cima de sua cabeça, humilhar uma rival, enganar seu marido, entristecer seus amantes. Amar, para nossas mulheres, é brincar de mentir, como as crianças brincam de se esconder; hediondo deboche do coração, pior que toda lubricidade romana nas saturnais de Príapo; paródia bastarda tanto do próprio vício como da virtude; comédia surda e baixa, onde tudo se sussurra e se executa com olhares oblíquos, onde tudo é pequeno, elegante e disforme, como nesses monstros de porcelana trazidos da China; derrisão lamentável do que há de belo e de feio, de divino e de infernal no mundo, sombra sem corpo, esqueleto de tudo o que Deus fez.

Assim falava Desgenais, com uma voz mordaz, no meio do silêncio da noite.

Capítulo VI

No dia seguinte, fui ao parque Bois de Boulogne, antes de jantar; o tempo estava sombrio. Quando cheguei à porte Maillot, deixei meu cavalo ir aonde bem quisesse e, abandonando-me a uma profunda fantasia, repassei lentamente em minha cabeça tudo o que me dissera Desgenais.

Ao atravessar uma aleia, ouvi chamar meu nome. Virei-me e vi, em um carro descoberto, uma das amigas íntimas de minha amante. Gritou que eu parasse e, estendendo-me a mão com um ar cordial, pediu-me, caso não fosse fazer outra coisa, que viesse jantar com ela.

Essa mulher, a senhora Levasseur, era pequena, gorda e muito loira; nunca me agradara – não sei por que, nossas relações nunca foram agradáveis. Contudo, não pude resistir ao desejo de aceitar seu convite; apertei sua mão agradecendo-a, sentia que falaríamos de minha amante.

Pediu que alguém reconduzisse meu cavalo. Subi na carruagem, ela estava sozinha, e logo retomamos o caminho para Paris. A chuva começava a cair, cobriram a carruagem; e, assim, encerrados um diante do outro, permanecemos, primeiro, silenciosos. Eu a olhava com uma tristeza inexprimível; não apenas ela era amiga de minha infiel, mas era sua confidente. Muitas vezes, durante os dias felizes, participara de nossas diversões.

Com que impaciência eu a suportara então! Quantas vezes contei os instantes que passava conosco!

Talvez seja essa a razão de minha aversão por ela. Mesmo sabendo que aprovava nossos amores e que, às vezes, tomava minha defesa junto à minha amante nos dias de rusgas, não podia, no interesse de sua amizade, perdoar-lhe suas indiscrições. Apesar de sua bondade e dos serviços que nos prestava, parecia-me feia, cansativa.

Ai de mim! Agora eu a achava bela! Olhava suas mãos, suas roupas; cada um de seus gestos tocava meu coração; todo o passado ali estava escrito. Ela me via, percebia o que sentia ao seu lado e que lembranças me oprimiam. O caminho transcorreu assim, eu olhando-a, ela me sorrindo. Enfim, quando entramos em Paris, ela segurou minha mão:

— E então? — ela disse.

— E então! — respondi soluçando. — Diga-o, senhora, se quiser.

E derramei um mar de lágrimas.

E depois do jantar, quando fomos até a lareira:

— Mas, enfim — disse ela —, tudo isso é definitivo? Não há nenhum outro meio?

— Pobre de mim! Senhora — respondi-lhe —, não há nada de definitivo a não ser a dor que me matará. Minha história é bem curta: não posso nem amá-la, nem amar outra, nem deixar de amar.

Ela jogou-se em sua cadeira a essas palavras, e vi em seu rosto as marcas de sua compaixão. Por muito tempo pareceu refletir e falar consigo mesma, como se sentisse em seu coração um eco. Seus olhos se velaram, e permaneceu fechada como em uma lembrança. Estendeu-me a mão, aproximei-me dela.

— Ah! — murmurou. — Eu também! Veja o que conheci em tempo e lugar.

Uma forte emoção a deteve.

De todas as irmãs do amor, uma das mais belas é a piedade. Eu segurava a mão da senhora Levasseur; ela estava quase em meus braços. Começou dizendo tudo o que conseguia imaginar em defesa de minha amante, para me lamentar tanto quanto para desculpá-la. E minha tristeza só aumentou; o que responder? E acabou falando dela mesma.

Não havia muito tempo, disse-me, fora abandonada pelo homem que amava. Ela fizera grandes sacrifícios; comprometera sua fortuna, tanto quanto a honra de seu nome. Da parte de seu marido, que sabia vingativo, houve ameaças. Foi um relato mesclado de lágrimas e que me interessou a ponto de esquecer minhas dores ouvindo as suas. Casara-se a contragosto, lutara durante muito tempo e lamentava apenas não ser mais amada. Cheguei a pensar que, de certa forma, se acusava, por não saber conservar o coração de seu amante e por agir levianamente com ele.

Quando, depois de ter aliviado seu coração, pouco a pouco emudeceu e pareceu confusa:

— Não, senhora — disse-lhe —, não foi o acaso que me levou hoje ao parque Bois de Boulogne. Deixe-me acreditar que as dores humanas são irmãs apartadas, mas que, em algum lugar, um bom anjo, às vezes, une intencionalmente essas frágeis mãos trêmulas, estendidas para Deus. Como a revi, e chamou-me, não se arrependa, portanto, de ter falado; e, não importa o que ouça, não se arrependa jamais das lágrimas. O segredo a mim confiado é apenas uma lágrima caída de seus olhos, mas ela permaneceu em meu coração. Permita-me retornar, e soframos algumas vezes juntos.

Uma simpatia tão forte apoderou-se de mim ao falar assim, que, sem refletir, beijei-a. Nem mesmo pensei que ela pudesse se ofender, e ela pareceu nem mesmo percebê-lo.

Um silêncio profundo reinava na casa onde morava a senhora Levasseur. Talvez algum locatário estivesse doente, pois espalharam palha pela rua, e desse modo as carruagens não faziam nenhum ruído. Estava perto dela, segurando-a em meus braços e abandonando-me a uma das mais doces emoções do coração: o sentimento de uma dor compartilhada.

Nossa conversa continuou sob o tom da mais expansiva amizade. Ela me dizia suas dores, eu contava-lhe as minhas, e, entre essas duas dores que se tocavam, sentia se erguer uma tal doçura, uma tal voz consoladora, como um acorde puro e celeste nascido do concerto de duas vozes chorosas. Contudo, durante todas essas lágrimas, como me inclinara na direção da senhora Levasseur, via apenas seu rosto. Em um momento de silêncio, como me levantei e me afastei um pouco, percebi que, enquanto falávamos, ela apoiara seu pé sobre a guarnição da lareira, e, como seu vestido deslizara, sua perna estava completamente descoberta. Pareceu-me singular que, vendo minha confusão, ela não se incomodou nem um pouco; dei alguns passos virando a cabeça para lhe dar tempo de ajustar; ela nada fez. Quando me reaproximei da lareira, ali permaneci apoiado em silêncio, observando esse excesso, cuja aparência era demasiado revoltante de se suportar. Enfim, fixando seus olhos e vendo claramente que ela própria percebia o que se passava, senti-me atingido por um raio, pois compreendi naquele mesmo instante que era o brinquedo de um atrevimento tão monstruoso, que, para ela, a própria dor não passava de uma sedução dos sentidos. Peguei meu chapéu sem dizer uma palavra, ela abaixou lentamente seu vestido, saí da sala fazendo-lhe uma grande saudação.

Capítulo VII

Ao voltar para casa, encontrei, no meio de meu quarto, uma grande caixa de madeira. Uma de minhas tias morrera, e eu tinha uma parte de sua herança, que não era muita coisa. Essa caixa continha, entre outros objetos insignificantes, uma quantidade de velhos livros empoeirados. Como não sabia o que fazer e estava muito entediado, resolvi ler alguns deles. Eram, em sua maioria, romances do século de Luís XV; minha tia, muito devota, provavelmente também os herdara e os conservara sem lê-los, pois eram muito licenciosos, quase como se fossem catecismos de libertinagem.

Tenho no espírito uma singular propensão a refletir sobre tudo o que me acontece, mesmo sobre os mínimos incidentes, e a lhes dar uma espécie de razão consequente e moral; com essas reflexões faço uma espécie de contas de rosário e, sem querer, dedico-me a juntá-las em um mesmo fio.

Parecia pueril, mas, na circunstância em que me encontrava, a chegada desses livros surpreendeu-me. Devorei-os com uma amargura e uma tristeza sem limites, com o coração partido e o sorriso nos lábios.

— Sim, têm razão — dizia-lhes —, só vocês conhecem os segredos da vida; só vocês ousam dizer que apenas o deboche, a hipocrisia e a corrupção são verdadeiros. Sejam meus amigos; coloquem sobre a ferida de minha alma seus venenos corrosivos, ensinem-me a acreditar em vocês.

E, enquanto mergulhava nas trevas, meus poetas favoritos e meus livros de estudo permaneciam espalhados na poeira. Pisoteava-os em meus acessos de cólera.

— E vocês — dizia-lhes —, sonhadores insensatos, ensinam-me apenas a sofrer, miseráveis compositores de palavras — charlatães se soubessem a verdade, idiotas se fossem de boa fé, mentirosos nos dois casos —, que fazem contos de fadas com o coração humano, vou queimá-los até o último.

Em meio a tudo isso, as lágrimas ajudavam-me, e percebia que minha dor era a única verdade.

— Pois então — gritava em meu delírio —, digam-me, bons e maus gênios, conselheiros do bem e do mal, digam-me, então, o que devo fazer. Escolham, então, um árbitro entre vocês.

Peguei uma velha Bíblia que estava sobre minha mesa e a abri ao acaso.

— Responda-me, livro de Deus — disse —, vamos saber qual é sua opinião. E dei com essas palavras de Eclesiastes, capítulo IX:

"Agitei todas essas coisas em meu coração, e me foi difícil encontrar a compreensão. Há justos e sábios, e suas obras estão nas mãos de Deus; contudo, o homem não sabe se é digno de amor ou de ódio.

Mas tudo está reservado para o futuro, e permanece incerto, porque tudo acontece igualmente ao justo e ao injusto, ao bom e ao mau, ao puro e ao impuro, ao que imola as vítimas e ao que despreza os sacrifícios.

O inocente é tratado como o pecador, e o perjuro como o que jura a verdade.

E isso é o que há de mais infeliz em tudo o que se passa sob o sol, tudo acontece da mesma forma a todos. Por isso os corações dos filhos dos homens estão repletos de malícias e de desprezo durante sua vida, e, depois disso, serão colocados entre os mortos."

Permaneci estupefato depois de ler essas palavras. Não acreditava que um sentimento semelhante existisse na Bíblia. E disse-lhe, então:

— Até mesmo você duvida, livro da esperança!

O que pensam, então, os astrônomos quando predizem o momento oportuno, em tal hora, a passagem de um cometa, o mais irregular dos viajantes do céu? Que pensam, então, os naturalistas quando mostram através de um microscópio animais em uma gota de água? Acreditam que inventam o que percebem e que seus microscópios e suas lunetas ditam a lei à natureza?

E o que pensou o primeiro legislador dos homens, quando, buscando qual deveria ser a primeira pedra do edifício social, irritado, sem dúvida, por algum interlocutor inoportuno, bateu sobre suas tabuletas de mármore e sentiu que de suas entranhas saía a lei de talião? Inventara, então, a justiça? E aquele que primeiro arrancou da terra o fruto plantado por seu vizinho, colocou-o sob suas vestes e fugiu olhando para os lados, inventou a vergonha? E aquele que, ao encontrar esse mesmo ladrão que o despojara do produto de seu trabalho, foi o primeiro a lhe perdoar o erro, e, em vez de erguer a mão sobre ele, disse-lhe "Sente-se e pegue mais isso", quando, depois de ter devolvido o bem pelo mal, ergueu a cabeça aos céus e sentiu seu coração estremecer, e seus olhos se molharem de lágrimas, e seus joelhos se dobrarem até a terra, inventara a virtude? Ó Deus! Ó Deus! Aí está uma mulher que fala de amor, e me engana; aí está um homem que fala de amizade e aconselha que eu me distraia no deboche; aí está outra que chora e deseja me consolar com os músculos de sua perna; aí está uma Bíblia que fala de Deus e responde: "Talvez. Tudo isso é indiferente".

Corri até a janela aberta.

— Então é verdade que você é vazio? — gritava olhando um grande céu pálido que se descortinava sobre minha cabeça. — Responda, responda!

Antes que eu morra, colocará outra coisa além de um sonho entre esses meus dois braços?

Um profundo silêncio reinava sobre a praça vista das janelas. Como permanecia de braços estendidos e os olhos perdidos no espaço, uma andorinha deu um grito queixoso e, distraído, segui-a com o olhar; e, enquanto desaparecia como uma flecha a perder de vista, uma garotinha passou cantando.

CAPÍTULO VIII

Mas eu não queria ceder. Antes de realmente ser capaz de tomar a vida pelo seu lado alegre, que me parecia o lado sinistro, resolvi experimentar tudo. Permaneci assim durante muito tempo, entregue às incontáveis dores e atormentado por sonhos terríveis.

Minha juventude era o principal empecilho para minha cura. Em qualquer lugar que fosse, qualquer ocupação que me impusesse, só conseguia pensar nas mulheres; a visão de uma já me fazia tremer. Quantas vezes não me levantei, à noite, banhado de suor, para colar minha boca sobre as paredes, sentindo que quase sufocava!

Aconteceu-me uma das maiores felicidades, e talvez das mais raras, a de dar ao amor a minha virgindade.

Mas o resultado foi que toda ideia de prazer dos sentidos unia-se em mim a uma ideia de amor; essa era minha perdição. Pois, como não conseguia parar de pensar nas mulheres, a única coisa que podia fazer ao mesmo tempo era repassar noite e dia em minha cabeça todas essas ideias de deboche, de falso amor e de traições femininas, das quais estava cheio. Possuir uma mulher, para mim, era amar; ora, só pensava nelas, e não acreditava mais na possibilidade de um verdadeiro amor.

Todos esses tormentos inspiravam-me uma espécie de raiva; ora desejava fazer como os monges e me ferir para vencer meus sentidos; ora desejava ir à rua, ao campo, não sei aonde, e jogar-me aos pés da primeira mulher que encontrasse e jurar-lhe amor eterno.

Deus é testemunha que tudo fiz para me distrair e me curar. Primeiro, sempre absorvido pela ideia involuntária de que a sociedade dos homens era um lugar de vícios e de hipocrisia, onde tudo se assemelhava à minha amante, resolvi, então, me afastar de tudo e me isolar. Retomei meus antigos estudos; dediquei-me à história, aos poetas antigos, à anatomia. Havia na casa, no quarto andar, um velho alemão muito culto, que vivia só e retirado. Persuadi-o, com alguma dificuldade, a ensinar-me sua língua. E assim que começou, o pobre homem se dedicou. Mas minhas perpétuas distrações o entristeciam. Quantas vezes, sentado à minha frente, sob seu lampião enfumaçado, permaneceu com um assombro paciente, olhando-me com as mãos cruzadas sobre seu livro, enquanto eu, perdido em meus sonhos, não me apercebia nem de sua presença nem de sua piedade!

— Meu bom senhor — disse-lhe, enfim —, é inútil. Mas o senhor é o melhor dos homens. Que tarefa empreendeu! Deve deixar-me ao meu destino; nada podemos contra ele, nem o senhor nem eu.

Não sei se compreendeu essa linguagem; apertou-me as mãos sem nada dizer, e não se falou mais de alemão.

Logo senti que a solidão, longe de me curar, perdia-me, e mudei completamente de sistema. Ia ao campo, galopava pelos bosques, caçava; praticava as armas até perder o fôlego; acabava-me de cansaço e quando, depois de um dia de suor e de corridas, deitava-me, à noite, em minha cama, cheirando a estrebaria e a pólvora, enfiava minha cabeça no travesseiro, enrolava-me em minhas cobertas e gritava: "Fantasma, fantasma, você também está aqui? Alguma noite me abandonará?".

Mas para que todos esses meus esforços inúteis? A solidão me devolvia à natureza, e a natureza ao amor. Quando, na faculdade de medicina, via-me cercado de cadáveres, limpando-me as mãos no avental ensanguentado, pálido no meio dos mortos, sufocado pelo odor da putrefação, afastava-me sem querer. Sentia flutuar em meu coração colheitas verdejantes, campinas perfumadas e a calma harmonia da noite.

— Não — dizia-me —, não é a ciência que me consolará; ainda que mergulhe nessa natureza morta, nela morrerei, como um afogado lívido na pele de um cordeiro esfolado. Não me curarei de minha juventude; vamos viver onde está a vida ou morramos pelo menos ao sol. Saía, pegava um cavalo, mergulhava nos caminhos de Sèvres e de Chaville, deitava-me ao lado de um canteiro de flores, em algum vale afastado. Ai de mim! E todas essas florestas, todas essas campinas me gritavam: "O que vem procurar? Somos verdes, pobre criança, trazemos a cor da esperança".

Então, voltava para a cidade; perdia-me nas ruas escuras; olhava as luzes de todas essas janelas; todos esses ninhos misteriosos das famílias; as carruagens passando, os homens esbarrando-se. Oh! Tanta solidão! Tanta fumaça triste sobre esses telhados! Tanta dor nessas ruas tortuosas onde tudo se arrasta, trabalha e sua, onde milhares de desconhecidos caminham lado a lado; cloaca onde apenas os corpos estão em sociedade, deixando as almas solitárias, e onde só as prostitutas lhe estendem a mão quando passa! "Corrompa-se, corrompa-se, e não sofrerá mais!" É o que as cidades urram ao homem, o que com carvão está escrito sobre os muros, com lama sobre os paralelepípedos e sobre os rostos, com o sangue extravasado.

E, às vezes, quando sentado sozinho em um salão, assistia a uma festa brilhante, vendo saltar todas essas mulheres rosas, azuis, brancas, com seus braços nus e suas madeixas, como querubins ébrios de luz em suas esferas de harmonia e de beleza. "Ah! Que jardim!" Dizia-me: "Quantas flores para colher, para respirar! Ah! Margaridas, margaridas, o que dirá sua última pétala àquele que a desfolhar?". Um pouco, um pouco, e nada. Essa é a moral do mundo, esse é o fim de seus sorrisos. É sobre esse triste abismo de nossos sonhos que vocês passeiam futilmente todas essas gazes entremeadas de flores; é sobre essa verdade hedionda que correm como gazelas, sobre a ponta de seus pequenos pés!

— Ah, meu Deus! — dizia Desgenais. — Por que levar tudo a sério? Nunca se viu isso. Você lamenta que as garrafas se esvaziem? Há tonéis nas adegas, e adegas sobre as colinas.

Faça-me um bom anzol, dourado de doces palavras, com uma mosca de mel como isca. E, atenção! Pesque-me no rio do esquecimento uma linda consoladora, fresca e escorregadia como uma enguia; e ainda nos restará, depois de passar por entre seus dedos. Ame, ame; você morre de vontade. A juventude tem de passar, e, se eu fosse você, preferiria raptar a rainha de Portugal a fazer anatomia.

Esses eram os conselhos que eu devia ouvir a todo momento; e, quando a hora chegasse, tomaria o caminho de casa, o coração inchado, o casaco sobre o rosto, ajoelhar-me-ia à beira de minha cama, e o pobre coração se aliviaria. Tantas lágrimas! Tantos desejos! Tantas preces!

Galileu batia na terra gritando: "Ela se move, no entanto!". Assim batia sobre meu coração.

Capítulo IX

Em meio a mais negra dor, o desespero, a juventude e o acaso de súbito fizeram-me cometer uma ação que decidiu meu destino.

Escrevera à minha amante que não queria mais revê-la, e de fato mantinha minha palavra; mas passava as noites sob sua janela, sentado sobre um banco diante de sua porta; via as janelas iluminadas, ouvia o som do piano; às vezes, eu a percebia como uma sombra atrás das cortinas entreabertas.

Certa noite, quando estava ali sentado, mergulhado em uma abominável tristeza, vi passar um simplório trabalhador que cambaleava. Balbuciava palavras sem sentido, mescladas de exclamações de alegria, depois se interrompia para cantar. Estava bêbado de vinho, e suas pernas enfraquecidas o conduziam ora para um lado do riacho, ora para o outro. Acabou caindo sobre o banco de outra casa à minha frente. Ali se acalentou por algum tempo sobre seus cotovelos e, depois, adormeceu profundamente.

A rua estava deserta; um vento varria a poeira; a lua, no meio de um céu sem nuvens, iluminava o lugar onde dormia o homem. Encontrei-me, então, diante desse caipira que não percebia minha presença e que, sobre essa pedra, repousava mais deliciosamente talvez do que em sua cama.

Mesmo sem querer, esse homem amenizou minha dor; levantei-me para lhe ceder meu lugar, depois retornei e sentei-me novamente.

Não podia abandonar essa porta, na qual não teria batido por nada desse mundo. Enfim, depois de ter andado de lá para cá, parei maquinalmente diante do adormecido.

"Que sono!", dizia-me. Esse homem certamente não está sonhando; sua mulher, a essa hora, talvez abra para seu vizinho a porta do celeiro onde ele se deita. Suas roupas estão esfarrapadas; seu rosto esquálido, suas mãos enrugadas: é algum infeliz que não tem o pão de todos os dias.

Mil preocupações insaciáveis, mil angústias mortais o esperam ao seu despertar; mas, essa noite, tinha uma moeda em seu bolso e entrou em um cabaré onde lhe venderam o esquecimento para os seus males; ganhou, em sua semana, o suficiente para ter uma noite de sono; tomou-a, talvez, do alimento de seus filhos. Agora sua amante pode traí-lo, seu amigo pode deslizar como um ladrão em seu casebre; eu mesmo posso bater em seu ombro e gritar que o estão assassinando, que sua casa está em chamas, ele virará para o outro lado e voltará a dormir.

Quanto a mim, continuei atravessando a passos largos a rua. Não durmo, eu que essa noite tenho em meu bolso o suficiente para fazê-lo dormir um ano; sou tão orgulhoso e tão insensato que não ouso entrar em um cabaré, e não percebo que, se todos os infelizes ali entram, é porque de lá saem felizes. Ó Deus! Um cacho de uva esmagado sob a planta dos pés basta para dispersar as preocupações mais sombrias e para quebrar todos os fios invisíveis que os gênios do mal estendem sobre nosso caminho. Choramos como mulheres, sofremos como mártires; parece-nos, em nosso desespero, que o mundo desabou sobre nossa cabeça, e sentamos-nos em nossas lágrimas como Adão às portas do Éden. E, para curar uma ferida maior do que o mundo, basta fazer um pequeno movimento da mão e umedecer nosso peito.

Que misérias são essas nossas dores, já que assim as consolamos? Nós nos espantamos que a Providência, que as vê, não envie seus anjos a nos atender em nossas preces; e ela nem precisa se dar tanto ao trabalho, pois viu todos os nossos sofrimentos, nossos desejos, nosso orgulho de espíritos caídos e o oceano de males que nos cerca;

e contentou-se em suspender um pequeno fruto negro à beira dos caminhos. Uma vez que esse homem dorme tão bem sobre esse banco, por que não dormiria eu da mesma forma sobre o meu? Meu rival talvez passe a noite na casa de minha amante; sairá bem cedo, ela o acompanhará seminua até a porta, e me verão adormecido. Seus beijos não me acordarão; baterão em meu ombro: virar-me-ei para o outro lado e adormecerei.

Assim, tomado de uma alegria selvagem, sai à procura de um cabaré. Como já passava da meia-noite, quase todos estavam fechados, e isso me enfureceu. "E então!", pensei, "Até mesmo esse consolo me é recusado?". Corri para todos os lados batendo nas lojas e gritando: "Vinho! Vinho!".

Encontrei, afinal, um cabaré aberto; pedi uma garrafa, e, sem olhar se era boa ou má, engoli gole por gole; pedi uma segunda e, depois, uma terceira. Tratava-me como um doente e bebia forçado, como se fosse um remédio receitado por um médico e, se não o fizesse, morreria.

Logo os vapores do licor espesso, que, sem dúvida, era falsificado, envolveram-me em uma nuvem. De tão rápido que bebera, a embriaguez chegou inesperadamente; senti que meus pensamentos se embaralhavam, depois se acalmavam, e então se embaralhavam novamente. E quando a reflexão abandonou-me, levantei os olhos ao céu, como para dizer adeus a mim mesmo, e estendi meus cotovelos sobre a mesa.

Apenas então percebi que era o único no salão. Na outra extremidade do cabaré estava um grupo de homens medonhos, com rostos abatidos e vozes roucas. Suas roupas anunciavam que não eram do povo nem burgueses; em uma palavra, pertenciam a essa classe ambígua, a mais vil de todas, que não tem nem emprego, nem fortuna, nem mesmo uma indústria, a não ser uma indústria ignóbil, que não é nem o pobre, nem o rico, e que tem os vícios de um e a miséria do outro.

Jogavam surdamente com cartas nojentas; no meio deles estava uma moça muito jovem e muito bela, adequadamente vestida, e que com eles em nada se parecia, a não ser pela voz, que também tinha rouca e quebrada, e com um rosto rosado, como se tivesse trabalhado como um arauto durante sessenta anos. Olhava-me atentamente, surpresa, sem dúvida, de me ver em um cabaré; pois estava elegantemente vestido e quase sofisticado em meus trajes. Pouco a pouco se aproximou; ao passar diante de minha mesa, levantou as garrafas que ali se encontravam e, ao vê-las vazias, sorriu. Vi que tinha dentes soberbos e de uma brancura radiante; peguei sua mão e pedi que se sentasse perto de mim. Ela o fez de bom grado e pediu, por sua conta, que lhe trouxessem a ceia.

Olhava-a sem dizer uma palavra e com os olhos cheios de lágrimas; ela se apercebeu e perguntou-me por quê. Mas não conseguia lhe responder; balançava a cabeça, para que meu pranto escorresse mais abundantemente, pois eu o sentia fluir sobre minhas faces. Ela compreendeu que eu tinha alguma mágoa secreta, e não procurou adivinhar a causa; pegou seu lenço e, mesmo ceando bem prazerosamente, vez ou outra me enxugava o rosto.

Havia nessa moça algo de tão horrível e de tão suave, e uma impudência tão singularmente mesclada de piedade, que não sabia o que pensar. Se me tivesse segurado a mão na rua, teria me causado horror; mas me parecia tão estranho que uma criatura que nunca encontrara, qualquer uma, viesse, sem me dizer uma palavra, cear diante de mim e enxugar minhas lágrimas com seu lenço, que fiquei paralisado e, ao mesmo tempo, revoltado e encantado. Ouvi o proprietário perguntar-lhe se me conhecia; respondeu que sim e que me deixassem tranquilo. Logo os jogadores se foram. E como o dono dirigiu-se aos fundos da loja, depois de ter fechado a porta e as venezianas do lado de fora, fiquei sozinho com ela.

Tudo o que eu acabara de fazer acontecera tão rápido, e eu obedecera a um movimento de desespero tão estranho, que pensava sonhar e que meus pensamentos se debatiam em um labirinto. Parecia-me ou que estava louco, ou que obedecera a uma potência sobrenatural.

— Quem é você? — gritei subitamente. — O que quer? De onde me conhece? Quem lhe disse para enxugar minhas lágrimas? Está exercendo sua profissão e acha que a quero? Não a tocaria nem com a ponta do dedo. O que faz aqui? Responda. Está precisando de dinheiro? Por quanto vende essa sua piedade?

Levantei-me e quis sair, mas senti que cambaleava. E, ao mesmo tempo, meus olhos embaralharam-se, uma fraqueza mortal apoderou-se de mim e caí sobre uma escada.

— O senhor sofre — disse-me aquela moça segurando-me o braço —, bebeu como a criança que é, sem saber o que fazia. Fique nessa cadeira e espere uma carruagem passar na rua; diga-me onde mora sua mãe, e ele o conduzirá até sua casa; já que realmente — acrescentou rindo —, você me acha feia.

Enquanto falava, levantei os olhos. Talvez a embriaguez tenha me enganado; não sei se não vi direito até então ou se não vi direito nesse momento, mas percebi, subitamente, que essa infeliz trazia no rosto uma semelhança fatal com minha amante. Gelei diante dessa visão. Há um arrepio que deixa o homem de cabelos em pé; as pessoas do povo dizem que é a morte que passa sobre a cabeça, mas não era a morte que passava sobre a minha.

Era a doença do século, ou talvez essa moça fosse ela mesma, e foi ela quem, com esses traços pálidos e zombeteiros, com essa voz rouca, sentou-se diante de mim no fundo do cabaré.

Capítulo X

No momento em que percebi a semelhança entre essa moça e minha amante, uma ideia terrível, irresistível, tomou conta de meu cérebro doente e a executei no mesmo instante.

Durante os primeiros tempos de nossos amores, minha amante viera algumas vezes me visitar furtivamente. Eram, então, dias de festa para meu pequeno quarto: as flores chegavam, o fogo se acendia alegremente, a dispensa empoeirada oferecia uma boa ceia, a cama também recebia seus melhores lençóis para receber minha bem-amada. Muitas vezes, sentada em meu canapé, sob o espelho, eu a contemplara durante horas silenciosas em que nossos corações se falavam. Olhava-a, assim como a fada Mab, transformar em paraíso esse pequeno espaço solitário onde tantas vezes eu chorara. Ali estava ela, no meio de todos esses livros, de todas essas roupas espalhadas, de todos esses móveis malcuidados, entre essas quatro paredes tão tristes. Ela brilhava como uma moeda de ouro em toda essa pobreza.

Essas lembranças, desde que a perdera, perseguiam-me sem descanso; roubavam-me o sono. Livros, paredes falavam-me dela; não podia suportá-los. Minha cama expulsava-me para a rua; ela me causava horror quando ali eu não chorava.

Levei, então, a moça para lá. Disse-lhe que se sentasse de costas para mim, pedi que ficasse quase nua, depois arranjei o quarto em torno dela como outrora para minha amante. Coloquei as poltronas ali onde estavam em uma noite de que me lembrava. Quase sempre, em todas nossas ideias de felicidade, há uma lembrança que domina; um dia, uma hora que superou todas as outras, ou, se não, que foi como o padrão, como o modelo inalterável, e veio um momento, em meio a tudo isso, em que o homem exclamou como Théodore, em Lope de Vega:

"Fortuna! Coloque um prego de ouro em sua roda.".

Quando acabei de arrumar tudo, acendi a lareira e, sentando-me sobre meus calcanhares, comecei a me inebriar com um desespero sem limites. Desci até o fundo de meu coração, para senti-lo se torcer e se apertar. Contudo, murmurava em minha cabeça uma canção tirolesa que minha amante cantava sem parar:

Altra volta gieri biele,
Blanch'e rossa com' un' fiore;
Ma ora no. Non son più biele
Consumatis dal'amore

Ouvia o eco dessa pobre canção ressoar no deserto de meu coração. Dizia: "Esta é a felicidade do homem, este é meu pequeno paraíso, esta é minha fada Mab: é uma moça das ruas". Minha amante não vale muito mais. É isso que encontramos no fundo do copo onde bebemos o néctar dos deuses; esse é o cadáver do amor.

A infeliz, ouvindo-me cantar, também se pôs a cantar. Fiquei pálido como a morte, pois essa voz rouca e ignóbil, saindo desse ser que se parecia com minha amante, era como um símbolo do que eu sentia. Era o deboche em pessoa que cacarejava em sua garganta, no meio de uma juventude em flor. Parecia-me que minha amante, depois de suas perfídias, devia ter essa voz. Lembro-me de Fausto que, dançando no Broken com uma jovem feiticeira nua, vê lhe sair um camundongo vermelho da boca.

— Cale-se — gritei —, venha aqui e ganhe seu pão.

Joguei-a sobre a cama e estendi-me ao seu lado, como minha própria estátua sobre meu túmulo.

Peço-lhes, a vocês, homens do século, que, a esta hora, correm aos seus prazeres, ao baile ou à Ópera, e que, nesta noite, ao se deitarem, para adormecer lerão alguma blasfêmia gasta do velho Voltaire, alguma baboseira razoável de Paul-Louis Courier, algum discurso econômico de uma comissão de nossas Câmaras, que respirem, em uma palavra, por qualquer um de seus poros, as frias substâncias desse nenúfar monstruoso que a Razão planta no coração de nossas cidades. Peço-lhes, se por acaso esse livro obscuro vier a cair entre suas mãos, não sorriam com um nobre desdém, nem deem de ombros; não se digam com demasiada segurança que me lamento de um mal imaginário; que, no final das contas, a razão humana é a mais bela de nossas faculdades; e que, de verdadeiro, aqui, na terra, só as agiotagens da Bolsa, as trincas no jogo, o vinho de Bordeaux à mesa, uma boa saúde ao corpo, a indiferença pelo outro, e, à noite, na cama, músculos lascivos recobertos de uma pele perfumada.

Pois, algum dia, no meio de sua vida estagnada e imóvel, pode haver uma lufada de vento. Essas belas árvores que vocês regam com as águas tranquilas de seus rios de esquecimento, a Providência pode assoprar sobre elas. E, então, vocês se desesperam, senhores impassíveis, há lágrimas em seus olhos. Não direi que suas amantes podem traí-los; pois, para vocês, a maior dor é a morte de um de seus cavalos. Mas direi que na Bolsa também se perde; que, quando se joga com três cartas, é possível que não sejam as boas; e, se não jogam, pensem que suas moedas, a tranquilidade que elas guardam, sua felicidade de ouro e de prata, estão em um banco que pode falir ou nos fundos públicos que podem não pagar. Dir-lhes-ei, afinal, por mais frios que sejam, vocês podem amar alguma coisa; uma fibra pode se distender no fundo de suas entranhas, e podem dar um grito que se assemelha à dor. Algum dia, errando pelas ruas lamacentas, quando os prazeres materiais não estarão mais aqui para esgotar sua força ociosa, quando o real e o cotidiano lhe fizerem falta, podem, quem sabe, olhar em torno de vocês com as faces escavadas e sentarem em um banco deserto à meia-noite.

Ó homens de mármore! Sublimes egoístas, inimitáveis pensadores, que nunca cometeram nem um ato de desespero, nem um erro de aritmética. Se um dia isso acontecer, na hora de sua ruína, lembrem-se de Abelardo quando perdeu Heloisa, pois ele a amava mais do que vocês a seus cavalos, suas moedas de ouro e suas amantes; pois ele perdera, ao se separar dela, mais do que poderão perder, mais do que seu príncipe Satã não perderia caindo uma segunda vez dos céus; pois ele a amava de um amor do qual os jornais não falam e do qual suas mulheres e suas filhas não percebem a sombra em nossos teatros e em nossos livros; pois ele passou a metade de sua vida beijando-lhe a testa cândida, ensinando-lhe a cantar os salmos de Davi e os cânticos de Sael; pois ela era tudo o que ele tinha sobre a terra, e, contudo, Deus o consolou.

Creiam-me: quando, em suas tristezas, pensarem em Abelardo, não verão com os mesmos olhos as doces blasfêmias do velho Voltaire e as baboseiras de Courier. Sentirão que a razão humana pode curar as ilusões, mas não os sofrimentos; que Deus a fez boa conselheira, mas não irmã de caridade. Acharão que o coração do homem, quando disse "não creio em nada, pois nada vejo", não dissera sua última palavra. Buscarão ao redor algo como uma esperança; irão sacudir as portas das igrejas para ver se elas ainda podem cair, mas as encontrarão muradas. Pensarão em se tornar trapistas, e o destino que os ridiculariza responderá com uma garrafa de vinho do povo e uma cortesã.

E se beberem a garrafa, se tomarem a cortesã e a levarem para sua cama, saibam o que pode acontecer.

CAPÍTULO 2

SEGUNDA PARTE

CAPÍTULO I

Senti, ao acordar no dia seguinte, um desgosto tão profundo de mim mesmo, encontrava-me tão aviltado, tão degradado aos meus próprios olhos, que uma tentação horrível apoderou-se de mim no primeiro movimento. Joguei-me para fora da cama, ordenei à criatura que se vestisse e partisse o mais rapidamente possível; depois me sentei, e como meu olhar percorria tristemente as paredes do quarto, maquinalmente eu o fixei no ângulo onde estavam penduradas minhas pistolas.

Mesmo quando o pensamento sofrido avança quase de braços estendidos para a destruição, quando nossa alma toma um partido violento, parece que, na ação física de retirar uma arma, de prepará-la, até mesmo no frio do ferro, parece haver um horror material, independente da vontade. Os dedos preparam-se com angústia, o braço se enrijece. Naquele que caminha para a morte, toda a natureza recua. Assim não posso expressar o que sentia enquanto aquela moça se vestia, apenas foi como se minha pistola tivesse me dito "pense no que vai fazer".

E, de fato, várias vezes pensei no que teria me acontecido se, como desejava, a criatura tivesse se vestido rapidamente e logo se retirado. Sem dúvida, o primeiro efeito da vergonha se acalmaria; a tristeza não é o desespero, e Deus os uniu como irmãos, para que uma jamais nos deixasse a sós com o outro. Assim que meu quarto estivesse vazio do ar dessa mulher, meu coração se aliviaria. Ao meu lado restaria apenas o arrependimento, a quem o anjo do perdão celeste proibiu de matar alguém. Mas, sem dúvida, ao menos eu estava curado para a vida; o deboche para sempre expulso do limiar de minha porta, e eu jamais retornaria ao sentimento de horror que sua primeira visita me inspirara.

Mas nada aconteceu assim. A luta que se travava em mim, as reflexões pungentes que me prostravam, o desgosto, o medo, a cólera mesmo (pois sentia mil coisas ao mesmo tempo), todas essas potências fatais pregavam-me à minha poltrona; e, enquanto me entregava ao mais perigoso delírio, a criatura, inclinada diante do espelho, pensava apenas em ajustar melhor seu vestido e penteava-se sorrindo tranquilamente. Todo esse circo de vaidade durou mais de quinze minutos, e, nesse tempo, quase me esquecera dela. Por fim, a um ruído que ela fez, virei-me impaciente e roguei que me deixasse sozinho, com um tom de cólera tão acentuado que ela aprontou-se em um minuto, virou a maçaneta da porta e enviou-me um beijo.

No mesmo instante, bateram à porta externa. Levantei-me rapidamente e só tive tempo de abrir à criatura um gabinete onde ela se jogou. Desgenais entrou quase no mesmo minuto com dois rapazes da vizinhança.

Essas grandes correntes de água que encontramos no meio dos mares se parecem com alguns acontecimentos da vida.

Fatalidade, acaso, providência, que importância tem o nome? Aqueles que creem negar um opondo o outro apenas abusam da palavra. No entanto, não há um desses que, ao falar de César ou de Napoleão, não diga naturalmente: "Era o homem da providência".

Creem, aparentemente, que apenas os heróis merecem que o céu cuide deles e que a cor da púrpura atrai os deuses como os touros.

O que as ínfimas coisas decidem aqui na terra, o que os objetos e as circunstâncias aparentemente menos importantes trazem de mudanças em nosso destino, não há, creio, abismo mais profundo para o pensamento. Nossas ações comuns são como pequenas flechas cegas habituadas a acertar o alvo, ou quase, e assim acabamos fazendo de todos esses pequenos resultados um ser abstrato e regular a que chamamos nossa prudência ou nossa vontade. E, então, vem uma lufada de vento, e a menor das flechas, a mais leve, a mais fútil, eleva-se a perder de vista, para além do horizonte, no seio imenso de Deus.

E que violência apodera-se de nós então! E o que se tornam esses fantasmas do orgulho tranquilo, da vontade e da prudência? A própria força, essa amante do mundo, essa espada do homem no combate da vida, é, em vão, que a brandimos enfurecidos, que, com ela, tentamos nos cobrir para escapar ao golpe que nos ameaça; uma mão invisível afasta sua ponta, e todo o elã de nosso esforço, desviado no vazio, serve apenas para que caiamos mais longe.

Assim, no momento em que só desejava me lavar do erro cometido, talvez até mesmo me punir, no instante mesmo em que um horror profundo apoderou-se de mim, soube que devia enfrentar uma perigosa prova, à qual eu sucumbi.

Desgenais estava radiante. Começou, estendendo-se sobre o sofá, com algumas piadas sobre meu rosto, que, dizia ele, não dormira bem. Como estava pouco disposto a manter suas brincadeiras, pedi secamente que me poupasse.

Ele não pareceu dar atenção, mas, no mesmo tom, abordou o assunto que o trazia. Acabara de saber que minha amante teve não apenas dois amantes ao mesmo tempo, mas três, isto é, ela tratara meu rival tão mal quanto a mim; e, quando o pobre rapaz soube, fez um escarcéu terrível, e toda Paris já sabia. No começo, não compreendi muito bem o que ele me dizia, não prestando muita atenção, mas quando, depois de tê-lo feito repetir até três vezes com mais detalhes, fiquei exatamente a par dessa horrível história, permaneci desconcertado e tão estupefato que não conseguia responder.

Meu primeiro movimento foi rir de tudo isso, pois via claramente que amara apenas a última das mulheres; mas nem por isso era menos verdade que a amara, e, dizendo melhor, ainda a amava. "Como é possível?", foi tudo o que conseguir dizer.

Os amigos de Desgenais, então, confirmaram tudo o que ele dissera. Fora em sua própria casa que ela, surpreendida entre seus dois amantes, tentara, por sua vez, uma cena que todos conheciam de cor. Estava desonrada, obrigada a deixar Paris, se não desejasse se expor ao mais cruel escândalo.

Era-me fácil ver que, em todas essas brincadeiras, havia um tanto do ridículo espalhado sobre meu duelo por causa dessa mesma mulher, sobre minha invencível paixão por ela, enfim sobre toda minha conduta a seu respeito. Dizer que ela merecia os piores nomes, que não passava, afinal de contas, de uma miserável que talvez tivesse feito cem vezes pior do que sabíamos sobre tudo, era fazer com que eu sentisse amargamente que era apenas um idiota como tantos outros.

Tudo isso não me agradava. Os rapazes bem que se aperceberam e foram discretos, mas Desgenais tinha seus planos. Encarregara-se da tarefa de me curar de meu amor e o tratava impiedosamente como uma doença. Uma longa amizade, fundada em serviços mútuos, dava-lhe alguns direitos, e, como seu motivo parecia-lhe louvável, não hesitava em fazer valê-los.

Portanto, não apenas não me poupava, mas, assim que viu minha perturbação e minha vergonha, fez de tudo para me empurrar tão longe quanto podia nessa estrada. Minha impaciência logo se tornou visível demais para permitir que continuasse; então ele parou e escolheu o silêncio, o que me irritou ainda mais.

Foi minha vez de fazer perguntas; andava para lá e para cá pelo meu quarto. Fora-me tão insuportável ouvir contar essa história, que pedi que a recomeçassem. Esforçava-me para tomar ora um ar risonho, ora um rosto tranquilo, mas foi inútil. Desgenais ficou mudo de repente, depois de ter se mostrado o mais detestável falador.

Enquanto eu dava grandes passos, olhava-me com indiferença e deixava-me agitar no quarto como uma raposa em um zoológico.

Não posso dizer o que sentia. Uma mulher que durante tanto tempo fora o ídolo de meu coração e que, desde que a perdera, causava-me sofrimentos tão fortes, a única que amei, aquela que desejava chorar até a morte, tornou-se, de súbito, uma descarada sem-vergonha, o assunto dos debates dos rapazes, de uma desaprovação e de um escândalo universais! Parecia-me sentir sobre meu ombro a impressão de um ferro em brasas, e que eu estava marcado por um estigma incandescente.

Quanto mais refletia, mais sentia a noite se adensar em torno de mim. Vez ou outra virava a cabeça e entrevia um sorriso glacial ou um olhar curioso que me observava. Desgenais não me abandonava, compreendia bem o que fazia. Nós nos conhecíamos há muito tempo, sabia bem que eu era capaz de todas as loucuras e que a exaltação de meu caráter levava-me para além de todos os limites, não importando o caminho, exceto um único. Por isso, ele desonrava meu sofrimento e pedia juízo ao meu coração.

Quando, enfim, me viu no ponto que desejava, não demorou muito a me dar o golpe final.

— Então a história o desagrada? — disse-me. Aqui está o final, que é o melhor. É que, meu caro Otávio, a cena na casa de *** aconteceu certa noite em que havia um belo clarão de lua; ora, enquanto os dois amantes discutiam acaloradamente na casa da senhora e falavam em se cortar a garganta ao lado de um bom fogo, parece que viram na rua uma sombra que passeava muito tranquilamente, e ela se parecia muito com você, e concluíram que era você.

— Quem disse isso? — perguntei. — Quem me viu na rua?

— Sua amante. E a conta a quem quiser ouvir, tão alegremente quanto lhe contamos sua própria história. Ela sustenta que você ainda a ama, que fica de plantão em sua porta, enfim... tudo o que você desejar; basta-lhe saber que fala sobre isso em público.

Nunca consegui mentir, e todas as vezes que desejei disfarçar a verdade, meu rosto sempre me traiu. O amor-próprio, a vergonha de confessar minha fraqueza diante de testemunhas levaram-me, no entanto, a fazer um esforço. "Claro", dizia para mim, "que estava na rua". Mas se soubesse que minha amante era ainda pior do que pensava, certamente não estaria. Persuadia-me que, afinal, não podiam ter me visto claramente; tentava negar. Enrubesci de tal forma que eu mesmo senti a inutilidade de minha mentira. Desgenais sorriu.

— Cuidado — disse-lhe —, cuidado! Não vamos tão longe assim!

Continuava andando como um louco; não sabia a quem recorrer: deveria ter rido, e era ainda mais impossível. Ao mesmo tempo, sinais evidentes mostravam meu erro; estava convencido.

— Eu sabia! — chorava. — Eu sabia que essa miserável...?

Desgenais mordeu os lábios como para dizer "você sabia o suficiente".

Não sabia o que dizer, balbuciando a todo instante uma frase idiota. Meu sangue, excitado há uns quinze minutos, começava a bater nas minhas têmporas com uma força já incontrolável.

— Eu, na rua! Banhado de lágrimas! Desesperado! Enquanto esse encontro se passava em sua casa! O quê! Nessa mesma noite! Ridicularizado por ela! Ela ridicularizar! Realmente, Desgenais, você está sonhando? É verdade? É possível? O que você sabe?

Assim, falando ao acaso, perdia a cabeça, e, nesse meio tempo, uma cólera intransponível dominava-me cada vez mais. Enfim, sentei-me esgotado, com as mãos trêmulas.

— Meu amigo — disse-me Desgenais —, não leve a coisa tão a sério. Essa vida solitária que leva há dois meses faz-lhe muito mal. Estou vendo, você precisa se distrair. Venha esta noite cear conosco e amanhã almoçar no campo.

O tom dessas palavras me afetou mais que todo o resto. Senti que lhe causava pena e que me tratava como uma criança.

Imóvel, sentado afastado, fazia esforços inúteis para conseguir algum domínio sobre mim. "Então!", pensava eu, "Traído por essa mulher, envenenado por conselhos horríveis, não encontrando refúgio em parte alguma, nem no trabalho, nem no cansaço, quando tenho como único socorro, aos vintes anos, contra o desespero e a corrupção, uma santa e horrível dor, ó Deus! É essa dor mesmo, essa relíquia sagrada de meu sofrimento que acabam de quebrar em minhas mãos! Não é mais ao meu amor, é ao meu desespero que insultam! Zombar! Ela zomba quando eu choro! Parecia-me inacreditável." Quando pensava nisso, todas as lembranças do passado voltavam-me ao coração. Parecia ver se erguer, um depois do outro, os espectros de nossas noites de amor. Eles se inclinavam sobre um abismo sem fundo, eterno, negro como o vazio, e, nas profundezas do abismo, rodopiava um brilho de riso suave e zombeteiro: aqui está sua recompensa!

Se apenas tivessem me mostrado que o mundo escarnecia de mim, teria respondido "Pior para ele" e não teria me enfurecido; mas me diziam de uma só vez que minha amante não passava de uma infame. Assim, de um lado, o ridículo era público, demonstrado, constatado por duas testemunhas, que, antes de contar que me viram, não podiam deixar de dizer em que ocasião. O mundo estava contra mim. E, de outro, o que podia lhe responder? A que me agarrar? Em que me fechar? O que fazer, quando o centro de minha vida, meu próprio coração, estava arruinado, morto, destruído? O que dizer? Quando essa mulher, pela qual teria tudo enfrentado, o ridículo como a censura, pela qual teria deixado uma montanha de misérias desabar sobre mim; quando essa mulher, que eu amava, e que amava outro, e a quem não pedia que me amasse, de quem queria apenas a permissão para chorar diante de sua porta, nada além de me deixar dedicar, longe dela, minha juventude à sua lembrança e de escrever seu nome, apenas ele, sobre o túmulo de minhas esperanças!... Ah! Quando pensava nisso, sentia-me morrer. E era essa mulher que zombava de mim.

Ela era a primeira e me apontava com o dedo, assinalava-me a essa multidão desocupada, a esse povo vazio e entediado que parte gracejando em torno de tudo o que o despreza e o esquece. Era ela, eram esses lábios, tantas vezes colados aos meus, era esse corpo, esse ser, essa alma de minha vida, minha carne, meu sangue; era dali que saía a injúria; sim, a última de todas, a mais covarde e a mais amarga, o riso sem piedade que cospe no rosto da dor!

Quanto mais mergulhava em meus pensamentos, mais minha cólera aumentava. Será cólera o nome exato? Pois não sei que nome carrega o sentimento que me agitava. O que é certo é que uma necessidade desordenada de vingança acabou por vencer. E como me vingar de uma mulher? Teria dado o que me pedissem para ter à minha disposição uma arma que pudesse atingi-la. Mas que arma?

Eu não tinha nenhuma, nem mesmo a que ela usara; não podia lhe responder em sua língua.

De repente, percebi uma sombra atrás da cortina da porta envidraçada; era a criatura que esperava no gabinete.

Esquecera-me dela.

— Ouçam — exclamei levantando-me agitado —, amei, amei como um louco, como um idiota. Mereci todo o ridículo que vocês queiram. Mas, pelo céu, preciso lhes mostrar uma coisa que provará que não sou tão idiota quanto vocês creem.

E, dizendo isso, bati com o pé na porta envidraçada que cedeu e mostrei-lhes essa moça que se encontrava em um canto.

— Entre, então, ali — disse a Desgenais. — Você que me considera louco por amar uma mulher e que ama apenas as solteiras não vê sua suprema sabedoria se arrastando ali sobre aquela poltrona? Pergunte-lhe se minha noite toda se passou sob as janelas de ***, ela lhe dirá alguma coisa. Mas isso não é tudo — acrescentei —, não é tudo o que tenho para dizer. Esta noite você tem uma ceia, amanhã um passeio no campo; eu vou e creia-me, pois não o largo daqui até lá. Não nos separaremos, passaremos o dia juntos. Você terá floretes, cartas, dados, ponche, o que quiser, mas não sairá daqui. Você me pertence? E eu a você. Feito! Quis fazer de meu coração o mausoléu de meu amor, mas lançarei meu amor em outro túmulo, ó Deus de justiça, quando deveria escavá-lo em meu coração.

E, dizendo isso, sentei-me, enquanto eles entravam no gabinete, e senti o quanto a indignação que se alivia pode nos alegrar. Quanto àquele que se surpreender que a partir deste dia eu tenha mudado completamente minha vida, ele não conhece o coração do homem e não sabe que podemos hesitar vinte anos para dar um passo, mas não recuar quando o fazemos.

CAPÍTULO II

O aprendizado do deboche assemelha-se a uma vertigem. Primeiro, sentimos um quê de terror mesclado de volúpia, como sobre uma torre bem alta. Enquanto a libertinagem vergonhosa e secreta avilta o homem mais nobre, na desordem franca e arriscada, naquilo que se pode chamar deboche em plena natureza, há algo de grandioso, mesmo para o mais depravado. Aquele que, ao cair da noite, sai, com o rosto escondido pelo casaco, para sujar incógnito sua vida e sacudir clandestinamente a hipocrisia do dia, assemelha-se a um italiano que ataca seu inimigo por trás, sem ousar provocá-lo em duelo. A agressão aguarda nas esquinas e na espera da noite, mas, no debochado das orgias ruidosas, poderíamos até pensar em um guerreiro; é algo que cheira a combate, uma aparência de luta soberba. "Todos fazem, e se escondem; faça-o, e não se esconda." Assim, orgulhoso, e já com a couraça vestida, o sol nela reluz.

Conta-se que Dâmocles via uma espada sobre sua cabeça. É assim que os libertinos parecem ter acima deles não sei o quê gritando-lhes sem parar: "Vá, vá sempre, estou presa por um fio". Esses carros alegóricos que se vê durante o carnaval são a fiel imagem de suas vidas. Uma carroça desgovernada aberta de todos os lados, tochas flamejantes iluminando cabeças de gesso. Uns riem, outros cantam, no meio há mulheres que se agitam, mas não passam de restos de mulheres, com semblantes quase humanos. São acariciadas, insultadas, não se sabe nem seus nomes, nem quem são. Tudo isso flutua e se balança sob a resina ardente, em uma embriaguez que não pensa em nada e sobre a qual, dizem, vela um deus. Às vezes, parecem se inclinar e se beijar; um cai em um solavanco. Mas quem se importa? Andam para lá e para cá, e os cavalos continuam galopando.

Mas se o primeiro movimento é de espanto, o segundo é de horror e o terceiro, de piedade. Há nisso realmente tanta força, ou melhor, um abuso tão estranho da força, que, muitas vezes, os caracteres mais nobres e as organizações mais belas se deixam pegar. Isso lhes parece ousado e perigoso; fazem-se, assim, pródigos de si mesmos, agarram-se ao deboche como Mazeppa ao seu animal selvagem; amarram-se um ao outro, fazem-se Centauros e não veem nem a estrada de sangue que os farrapos de sua carne traçam sobre as árvores, nem os olhos dos lobos que se tingem de púrpura à sua passagem, nem o deserto, nem os corvos.

Lançado nessa via pelas circunstâncias já narradas, agora devo dizer o que ali presenciei.

A primeira vez que vi de perto essas famosas reuniões chamadas bailes de máscara dos teatros, ouvira falar dos deboches da Regente e de uma rainha da França fantasiada de vendedora de violetas.

Encontrei, ali, vendedoras de violetas fantasiadas de vivandeiras. Esperava libertinagem, mas ali não há nenhuma. Não é libertinagem, apenas fuligem, socos, moças bêbadas sobre garrafas quebradas.

A primeira vez que vi deboches de mesa, ouvira falar das ceias de Heliogábalo e de um filósofo da Grécia que fizera dos prazeres dos sentidos uma espécie de religião da natureza. Esperava algo como o esquecimento ou, então, alegria; encontrei lá o que há de pior no mundo, o tédio tentando viver, e ingleses que se diziam: faço isso ou aquilo, portanto me divirto; paguei tantas moedas de ouro, portanto sinto tanto de prazer. E gastam sua vida sobre esta mó.

A primeira vez que vi cortesãs, ouvira falar de Aspásia que se sentava no colo de Alcebíades discutindo com Sócrates. Esperava algo malicioso, insolente, mas alegre; intrépido e vivaz, algo como o borbulhar do vinho de Champagne, encontrei uma boca escancarada, um olhar fixo e mãos encurvadas.

A primeira vez que vi cortesãs nobres, havia lido Boccaccio e Bandello e, principalmente, havia lido Shakespeare. Sonhara com essas belas fogosas, esses querubins do inferno, essas glutonas cheias de desenvoltura, a quem os cavaleiros de Decameron apresentavam a água benta na saída da missa. Mil vezes, desenhara essas cabeças tão poeticamente loucas, tão inventivas em sua audácia, essas amantes doidas que, com um olhar, revelam todo um romance e que, na vida, andam apenas por ondas e sobressaltos, como sereias ondulantes. Lembrava-me dessas fadas das *Nouvelles Nouvelles*, que estão sempre ébrias de amor, quando não estão bêbadas dele. Encontrei escritoras de cartas, arranjadoras de encontros, que só sabem mentir aos desconhecidos e esconder suas baixezas em sua hipocrisia, que veem em tudo isso apenas se dar e esquecer.

A primeira vez que entrei no jogo, ouvira falar de rios de ouro, de fortunas feitas em quinze minutos e de um senhor da corte de Henrique IV que ganhou com uma carta os cem mil escudos que lhe custava sua roupa. Encontrei um vestiário onde os operários que têm apenas uma camisa alugam uma roupa por vinte centavos a noite, policiais sentados à porta e famintos apostando um pedaço de pão contra um tiro de pistola.

A primeira vez que vi uma reunião dessas, pública ou não, aberta a qualquer uma das trinta mil mulheres que têm, em Paris, a permissão de se vender, ouvira falar das saturnais desde sempre, de todas as orgias possíveis, desde a Babilônia até Roma, desde o templo de Príapo até o Parc-aux-Cerfs, e sempre vira escrita no alto da porta uma única palavra: "Prazer". Mas, nesses últimos tempos, encontrei apenas uma única palavra: "Prostituição". Mas sempre a vi inapagável, não gravada nesse orgulhoso metal que traz a cor do sol, mas no mais pálido de todos, aquele que a fria luz da noite parece ter tingido com seus raios lívidos: a prata.

A primeira vez que vi o povo... foi em uma horrível manhã, a quarta-feira de Cinzas, na saída da Courtille. Caía, desde a noite anterior, uma chuva fina e glacial, as ruas estavam enlameadas. Os carros alegóricos desfilavam em confusão, chocando-se, tocando-se, entre duas longas fileiras de homens e de mulheres hediondos, em pé sobre as calçadas. Essa muralha de espectadores sinistros tinha, em seus olhos vermelhos de vinho, um ódio de tigre. Em uma légua de comprimento tudo isso resmungava, enquanto as rodas das carroças tocavam seus ombros, sem que dessem um passo para trás. Eu estava em pé sobre a banqueta, o carro descoberto, vez ou outra um homem em andrajos saía da fileira, vomitava-nos uma torrente de injúrias no rosto, depois nos lançava uma nuvem de farinha. Não demorou e recebemos lama; no entanto, continuávamos subindo, ganhando a Ile-d'Amour e o lindo bosque de Romainville, onde, outrora, foram dados tantos beijos suaves sobre a relva. Um de nossos amigos, sentado sobre o banco, caiu, quase morrendo sobre o asfalto. O povo precipitou-se sobre ele para atacá-lo, foi preciso correr e cercá-lo. Um dos tocadores de trompa que nos precedia a cavalo recebeu uma pedra sobre o ombro: a farinha acabara. Nunca ouvira falar de nada parecido com aquilo.

Comecei a compreender o século e a saber em que tempo vivíamos.

Capítulo III

Desgenais organizara em sua casa de campo uma reunião de rapazes. Os melhores vinhos, uma mesa esplêndida, jogo, dança, corridas de cavalo, nada faltava. Ele era rico e de uma grande generosidade. Tinha uma hospitalidade antiga com hábitos dessa época. Aliás, encontrávamos em sua casa os melhores livros, sua conversa era a de um homem instruído e culto.

Esse homem era, de fato, um problema.

Levei para sua casa um humor taciturno que nada conseguia vencer; ele o respeitou escrupulosamente. Não respondia às suas questões, nada mais me perguntou. Para ele, o mais importante era que eu esquecesse minha amante. Contudo, eu ia caçar. Mostrava-me, à mesa, tão bom conviva quanto os outros; ele não me pedia mais que isso.

Não faltam nesse mundo pessoas assim, que se dedicam a nos ajudar e que, sem remorsos, nos atirariam uma pesada pedra apenas para esmagar uma mosca que nos pica. Sua única preocupação é impedir que cometamos um erro, isto é, só descansam quando nos tornarem semelhantes a eles. Quando o conseguem, não importa o meio, esfregam-se as mãos e nem pensam que, talvez, estejamos ainda pior. E fazem tudo isso por amizade.

Um dos maiores infortúnios da juventude inexperiente é representar o mundo a partir dos primeiros objetos que a emocionam. Mas há, também, é preciso confessar, uma raça de homens bem infelizes: são esses que, em semelhante caso, estão sempre ali para dizer à juventude "Você tem razão de acreditar no mal, e sabemos o que é isso". Ouvi falar, por exemplo, de algo singular: era como um meio entre o bem e o mal, certo arranjo entre as mulheres sem coração e os homens dignos delas; a isso chamavam o sentimento passageiro. E falavam a respeito como se falassem de uma máquina a vapor inventada por um carroceiro ou um empreiteiro. E diziam-me: concordamos com isso ou aquilo, pronunciamos essas frases que têm como resposta essas outras, escrevemos cartas de tal maneira, ajoelhamo-nos de outra. Tudo se organizava como um desfile; essas bravas pessoas tinham os cabelos grisalhos.

Isso me fez rir. Infelizmente, para mim, não posso dizer a uma mulher que desprezo que tenho amor por ela, mesmo sabendo que é uma convenção e que ela não se enganará. Nunca me ajoelhei no chão sem colocar ali meu coração. Assim, essa classe de mulheres que chamamos fáceis me é desconhecida ou, se me envolvi com alguma, foi sem sabê-lo e por simplicidade.

Compreendo que se ponha a alma de lado, mas não que a toquem. Que haja orgulho em dizê-lo, isso é possível; não pretendo nem me vangloriar, nem me rebaixar. Detesto, acima de tudo, as mulheres que riem do amor e permito-lhes que me retribuam. Nunca haverá disputa entre nós.

Essas mulheres estão bem abaixo das cortesãs: estas podem mentir e aquelas também, mas as cortesãs podem amar e as outras, não. Lembro-me de uma que me amava e que dizia a um homem três vezes mais rico que eu, com o qual vivia: "Você me aborrece, vou encontrar meu amante". Essa valia mais que muitas outras que não pagamos.

Passei a temporada inteira na casa de Desgenais, onde soube que minha amante havia partido, que saíra da França; essa notícia deixou-me no coração um langor que não me abandonou mais.

Diante do aspecto desse mundo, tão novo para mim, que me cercava nesse campo, senti-me, primeiro, tomado de uma curiosidade estranha, triste e profunda, que me fazia olhar de atravessado como um cavalo desconfiado. E essa foi a primeira coisa que aconteceu.

Desgenais tinha, então, uma linda amante, que o amava muito. Uma noite, passeando com ele, disse-lhe que a achava tal como ela era, isto é, admirável, tanto por sua beleza como por sua dedicação a ele. Em resumo, elogiei-a com entusiasmo e dei-lhe a entender que devia ser feliz por isso.

Ele nada me respondeu. Era seu jeito, e eu o conhecia como o mais seco dos homens. Assim, a noite veio e cada um se retirou. Havia uns quinze minutos que me deitara quando ouvi bater em minha porta. Gritei que entrasse, pensando ser um visitante com insônia.

Vi entrar uma mulher mais pálida que a morte, seminua e um buquê nas mãos. Ela veio até mim e me apresentou seu buquê; nele estava preso um pedaço de papel com essas poucas palavras escritas: "A Otávio, seu amigo Desgenais, como desforra".

Nem bem acabei de ler e um raio atingiu meu espírito. Compreendi tudo o que havia nessa ação de Desgenais enviando-me assim sua amante e fazendo-me uma espécie de presente à moda turca, baseado em algumas palavras que eu lhe dissera. Conhecedor de seu caráter, não havia ali nem ostentação de generosidade, nem traço de malícia, havia apenas uma lição. Essa mulher o amava, eu a elogiei por isso, e ele queria me ensinar a não amá-la, tomando-a ou recusando-a.

Isso me deu o que pensar. Essa pobre moça chorava, e não ousei enxugar suas lágrimas, com medo de chamar a atenção. Do que ele a ameaçara para determiná-la a vir? Eu o ignorava.

— Senhorita — disse-lhe —, não é preciso se afligir. Volte ao seu quarto e não tema nada.

Respondeu-me que, se saísse de meu quarto antes da manhã do dia seguinte, Desgenais a mandaria para Paris; que sua mãe era pobre e que não podia fazer isso.

— Muito bem — disse-lhe —, sua mãe é pobre, provavelmente você também o é, de forma que obedeceria a Desgenais se eu quisesse. Você é bonita, e isso poderia me tentar. Mas está chorando, e, como suas lágrimas não são para mim, não tenho o que fazer com o resto. Vá, e encarrego-me de impedir que a mandem para Paris.

Pra mim, especialmente, a meditação, que, para a maioria, é uma qualidade firme e constante do espírito, não passa de um instinto independente de minha vontade, que, vez ou outra, se apodera de mim como uma paixão violenta. Ela me vem por intervalos, a qualquer hora, sem querer e em qualquer lugar. Mas, quando vem, nada posso contra ela. Leva-me aonde bem quiser e pelo caminho que desejar.

Essa mulher partiu, e sentei-me.

Meu amigo, disse a mim mesmo, eis o que Deus lhe envia. Se Desgenais não quisesse lhe dar sua amante, talvez estivesse certo acreditando que você se apaixonaria.

Olhou-a bem? Um sublime e divino mistério realizou-se nas entranhas que a concebeu. Um ser assim custa à natureza seus mais vigilantes olhares maternos; contudo, o homem que quer curá-lo não encontrou nada melhor que empurrá-lo para os lábios dela para neles desaprender a amar.

Como é possível? Outros além de você, sem dúvida, a admiraram, mas não corriam nenhum risco; ela podia tentá-los com todas as seduções que desejasse, só você corria perigo.

É preciso, no entanto, qualquer que seja sua vida, que Desgenais tenha um coração, pois está vivo. Em que ele difere de você? É um homem que não crê em nada, não teme nada, que não tem uma preocupação, nem um aborrecimento talvez e, é claro, que uma leve picada no calcanhar o encheria de terror, pois, se seu corpo o abandonasse, o que ele se tornaria? Nele apenas o corpo vive. Que criatura é essa que trata sua alma como os flagelantes tratam sua carne? Será que se pode viver sem cabeça? Pense nisso. Aí está um homem que tem nos braços a mais bela mulher do mundo, é jovem e fogoso, acha-a bela e lhe diz; ela responde que o ama. E, então, alguém o toca no ombro e lhe diz: "É uma rameira". Nada mais, e ele se sente seguro. Se lhe tivessem dito "É uma envenenadora", talvez a amasse; não lhe daria nem um beijo de menos; mas, como não passa de uma prostituta, o amor será tão importante quanto a estrela de Saturno.

Mas o que é essa palavra afinal? Uma palavra justa, merecida, positiva, aviltada, concordo. Mas, então, o quê?

Uma palavra, no entanto. Pode se matar um corpo com uma palavra?

E se você amasse esse corpo? Dão-lhe uma taça de vinho e dizem: "Não ame isso; podemos ter quatro por seis francos". E se você se embebedasse?

Mas Desgenais ama sua amante, uma vez que a paga. Então tem uma maneira de amar particular? Não, não a tem. Sua maneira de amar não é amor, e não sente mais pela mulher que o merece que por aquela que lhe é indigna. Ele não ama ninguém, simplesmente.

Quem, então, o levou a isso? Nasceu assim ou se tornou assim? Amar é tão natural como beber ou comer. Não é um homem. Será um aborto ou um gigante? Como! Sempre seguro desse corpo impassível?

Claro, até se jogar sem perigo nos braços de uma mulher que o ama? Como! Sem empalidecer! Nunca outra troca que o ouro contra a carne? Que festim é então sua vida e que poções se bebem em suas taças? Aí está, aos trinta anos, como o velho Mitríade; os venenos das víboras lhe são amigos e familiares.

Existe aí um grande segredo, meu filho, uma chave a ser descoberta. Não importam os argumentos com os quais defendam o deboche, provarão que ele é natural um dia, uma hora, esta noite, mas não amanhã, nem todos os dias. Não há um povo sobre a terra que não tenha considerado a mulher ou como a companheira e o consolo do homem ou como o instrumento sagrado de sua vida e que, sob essas duas formas, não a honrou. Contudo, aí está um guerreiro armado que salta no abismo que Deus escavou com suas mãos entre o homem e o animal; melhor seria renegar a palavra. Quem é afinal esse Titã mudo, para ousar reprimir sob os beijos do corpo o amor do pensamento e para colocar sobre seus lábios o estigma do animal, o selo do silêncio eterno?

Há aí uma palavra a ser conhecida. Ela sopra lá embaixo o vento dessas florestas lúgubres que chamamos corporações secretas, um desses mistérios que os anjos de destruição sussurram ao ouvido quando a noite desce sobre a terra. Esse homem é pior ou melhor do que Deus o fez. Suas entranhas são como as das mulheres estéreis: ou a natureza apenas as esboçou ou nelas destilou, na sombra, alguma erva venenosa.

Pois então! Nem o trabalho nem o estudo puderam curá-lo, meu amigo. Esqueça e aprenda, esse é seu lema. Você folheava livros mortos; é jovem demais para as ruínas. Olhe ao redor; o pálido rebanho dos homens o cerca.

Os olhos das esfinges cintilam no meio dos divinos hieróglifos; decifre o livro da vida! Coragem, aluno, jogue-se no Estige, o rio invulnerável, e que suas vagas em luto o levem à morte ou a Deus.

CAPÍTULO IV

"Tudo o que havia de bom nisso, supondo que pudesse haver algo, é que esses falsos prazeres eram sementes de dores e de amarguras, que me cansavam em demasia." Estas são as simples palavras que diz, a respeito de sua juventude, o homem mais homem que jamais existiu, Santo Agostinho. Daqueles que fizeram como ele, poucos diriam essas palavras, todos as têm no coração; não encontro outras em meu coração.

Voltei a Paris no mês de dezembro, depois da temporada, passei o inverno em festas de prazer, em bailes de máscaras, em ceias, deixando raramente Desgenais, que estava encantado comigo; eu não estava nem um pouco. Quanto mais eu ia, mais me preocupava. Pareceu-me, depois de bem pouco tempo, que esse mundo tão estranho, que à primeira vista parecera-me um abismo, estreitava-se, como dizem, a cada passo; ali onde pensei ter visto um espectro, à medida que avançava, via apenas uma sombra.

Desgenais perguntava-me o que eu tinha.

— E você — dizia eu —, o que tem? Lembra-se de algum parente morto? É alguma ferida que a umidade faz reabrir?

Então, às vezes, me parecia que ele me ouvia sem responder. Nós corríamos a uma mesa, bebendo até perder a cabeça; no meio da noite, alugávamos dois cavalos e íamos almoçar a dez ou doze léguas no campo; ao voltar, banho, e, então, à mesa, dali ao jogo, dali à cama, e quando estava à beira da minha... então trancava a porta, caía de joelhos e chorava. Era minha prece da noite.

Que estranho! Orgulhava-me por me considerarem algo que no fundo não sou; vangloriava-me de fazer pior do que não fazia; e encontrava nessa fanfarronice um prazer estranho, mesclado de tristeza. Quando realmente fizera o que contava, sentia apenas tédio; mas quando inventava alguma loucura, como uma história de deboche ou o relato de uma orgia à qual não assistira, parecia-me ter o coração mais satisfeito, não sei por quê.

O que me fazia mais mal era quando, em um piquenique, íamos a algum lugar nas cercanias de Paris onde estivera antes com minha amante. Tornava-me idiota; afastava-me, olhando os arbustos e os troncos das árvores com uma amargura sem limites, até socá-los com os pés, como se quisesse transformá-los em pó. Depois retornava, repetindo cem vezes sem parar entredentes:

"Deus não me ama, Deus não me ama". E permanecia, então, horas sem falar. Essa ideia funesta de que a verdade é a nudez retornava-me a respeito de tudo.

— O mundo — dizia-me — chama sua dissimulação de virtude, seu rosário de religião, seu manto arrastando de conveniência. A honra e a moral são suas criadas de quarto; ele bebe em seu vinho as lágrimas dos pobres de espírito que creem nele; passeia de olhos baixos enquanto o sol está no céu; vai à igreja, ao baile, às assembleias, e, quando a noite chega, desabotoa seu casaco, e percebemos uma bacante nua com dois pés de bode.

Mas, falando assim, eu fazia horror a mim mesmo, pois sentia que, se o corpo estava sob a vestimenta, o esqueleto estava sob o corpo. "Será possível que seja só isso?", perguntava-me, sem nem pensar. Depois voltava para a cidade, encontrava em meu caminho uma linda mocinha de braços dados com sua mãe; eu a seguia com os olhos suspirando e voltava a ser criança.

Ainda que tivesse hábitos cotidianos com meus amigos e que tivéssemos ordenado nosso desregramento, não deixava de frequentar a sociedade. A visão das mulheres causava-me uma perturbação insuportável; estremecia quando lhes tocava as mãos. Já decidira não amar mais.

Contudo, voltei, certa noite, de um baile com o coração tão doente, que senti que era o amor. Estava ceando junto de uma mulher, a mais charmosa e a mais distinta, cuja lembrança me ficou. Quando fechei os olhos para adormecer, eu a vi diante de mim. Pensei estar perdido; logo resolvi não encontrá-la mais, evitar todos os lugares onde sabia que ela ia. Essa espécie de febre durou quinze dias, durante os quais permaneci quase que constantemente estendido sobre meu sofá e lembrando-me sem parar, sem querer, até das mínimas palavras que com ela trocara.

Como não há lugar sob o céu onde se preocupem tanto com seu vizinho como em Paris, não demorou muito para que meus conhecidos, que me viam com Desgenais, me declarassem o mais libertino de todos. Admirei nisso o espírito do mundo; tanto fora considerado idiota e novato durante minha ruptura com minha amante, agora era considerado insensível e endurecido. Chegavam a me dizer que estava bem claro que eu nunca amara aquela mulher, que, sem dúvida, fazia do amor um jogo, e isso era um grande elogio que acreditavam me dirigir. E o pior da história é que estava cheio de uma vaidade tão miserável que isso me encantava.

Minha pretensão era ser considerado *blasé*, e, ao mesmo tempo, estava cheio de desejos e minha imaginação exaltada arrastava-me para fora de qualquer limite. Comecei a dizer que não poderia dar atenção a nenhuma mulher; minha cabeça esgotava-se em quimeras que eu dizia preferir à realidade. Enfim, meu único prazer era o de me desnaturar. Bastava que um pensamento fosse extraordinário, que chocasse o senso comum, para que eu logo me considerasse o campeão, com o risco de exibir os sentimentos mais condenáveis.

Meu maior defeito era a imitação de tudo o que me impressionava, não por sua beleza, mas por sua estranheza; e não querendo me confessar imitador, perdia-me no exagero, para parecer original. Para mim, nada estava bom, nem mesmo passável; nada valia o trabalho de virar a cabeça; contudo, quando me entusiasmava em uma discussão, parecia não haver na língua francesa expressão suficientemente pomposa para louvar aquilo que eu defendia. Mas bastava concordar com minha opinião para que todo meu entusiasmo batesse em retirada.

Era uma sequência natural de minha conduta. Desgostoso da vida que levava, não queria, no entanto, mudá-la.

Simigliante a quella'nferma
Che non puo trovar posa insu le piume,
Ma com dar volta suo dolore scherma.

Dante

E assim atormentava meu espírito para lhe enganar e excedia-me para sair de mim mesmo.

Mas, enquanto minha vaidade se ocupava assim, meu coração sofria, e assim havia quase constantemente em mim um homem que ria e outro que chorava. Era como um contragolpe perpétuo de minha cabeça ao meu coração.

Meus próprios sarcasmos, às vezes, me causavam uma dor extrema, e minhas mágoas mais profundas davam-me vontade de estourar de rir.

Um homem vangloriava-se um dia de ser inacessível aos temores supersticiosos e de não ter medo de nada; seus amigos colocaram em sua cama um esqueleto humano e postaram-se no quarto ao lado para observar quando ele entrasse. Eles não ouviram nenhum ruído, mas quando entraram no quarto dele na manhã seguinte, encontraram-no ereto sobre sua cadeira e brincando com a ossada: enlouquecera.

Havia em mim algo semelhante a esse homem, se não fossem meus ossos favoritos, seriam os do esqueleto bem-amado: eram os escombros de meu amor, tudo o que restara do passado.

Não é preciso, no entanto, dizer que, em todo esse desregramento, não houve bons momentos. Os companheiros de Desgenais eram rapazes distintos, muitos deles eram artistas. Juntos, passávamos algumas vezes noites deliciosas, com o pretexto de brincar de libertinos. Um deles interessara-se, então, por uma bela cantora que nos encantava por sua voz fresca e melancólica. Quantas vezes permanecemos, sentados em círculo, ouvindo-a, enquanto a mesa era posta! Quantas vezes um de nós, no momento em que as garrafas se abriam, segurava na mão um livro de Lamartine e lia com uma voz emocionada! Precisavam ver como, então, qualquer outro pensamento desaparecia! As horas voavam durante esse tempo; e, quando íamos para a mesa, que singulares libertinos éramos então! Não dizíamos uma palavra e tínhamos lágrimas nos olhos.

Desgenais, sobretudo, normalmente o mais frio e o mais seco dos homens, era inacreditável nesses dias. Entregava-se a sentimentos tão extraordinários, que diríamos um poeta em delírio. Mas, depois dessas expansões, às vezes, se sentia tomado por uma alegria furiosa. Bastava o vinho lhe subir à cabeça para quebrar tudo; o gênio da destruição saía-lhe todo armado da cabeça, e, algumas vezes, eu o vi, no meio de suas loucuras, jogar uma cadeira contra uma janela fechada fazendo um barulho assustador.

Não podia impedir-me de fazer desse homem estranho um tema de estudo. Parecia-me o tipo acabado de uma classe de pessoas que deviam existir em algum lugar, mas que me eram desconhecidas. Não se sabia, quando ele agia, se era desespero de um doente ou o capricho de uma criança mimada.

Nos dias de festa, mostrava-se particularmente em um estado de excitação nervosa que o levava a se conduzir como um verdadeiro estudante. Seu sangue-frio era, então, de se morrer de rir. Um dia convenceu-me de que saíssemos os dois a pé, sozinhos, no nevoeiro, vestidos com roupas grotescas, com máscaras e instrumentos musicais. Passeamos assim a noite toda, sérios, em meio ao mais terrível tumulto. Encontramos um cocheiro de uma carruagem de aluguel adormecido sobre o banco, desatrelamos os cavalos, depois fingimos sair de um baile e o chamamos aos gritos. O cocheiro despertou e, na primeira chicotada que deu, seus cavalos partiram trotando, deixando-o, assim, pendurado sobre seu assento. Na mesma noite, fomos a Champs-Élysées. Desgenais, vendo passar outra carruagem, parou-a, sem mais nem menos como se fosse um ladrão, intimidou o cocheiro com suas ameaças e o forçou a descer e a se colocar de barriga para baixo. Não deixava de ser uma brincadeira perigosa.

Contudo, ele abriu a porta da carruagem, e encontramos dentro dela um jovem e uma dama paralisados de medo. Ele me disse então que o imitasse, e, com as duas portas abertas, começamos a entrar por uma e sair pela outra, de modo que, na escuridão, os pobres coitados na carruagem acreditavam estar diante de uma procissão de criminosos.

Penso que as pessoas que dizem que o mundo dá experiência devem se surpreender que acreditemos nelas.

O mundo é só turbilhões, e entre eles não há relação alguma. Tudo caminha em bandos como revoadas de pássaros. Nem os diferentes bairros de uma cidade se assemelham entre si, e há tanto a aprender, para alguém da Chaussée-d'Antin, tanto no Marais quanto em Lisboa. A única verdade é que esses turbilhões diversos são atravessados, desde que o mundo existe, pelos mesmos sete personagens: o primeiro chama-se esperança; o segundo, consciência; o terceiro, opinião; o quarto, inveja; o quinto, tristeza; o sexto, orgulho; e o sétimo, homem.

Éramos, portanto, eu e meus companheiros, uma revoada de pássaros e permanecemos juntos até a primavera, ora jogando, ora correndo...

Mas, dirá o leitor, no meio de tudo isso, que mulheres tinham? Não vejo aí o deboche em pessoa.

Ó criaturas que carregam o nome de mulheres e que passaram como sonhos em uma vida que também não passava de um sonho, que direi de vocês? Ali, onde nunca houve a sombra de uma esperança, haveria alguma lembrança? Onde as encontrarei para isso? O que há de mais mudo na memória humana? O que há de mais esquecido que vocês?

Mas, se devo falar das mulheres, citarei duas; eis uma delas.

Pergunto-lhes: o que querem que faça uma pobre costureira, jovem e bela, com dezoito anos, e, claro, com desejos, tendo um romance em seu balcão, onde só se fala de amor; não conhecendo nada, nem tendo nenhuma ideia de moral; costurando eternamente a uma janela diante da qual as procissões não passam mais, por ordem da polícia, mas diante da qual andam todas as noites uma dúzia de moças autorizadas pela própria polícia. O que querem que faça, quando, depois de ter exaurido mãos e olhos durante um longo dia em um vestido ou um chapéu, ao cair da noite, apoia-se por um momento nessa janela? Esse vestido que costurou, aquele chapéu que cortou, com suas pobres e honestas mãos, para ter o que jantar em casa, ela os vê passar sobre a cabeça e o corpo de uma moça pública. Trinta vezes por dia, uma carruagem de aluguel para diante de sua porta e dela desce uma prostituta cadastrada como o carro que a conduz, que vem com um ar desdenhoso exibir-se diante de um espelho, experimentar, tirar e recolocar dez vezes essa triste paciente obra de suas noites.

Ela vê essa moça tirar de sua bolsa seis moedas de ouro, ela que recebe uma por semana; observa-a da cabeça aos pés, examina sua roupa; segue-a até sua carruagem; e, então, o que vocês querem! Quando a noite está bem escura, uma noite sem trabalho, sua mãe doente, ela entreabre a porta, estende a mão e para um transeunte.

É essa a história de uma moça que eu tive. Ela sabia um pouco de piano, um pouco de cálculo, um pouco de desenho, e mesmo um pouco de história e de gramática, e, assim, de tudo um pouco.

Quantas vezes olhei com uma compaixão pungente esse triste esboço da natureza, mutilado ainda pela sociedade! Quantas vezes segui nessa noite profunda as pálidas e vacilantes luzes de uma centelha sofrida e abortada! Quantas vezes tentei reacender alguns carvões apagados sob essa pobre cinza! Ai de mim! Seus longos cabelos tinham realmente a cor da cinza, e a chamávamos Cinderela.

Eu não era bastante rico para lhe dar professores. Desgenais, ouvindo meu conselho, interessou-se por essa criatura; ensinou-lhe novamente tudo o que ela sabia um pouco, mas nunca conseguiu fazer um progresso sensível. Assim que seu professor partia, cruzava os braços e assim permanecia por horas inteiras, olhando através dos vidros. Quantos dias! Quanta miséria! Um dia ameacei-a de, se não estudasse, deixá-la sem dinheiro. Silenciosamente, ela começou a estudar, e soube, pouco depois, que saía escondido. Aonde ia? Só Deus sabe. Pedi-lhe, antes que partisse, que me bordasse uma bolsa; conservei por muito tempo essa triste relíquia; ela estava pendurada em meu quarto como um dos dos monumentos mais sombrios de tudo o que é ruína aqui na terra.

E agora, a outra.

Eram quase dez horas da noite, quando, depois de um dia repleto de ruído e de cansaço, fomos até casa de Desgenais, que chegara algumas horas antes para fazer seus preparativos. A orquestra já estava tocando e o salão cheio, quando chegamos.

A maioria das dançarinas eram moças de teatro; explicaram-me porque estas valem mais do que as outras: todos as disputam.

Mal entrei, lancei-me no turbilhão da valsa.

Sempre gostei desse exercício verdadeiramente delicioso; não conheço nada de mais nobre, nem em tudo mais digno de uma bela mulher e de um rapaz; todas as danças, em comparação, não passam de convenções insípidas ou pretextos para as mais banais conversas. De certa forma, possuir realmente uma mulher é tê-la por meia hora em seus braços e conduzi-la assim, palpitante mesmo sem o desejar, e não sem algum risco, de tal forma que não é possível dizer se estão protegidas ou forçadas. Algumas se entregam com um voluptuoso pudor, com um abandono tão doce e puro, que é difícil saber se o que se sente perto delas é desejo ou medo e se, apertando-as ao coração, desmaiam ou se quebram como juncos. Certamente, a Alemanha, onde inventaram essa dança, é um país onde se ama.

Segurava em meus braços uma soberba dançarina de um teatro na Itália, que veio a Paris para o carnaval. Seus trajes eram de uma bacante, com um vestido de pele de pantera.

Nunca vira nada tão lânguido como aquela criatura.

Era alta e magra, e, mesmo valsando com uma extrema rapidez, parecia se arrastar; vendo-a, diriam que devia cansar seu par; mas este não a sentia, ela corria como que por encantamento.

Em seu peito havia um enorme buquê, cujos perfumes me inebriavam sem querer. Ao menor movimento de meu braço, sentia-a dobrar como uma liana da Índia, cheia de uma suavidade tão doce e tão amigável, que ela envolvia-me como um véu de seda perfumado. A cada volta, mal se ouvia um leve tilintar de seu colar sobre o cinto de metal; movia-se tão divinamente que pensei ver uma linda estrela, e tudo isso com um sorriso, como uma fada que vai voar. A música da valsa, terna e voluptuosa, parecia sair de seus lábios, enquanto a cabeça, coberta por uma floresta de cabelos negros trançados em natas, pendia para trás, como se seu pescoço fosse muito frágil para carregá-la.

Quando a valsa acabou, joguei-me em uma cadeira no fundo de um boudoir; com o coração disparado, estava fora de mim.

— Ó Deus! — exclamei. — Como isso é possível? Que monstro soberbo! Que belo réptil, como se ergue! Como ondula, suave cobra-d'água, com sua pele maleável e colorida! Como sua prima, a serpente, ensinou-lhe a se enrolar em torno da árvore da vida com a maçã na boca!

Ó Melusina! Ó Melusina! Os corações dos homens lhe pertencem. Você sabe muito bem disso, encantadora, com sua aveludada languidez que parece ignorar. Você sabe bem que perde, que se afoga; sabe que vamos sofrer quando a tocarmos; sabe que morremos de seus sorrisos, do perfume de suas flores, do contato com seus prazeres; por isso se entrega com tanta suavidade, por isso seu sorriso é tão doce, suas flores tão frescas, por isso coloca lentamente seu braço sobre nossos ombros. Ó Deus! Ó Deus! O que quer de nós?

O professor Hallé disse uma frase terrível: "A mulher é a parte nervosa da humanidade, e o homem a parte muscular". O próprio Humboldt, esse estudioso sério, disse que em torno dos nervos humanos havia uma atmosfera invisível. Não falo dos sonhadores que seguem o voo turbilhonante dos morcegos de Spallanzani e que acreditam ter encontrado um sexto sentido na natureza. Nessa natureza que nos cria, nos ridiculariza e nos mata, assim como é, seus mistérios são bem terríveis, suas potências bem profundas, e nem precisa tornar ainda mais espessas as trevas que nos envolvem! Mas que homem acredita ter vivido, se nega o poder das mulheres? Se nunca deixou uma bela dançarina com as mãos trêmulas? Se nunca sentiu algo indefinível, esse magnetismo irritante que, no meio de um baile, ao som dos instrumentos, ao calor que empalidece os lustres, brota lentamente de uma jovem mulher, eletrizando-a, e rodopia em torno dela como o perfume do aloés sobre o incensário que se balança ao vento?

Um profundo estupor apoderou-se de mim. Que semelhante embriaguez exista quando se ama, isso não era novidade; sabia o que era essa auréola que irradia da bem-amada. Mas excitar tais batimentos cardíacos, evocar semelhantes fantasmas, apenas com sua beleza, algumas flores e a pele variegada de uma besta feroz, com certos movimentos, certa maneira de girar em círculos, que aprendeu com algum acrobata, com os contornos de um belo braço, e isso sem uma palavra, sem um pensamento, sem que consinta parecer sabê-lo! O que era então o caos, se esta é A Obra dos sete dias?

Não era o amor, no entanto, o que eu sentia; e só posso dizer que era sede. Pela primeira vez em minha vida senti vibrar em meu ser um acorde estranho ao meu coração. A visão desse belo animal fez outro rugir em minhas entranhas. Senti logo que não diria a essa mulher que a amava, nem que me agradava, nem mesmo que era linda; em meus lábios nada havia além do desejo de beijar os seus, de lhe dizer: "Desses braços indiferentes, faça-me um cinto; essa cabeça inclinada, apoie-a em mim, esse sorriso doce, cole-o em minha boca.".

Meu corpo amava o dela. Eu estava inebriado pela beleza como se é pelo vinho.

Desgenais passou e perguntou-me o que eu estava fazendo ali.

— Quem é essa mulher? — disse-lhe.

Ele respondeu:

— Que mulher? De quem está falando?

Peguei-o pelo braço e levei-o ao salão. A italiana nos viu chegando. Sorriu; dei um passo para trás.

— Ah! Ah! — disse Desgenais. — Você valsou com Marco?

— O que é Marco? — disse-lhe.

— Ah! É aquela preguiçosa que está rindo ali. Ela o agrada?

— Não — respondi —, valsei com ela e queria saber seu nome; ela me é indiferente.

Era a vergonha que me fazia falar assim, mas quando Desgenais deixou-me, corri atrás dele.

— Você é muito impetuoso, disse ele, rindo. Marco não é uma moça comum, é sustentada e quase casada com o senhor de ***, embaixador em Milão. Foi um de seus amigos que a trouxe. No entanto — acrescentou —, pode contar que falarei com ela; só o deixaremos morrer quando não houver outro recurso. Pode ser que consigamos que ela fique para o jantar.

Retirou-se depois disso. Não sei dizer a inquietude que senti ao vê-lo aproximar-se dela, mas não pude segui-los, pois se esquivaram no meio da multidão.

— É, então, verdade — disse a mim mesmo. — Chegaria a tanto? O quê! Tão rápido? Ó Deus! Seria isso o que vou amar? "Mas, afinal de contas", pensei, "são os meus sentidos que agem, meu coração não tem nada a ver com isso."

Tentava me tranquilizar. No entanto, alguns instantes depois, Desgenais tocou-me no ombro.

— Cearemos daqui a pouco — disse-me. — Você dará o braço a Marco, ela sabe que o agradou e está dentro das regras.

— Ouça — disse-lhe —, não sei o que sinto. É como se visse Vulcano com o pé coxo cobrindo Vênus de beijos, com sua barba enfumaçada em sua forja. Ele fixa seus olhos assustados sobre a carne espessa de sua presa. Concentra-se na visão dessa mulher, seu único bem, esforça-se para rir de alegria, faz como se tremesse de felicidade, e, nesse meio tempo, lembra-se de seu pai Júpiter, que está sentado nos céus.

Desgenais olhou-me sem responder, pegou o meu braço e me arrastou.

— Estou cansado — ele disse — e triste. Esse som me mata. Vamos cear, isso nos animará.

A ceia foi esplêndida, mas a ela apenas assisti. Não conseguia tocar em nada; os lábios me falhavam.

— O que o aflige? — disse-me Marco.

Mas eu permanecia como uma estátua e a olhava da cabeça aos pés em um espanto mudo.

Ela começou a rir. Desgenais, que nos observava de longe, também. Diante dela havia um grande cristal talhado em forma de taça, que refletia em mil facetas cintilantes a luz dos lustres, que brilhava como o prisma das sete cores do arco-íris. Ela estendeu seu braço indolente e encheu-a até a borda com uma onda dourada de vinho de Chipre, desse vinho doce do Oriente que mais tarde, na praia deserta do Lido, achei tão amargo.

— Pegue — disse-me apresentando-a —, *per voi, bambino mio.*

— Para você e para mim — eu disse, apresentando-lhe, então, a taça.

Mergulhou nela seus lábios e eu esvaziei-a com uma tristeza que ela parecia ler em meus olhos.

— Não é bom? — ela disse.

— Sim — respondi.

— Ou está com dor de cabeça?

— Não.

— Ou está cansado?

— Não.

— Ah, então é um problema de amor?

E falando assim em seu jargão, seus olhos tornaram-se graves.

Sabia que ela era de Nápoles, e, mesmo sem querer, quando falava de amor, sua Itália palpitava em seu coração.

Outra loucura aconteceu em seguida. As cabeças já estavam quentes, os copos chocavam-se; nas faces mais pálidas já subia essa púrpura leve com a qual o vinho colore os rostos, como para se defender do pudor de estar ali: um murmúrio confuso, semelhante à subida da maré, bramia vez ou outra; os olhares inflamavam-se aqui e ali, depois, de súbito, fixavam-se e permaneciam vazios; não sei que vento fazia flutuar um na direção do outro todos esses inebriamentos incertos. Uma mulher levantou-se, como em um mar ainda tranquilo a primeira onda que sente a tempestade e que se ergue para anunciá-la; acenou com a mão para pedir silêncio, esvaziou sua taça de um só gole e, com esse movimento, despenteou-se; uma faixa de cabelos dourados rolou sobre seus ombros; abriu os lábios e tentou cantar uma canção de mesa; seus olhos estavam semicerrados. Respirava com esforço; duas vezes um som rouco saiu de seu peito oprimido; uma palidez mortal a cobriu e, então, caiu sobre sua cadeira.

Iniciou-se, então, uma algazarra, que se estendeu por mais de uma hora que durou a ceia, e cessou apenas no fim.

Era impossível distinguir qualquer coisa: nem os risos, nem as canções, nem mesmo os gritos.

— O que você acha disso? — disse-me Desgenais.

— Nada — respondi —, tampo meus ouvidos e observo.

Em meio a essa bacanal, a bela Marco permanecia em silêncio, não bebendo, apoiada tranquilamente sobre seu braço nu e deixando sonhar sua preguiça. Não parecia nem surpresa nem comovida.

— Não quer fazer o mesmo que eles? — perguntei-lhe. — Você, que há pouco ofereceu-me o vinho de Chipre, também não quer experimentá-lo?

E, dizendo isso, servi-lhe uma grande taça cheia até a borda; ela a ergueu lentamente e o bebeu de uma só vez, depois a colocou sobre a mesa e retomou a sua atitude distraída.

Quanto mais eu observava Marco, mais ela me parecia singular; não sentia prazer em nada, mas também não se aborrecia com nada. Parecia tão difícil aborrecê-la como agradá-la; fazia o que lhe pediam, mas nada de seu próprio movimento. Pensei no gênio do descanso eterno e dizia-me que, se essa estátua pálida se tornasse sonâmbula, seria parecida com Marco.

— Você é boa ou má? — disse-lhe. — Triste ou alegre? Amou? Quer que a amemos? Gosta de dinheiro, do prazer, do quê? Dos cavalos, do campo, do baile? O que a agrada? Com o que sonha? — e, a todas essas perguntas, o mesmo sorriso de sua parte, um sorriso sem alegria ou tristeza, que significava "o que importa?" e nada mais.

Aproximei meus lábios dos dela, e ela me beijou, distraída e indiferente como era. Então, levou o lenço à boca.

— Marco — eu disse —, ai daquele que amá-la!

Ela dirigiu-me um olhar sombrio, em seguida o levou ao céu e, levantando um dedo no ar, com esse gesto italiano que não pode ser imitado, pronunciou suavemente a grande palavra feminina de seu país: "*Forse!*".

Enquanto isso, a sobremesa foi servida, e vários convivas levantaram-se: uns fumavam, outros começaram a jogar, um pequeno grupo permaneceu à mesa; mulheres dançavam, outras adormeceram. A orquestra retornou; as velas empalideciam, colocaram outras. Lembrei-me da ceia de Petrônio, onde as luzes apagam-se em torno dos senhores desmaiados, enquanto escravos entram na ponta dos pés e roubam a prataria. Em meio a tudo isso, as canções continuavam sempre, e três ingleses, três dessas figuras mornas cujo hospital é o continente, continuaram, a despeito de tudo, o mais sinistro poema que já saiu de seus pântanos.

— Vamos — disse a Marco —, vamos embora!

Ela se levantou e pegou meu braço.

— Até amanhã — gritou Desgenais.

E saímos da sala.

Aproximando-se da casa de Marco, meu coração batia violentamente; não conseguia falar. Não conhecia nenhuma mulher como essa; ela não sentia nem desejo nem desgosto, e eu não sabia o que pensar ao ver a minha mão tremer junto a esse ser imóvel.

Seu quarto era como ela, escuro e voluptuoso; um candelabro de alabastro o iluminava pela metade. As poltronas, o sofá, eram macios como leitos. Acho que tudo era feito de penas e de seda. Ao entrar, um forte odor de pastilhas turcas impressionou-me, não essas vendidas aqui nas ruas, mas as de Constantinopla, que são os perfumes mais intensos e perigosos. Ela tocou a campainha, uma criada de quarto entrou. Ela acompanhou-a até sua alcova, sem me dizer uma palavra, e, alguns instantes depois, eu a vi deitada, apoiada em seu cotovelo, sempre na postura indiferente que lhe era habitual.

Eu estava em pé e a observava. Coisa estranha! Quanto mais a admirava, mais a achava bela, mais sentia se desfazerem os desejos que me inspirava. Não sei se foi um efeito magnético; seu silêncio e sua imobilidade me venciam. Fiz como ela, estendi-me no sofá em frente à alcova, e o frio da morte invadiu minha alma.

Os batimentos do sangue nas artérias são um estranho relógio que sentimos vibrar apenas à noite. O homem, abandonado, então, pelos objetos externos, volta-se para si mesmo, ouve-se viver. Apesar do cansaço e da tristeza, não podia fechar os olhos; os de Marco estavam fixos em mim, e nós nos olhávamos em silêncio, e lentamente, se assim se pode dizer.

— O que você está fazendo aqui? — ela finalmente disse. — Você não vem para perto de mim?

— Daqui a pouco — respondi. — Você é realmente linda!

Um leve suspiro se fez ouvir, semelhante a um lamento: uma das cordas da harpa de Marco acabara de se soltar. Ao ouvi-lo, virei a cabeça e vi que a pálida luz dos primeiros raios da aurora coloria as janelas.

Levantei-me e abri as cortinas; uma forte luz penetrou no quarto. Aproximei-me de uma janela e ali fiquei por alguns instantes, o céu estava claro, o sol sem nuvens.

— Vem ou não? — repetiu Marco.

Fiz um gesto para que esperasse mais um instante. Por alguma prudência escolhera um bairro distante do centro da cidade; talvez também tivesse outro apartamento, pois, às vezes, ela recebia. Os amigos do seu amante vinham à sua casa, e o quarto onde estávamos sem dúvida era uma espécie de *garçonnière*. Dava para o Luxemburgo, cujo jardim estendia-se ao longe diante de meus olhos.

Como uma cortiça que, mergulhada na água, parece inquieta sob a mão que a segura e desliza por entre os dedos para subir à superfície, assim se agitava em mim algo que não conseguia vencer ou afastar. A aparência das aleias do Luxemburgo fez meu coração saltar, e qualquer outro pensamento se esvaneceu. Tantas vezes, como não fui à escola, deitara-me sob a sombra apoiado nesses pequenos montes, com um bom livro, cheio de louca poesia! Pois, ai de mim, esses eram os deboches de minha infância. Encontrei todas essas lembranças distantes nas árvores despojadas, na grama seca dos canteiros. Ali, quando tinha dez anos, passeara com meu irmão e meu tutor, jogando pão a alguns pobres pássaros cheios de frio; ali, sentado em um canto, olhara durante horas as meninas dançarem a ciranda; ouvia meu coração ingênuo bater aos refrãos de suas canções infantis; então, de volta ao ginásio, atravessara mil vezes a mesma aleia, perdido em um verso de Virgílio e chutando com o pé um seixo.

— Ó minha infância que retorna! — exclamava. — Ó meu Deus, você está aqui!

Virei-me. Marco adormecera, o candelabro apagara-se, a luz do dia mudara todo o aspecto do quarto; as tapeçarias, que para mim eram de um azul-marinho, eram de um tom esverdeado e desbotado, e Marco, a bela estátua, deitada na alcova, estava lívida como a morte.

Estremeci sem querer; olhava a alcova e, então, o jardim; minha cabeça exausta começava a pesar. Dei alguns passos e fui me sentar na frente de uma escrivaninha aberta, perto de outra janela. E ali me apoiei, e olhava maquinalmente uma carta desdobrada que fora deixada por cima; ela continha apenas algumas palavras. Li-as várias vezes em seguida, sem prestar muita atenção, até que, de tanto lê-las, o sentido tornou-se inteligível ao meu pensamento. Fiquei impressionado de repente, embora não me fosse possível compreender tudo.

Peguei o papel e li o seguinte, escrito com má ortografia:

"Ela morreu ontem. Às onze horas da noite, sentia-se cansada, Chamou-me e disse: 'Louison, vou encontrar meu camarada; vá até o armário e desenganche o lençol preso ao prego, é o par do outro.' Caí de joelhos chorando, mas ela estendeu a mão, gritando: 'Não chore! Não chore!'. E deu um suspiro..."

O resto estava rasgado. Não posso dizer o efeito que essa leitura sinistra produziu em mim; virei o papel e vi o endereço de Marco, a data da véspera.

—Ela está morta? E quem está morta? — exclamava involuntariamente indo para a alcova. — Morta! Quem? Quem?

Marco abriu os olhos, viu-me sentado em sua cama, com a carta na mão.

—Foi minha mãe — disse ela — que morreu. Então você não vem para perto de mim?

Ao dizer isso, estendeu-me a mão.

—Silêncio! — disse-lhe. — Durma e deixe-me aqui.

Ela virou-se e voltou a dormir. Olhei-a por algum tempo, até estar certo de que não podia me ouvir, afastei-me e fui embora calmamente.

CAPÍTULO V

Uma noite, estava sentado ao lado da lareira com Desgenais. A janela estava aberta; era um daqueles primeiros dias de março, que são os mensageiros da primavera; chovera, um cheiro doce vinha do jardim.

— O que vamos fazer, meu amigo — disse-lhe — quando chegar a primavera? Tenho vontade de viajar.

— Farei — disse-me Desgenais —, o que fiz no ano passado, vou para o campo quando chegar o tempo de ir.

— O quê? — respondi. — Todo ano você faz a mesma coisa? Irá, portanto, recomeçar nossa vida deste ano?

— O que você quer que eu faça? — respondeu ele.

— É isso mesmo — exclamei levantando-me de repente. — Sim, o quer que eu faça? Você realmente disse isso. Ah! Desgenais, como tudo isso me cansa! Nunca se cansa dessa vida que leva?

— Não — ele disse.

Eu estava em pé tendo à minha frente uma gravura que representava a Madalena no deserto; juntei as mãos involuntariamente.

— O que vai fazer? — perguntou Desgenais.

— Ouça — eu disse —, se eu fosse um pintor e desejasse representar a melancolia, não o faria com uma moça sonhadora, com um livro nas mãos.

— O que você tem esta noite? — disse ele, rindo.

— Não, na verdade — continuei —, essa Madalena que chora tem

116   A CONFISSÃO DE UM FILHO DO SÉCULO

o peito inflado de esperança, essa mão pálida e doentia, sobre a qual apoia a cabeça, está ainda repleta dos perfumes que derramou sobre os pés de Cristo. Você não vê que nesse deserto há uma infinidade de pensamentos que oram? Isso não é melancolia.

—É uma mulher que lê — respondeu-me secamente.

—É uma mulher feliz — eu disse —, e um livro feliz.

Desgenais entendeu o que eu quis dizer; viu que uma profunda tristeza apoderava-se de mim. Perguntou se eu tinha algum motivo para tristeza. Hesitei em lhe responder, e sentia meu coração partindo-se.

—Por fim — disse-me —, meu caro Otávio, se você tem um motivo de tristeza, não hesite em confiá-lo a mim. Fale abertamente e encontrará em mim um amigo.

—Eu sei — respondi. — Tenho um amigo, mas minha dor não tem amigo.

Pressionou-me a explicar.

—Bem, — disse-lhe —, se eu me explico, em que isso nos servirá, já que você não pode fazer nada e nem eu? É o fundo do meu coração que você me pede ou é apenas a primeira palavra que veio e uma desculpa?

—Seja honesto — disse ele.

—Pois bem! — repliquei. — Pois bem! Desgenais, você deu-me conselhos na hora certa e peço-lhe que me ouça como então eu o ouvi. Pergunta-me o que tenho em meu coração e vou dizê-lo. Pegue o primeiro homem que aparecer e diga-lhe: "Essas são as pessoas que passam a vida bebendo, andando a cavalo, rindo, jogando, usando de todos os prazeres; nenhum obstáculo as impede, têm como lei o que lhes agrada; tantas mulheres quantas desejam: são ricos; outra preocupação, nenhuma; todos os dias são festas para eles. O que você acha?"

A menos que esse homem seja um devoto sério, ele responderá que é fraqueza humana, se não responder simplesmente que essa é a maior felicidade que alguém possa imaginar.

Conduza, então, esse homem à ação; leve-o à mesa, uma mulher ao seu lado, um copo na mão, um punhado de ouro todas as manhãs e, depois, lhe diga: "Esta é sua vida". Enquanto dorme ao lado de sua amante, seus cavalos batem os cascos no estábulo; enquanto empina seu cavalo na areia dos caminhos, o vinho amadurece em suas adegas; enquanto passa a noite bebendo, seus banqueiros aumentam sua riqueza. Basta desejar e os seus desejos serão realidades. Você é o mais feliz dos homens; mas, cuidado, pois um dia beberá além da conta e seu corpo não será mais capaz de desfrutar. Será uma grande desgraça, pois todas as dores se consolam, exceto essas. Uma bela noite, galopando pela floresta com companheiros alegres, seu cavalo pode dar um passo em falso, e você cai em uma vala cheia de lama e corre o risco de que seus companheiros bêbados, em meio às suas fanfarras alegres, não ouçam seus gritos de angústia; preste atenção para que não passem sem vê-lo e para que o ruído de sua alegria não se perca na floresta, enquanto você se arrasta nas trevas sobre seus membros quebrados. Em uma noite qualquer, você pode perder no jogo; a fortuna tem seus maus dias. Quando chegar em casa e se sentar ao lado da lareira, lembre-se de bater na testa, e de deixar a tristeza molhar suas pálpebras, e de olhar aqui e ali com amargura, como quando se procura um amigo; lembre-se, sobretudo, de pensar subitamente em sua solidão, naqueles que têm ali perto, sob um telhado de palha, uma família tranquila, que adormecem segurando as mãos, pois, à sua frente, sobre sua cama esplêndida, estará sentada, como única confidente, a pálida criatura que é a amante de seus escudos. Inclina-se sobre ela para aliviar seu peito oprimido e ela dirá que você está bem triste e que a perda deve ser considerável; e as lágrimas de seus olhos lhe causarão uma grande preocupação, porque são capazes de estragar o vestido que ela usa e derrubar os anéis de seus dedos. Não diga o nome daquele que o venceu nesta noite, pois talvez ela o encontre de manhã e o seduza em vista de sua ruína. Isso é a fraqueza humana. Você é capaz de tê-la? É um homem? Cuidado com o desgosto, é ainda um mal incurável; um morto vale bem mais que um vivo desgostoso de viver. Você tem um coração? Cuidado com o amor, é o pior dos males para um debochado, é um ridículo; os debochados pagam suas amantes, e a mulher que se vende pode desprezar apenas um homem no mundo, aquele que a ama. Tem paixões? Cuidado com seu rosto; é uma vergonha para um soldado retirar sua armadura e para um debochado parecer se apegar ao que quer que seja; sua glória consiste em tocar tudo apenas com mãos de mármore esfregadas com óleo, pelas quais tudo deve deslizar. Você tem cabeça quente? Se quiser viver, aprenda a matar; às vezes, o vinho é briguento. Tem uma consciência? Proteja seu sono; um debochado que se arrepende tarde demais é como um navio que afunda: não pode voltar nem à terra, nem continuar sua rota; ainda que os ventos o empurrem, o oceano o atrai; ele gira sobre si mesmo e desaparece. Se tem um corpo, cuidado com o sofrimento; se tem uma alma, cuidado com o desespero. Ó infeliz, cuidado com os homens; enquanto andar por essa estrada onde se encontra, pensará ver uma planície imensa onde, como uma guirlanda florida, desfralda-se uma farândola de dançarinos que se seguram como anéis de uma corrente; mas tudo não passa de uma leve miragem; aqueles que olham para os seus pés sabem que volteiam sobre um fio de seda estendido sobre um abismo e que este devora muitas quedas silenciosas sem uma prega em sua superfície. Não dê um passo em falso! A própria natureza sente recuar em torno de você suas entranhas divinas; as árvores e os juncos não o reconhecem mais, você distorceu as leis de sua mãe, não é mais o irmão dos bebês, e os pássaros dos campos calam-se quando o veem. Está só! Cuidado com Deus! Está só diante Dele, em pé como uma fria estátua, sobre o pedestal de sua vontade. A chuva do céu não o refresca mais, ela o mina, ela o desgasta. O vento que passa não lhe dá mais o beijo de vida, comunhão sagrada de tudo o que respira; ele o abala, e o faz oscilar. Cada mulher que beija toma uma centelha de sua força sem lhe devolver uma da sua; você se esgota nos fantasmas; ali, onde cai uma gota de seu suor, germina uma dessas plantas sinistras que crescem nos cemitérios. Morra! Você é o inimigo de tudo o que ama. Vergue-se sobre sua solidão, não espere a velhice, não deixe a criança sobre a terra, não fecunde um sangue corrompido, desapareça como a fumaça, não prive do raio de sol o grão de trigo que cresce!

Depois dessas palavras, caí na poltrona, e um riacho de lágrimas escorreu de meus olhos.

— Ah, Desgenais — acrescentei soluçando —, não foi isso o que me disse. Não o sabia? E se sabia, por que não o dizia?

Mas Desgenais também tinha as mãos juntas, estava pálido como uma mortalha, e uma longa lágrima corria-lhe sobre a face.

Houve, entre nós, um momento de silêncio. O relógio soou; de súbito pensei que mal fazia um ano que, em um dia igual a este, na mesma hora, descobri que minha amante me enganava.

— Ouve este relógio? — perguntei. — Ouve? Não sei o que ele bate agora; mas é uma hora terrível e que contará em minha vida.

Falava assim exaltado e sem poder entender o que se passava em mim. Mas, quase no mesmo instante, um criado entrou precipitadamente em meu quarto, tomou minha mão, levou-me a um canto e, em voz baixa, disse:

— Senhor, venho lhe dizer que seu pai está morrendo, acaba de ter um ataque de apoplexia, e os médicos perderam a esperança.

CAPÍTULO 3

TERCEIRA PARTE

CAPÍTULO I

Meu pai morava no campo, a alguma distância de Paris. Quando cheguei, encontrei o médico na porta, que me disse:

— Chegou tarde demais, seu pai gostaria de tê-lo visto uma última vez.

Entrei e vi meu pai morto.

— Doutor — disse ao médico —, peço que faça com que todos se retirem e me deixem só aqui. Meu pai tinha algo a me dizer e me dirá.

Às minhas ordens, os criados retiraram-se; aproximei-me, então, da cama e levantei delicadamente o lençol que já cobria o rosto. Mas, assim que olhei, precipitei-me para beijá-lo e desmaiei.

Quando voltei a mim, ouvi que diziam: "Se pedir isso, recusem, usem qualquer pretexto". Compreendi que queriam me distanciar da cama do morto e fingi nada ter ouvido. Como me viram tranquilo, deixaram-me. Esperei que todos estivessem deitados na casa e, pegando uma vela, fui ao quarto de meu pai. Ali encontrei um jovem eclesiástico, sozinho, sentado perto da cama.

— Senhor — disse-lhe —, disputar com um órfão a última vigília ao lado de seu pai é uma empreitada difícil. Ignoro o que lhe disseram. Permaneça no quarto vizinho. Se há algo errado, eu me responsabilizo.

Retirou-se. Um único candelabro, colocado sobre uma mesa, iluminava a cama. Sentei-me no lugar do eclesiástico e descobri, mais uma vez, esses traços que nunca mais iria rever.

— O que queria me dizer, meu pai? — perguntei-lhe. — Qual foi seu último pensamento ao buscar os olhos de seu filho?

Meu pai escrevia um diário onde se habituara a registrar tudo o que fazia dia por dia. Esse diário estava sobre a mesa, e vi que estava aberto. Aproximei-me e inclinei-me. Sobre a página aberta havia estas duas únicas frases: "Adeus, meu filho. Eu o amo e estou morrendo". Não derramei uma lágrima, nem um soluço saiu de meus lábios; minha garganta apertou-se, e minha boca parecia selada. Olhei meu pai sem fazer um gesto.

Ele conhecia minha vida, e meus desregramentos deram-lhe, mais de uma vez, motivos de lamento ou de reprimenda. Sempre que o via, falava-me de meu futuro, de minha juventude e de minhas loucuras. Seus conselhos, muitas vezes, arrancaram-me de um mau destino e eram de uma grande força, pois sua vida fora, do começo ao fim, um modelo de virtude, de calma e de bondade. Esperava que antes de morrer ele desejasse me ver para, mais uma vez, tentar me desviar do caminho no qual me engajara. Mas a morte viera rápido demais. Repentinamente senti que havia apenas uma palavra a ser dita, e ele dissera que me amava.

CAPÍTULO II

Uma pequena cerca de madeira envolvia o túmulo de meu pai. De acordo com sua vontade expressa, há muito manifestada, ele fora enterrado no cemitério do vilarejo. Todos os dias eu ia até lá e passava uma parte do dia sobre um pequeno banco colocado no interior do túmulo. O resto do tempo, vivia só, na própria casa onde ele morrera, e tinha comigo apenas um criado.

Não importa a dor que as paixões podem causar, não se deve comparar as mágoas da vida com as da morte. A primeira coisa que sentira ao me sentar junto à cama de meu pai foi que eu era uma criança sem razão, que nada sabia e nada conhecia; posso mesmo dizer que meu coração sentia por sua morte uma dor física, e curvava-me, algumas vezes, torcendo minhas mãos como um aprendiz quando desperta.

Durante os primeiros meses que permaneci no campo, não cogitei pensar nem no passado nem no futuro. Não me parecia ter sido eu que vivera até então; o que sentia não era desespero e em nada se assemelhava com essas dores furiosas que sentira. Era langor o que havia em todas as minhas ações, como um cansaço e uma indiferença por tudo, mas com uma amargura pungente que me roía por dentro. Durante o dia todo, segurava um livro em minhas mãos, porém mal o lia, melhor dizendo, não lia absolutamente nada e não sei em que pensava. Não tinha nenhum pensamento; tudo em mim era silêncio. Recebi um golpe tão violento e, ao mesmo tempo tão prolongado, que, com isso, permanecera um ser puramente passivo, e nada em mim reagia.

Meu criado, que se chamava Larive, fora muito ligado ao meu pai; talvez fosse, depois de meu próprio pai, o melhor homem que jamais conheci. Era da mesma altura e usava as roupas dele, dadas por meu pai, não usando libré. Tinha mais ou menos a mesma idade, isto é, seus cabelos tornavam-se grisalhos e, há vinte anos, sempre estivera com meu pai. Assimilara algo de suas maneiras. Enquanto eu andava pela sala, depois do jantar, indo e vindo de lá para cá, ouvia-o fazer o mesmo na saleta ao lado. Ainda que a porta estivesse aberta, ele nunca entrava, e não nos dizíamos uma palavra; mas, vez ou outra, nós nos olhávamos chorar. As noites se passavam assim, e o sol já se pusera há algum tempo quando me lembrava de lhe pedir um pouco de luz ou ele de me trazê-la.

Tudo permanecera na casa na mesma ordem que antes, e não tiramos do lugar nem uma folha de papel. A grande poltrona de couro onde se sentava meu pai estava perto da lareira; sua mesa, seus livros, dispostos da mesma forma; respeitava até a poeira das prateleiras, que ele não gostava que desarrumassem para limpá-las. Essa casa solitária, habituada ao silêncio e à vida mais tranquila, não se apercebeu de nada; parecia-me apenas que, algumas vezes, as paredes olhavam-me com piedade, quando me vestia com o roupão de meu pai e sentava-me em sua poltrona. Uma voz débil elevava-se, então, das prateleiras poeirentas como se me dissessem "Aonde foi seu pai? Estamos vendo que é o órfão.".

Recebi de Paris várias cartas e a todas respondi que desejava passar o verão sozinho no campo, como meu pai costumava fazer. Começava a sentir essa verdade, que em todos os males sempre há algum bem e que uma grande dor, não importa o que digam, é um grande repouso. Qualquer que seja a notícia que trazem, quando os enviados de Deus tocam em nosso ombro, sempre fazem essa boa obra de nos despertar da vida, e, ali onde falam, tudo se cala. As dores passageiras blasfemam e acusam o céu; as grandes dores não acusam nem blasfemam: ouvem.

De manhã, passava horas inteiras em contemplação diante da natureza. Minhas janelas davam para um vale profundo, e, no meio, erguia-se o campanário do vilarejo; tudo era pobre e tranquilo. O aspecto da primavera, flores e folhas nascentes, não produzia em mim esse efeito sinistro de que falam os poetas, que encontram nos contrastes da vida um escárnio da morte. Creio que essa ideia frívola, se não é uma simples antítese feita para agradar, na verdade pertence ainda apenas aos corações que sentem pela metade. O jogador que sai na aurora, com os olhos ardentes e as mãos vazias, pode se sentir em guerra com a natureza, como a chama de uma horrível vigília; mas o que podem dizer as folhas que crescem à criança que chora seu pai? As lágrimas de seus olhos são irmãs do orvalho; mesmo as folhas dos salgueiros são lágrimas. Foi olhando o céu, os bosques e as campinas que compreendi o que são os homens que se imaginam consolar.

Larive tinha tanta vontade de me consolar quanto de consolar a si mesmo. No momento da morte de meu pai, seu temor foi de que eu vendesse a casa e o levasse para Paris. Não sei se estava a par de minha vida passada, mas, no começo, demonstrara sua inquietude; quando viu que eu me instalava, seu primeiro olhar penetrou fundo em meu coração. Foi no dia em que fizera vir de Paris um grande retrato de meu pai e o colocara na sala de jantar. Quando Larive entrou para servir, viu-o; permaneceu indeciso, olhando ora o retrato, ora para mim; em seus olhos havia uma alegria tão triste que não pude lhe resistir. Parecia dizer-me "Que felicidade! Vamos então sofrer tranquilos". Estendi-lhe a mão, que ele cobriu de beijos, soluçando.

Ele cuidava, por assim dizer, de minha dor, como se fosse a amante da sua. Quando, pela manhã, eu ia ao túmulo de meu pai, encontrava-o regando as flores; assim que me via, distanciava-se e retornava para casa. Seguia-me em minhas caminhadas; como eu estava a cavalo e ele, a pé, nunca lhe pedia nada; mas, assim que fazia cem passos no vale, eu o percebia atrás de mim, seu cajado na mão e enxugando a testa. Comprei-lhe um pequeno cavalo que pertencia a um camponês das redondezas, e começamos, então, a percorrer os bosques.

Havia no vilarejo algumas pessoas conhecidas que vinham sempre à casa. Minha porta estava fechada para eles, o que me causa arrependimento; mas eu não tinha paciência para ver ninguém. Confinado em minha solidão, pensei depois de algum tempo em examinar os papéis de meu pai. Larive os trouxe para mim com um respeito piedoso, e, separando as pilhas/os maços com a mão tremendo, ele os dispôs na minha frente.

Assim que li as primeiras páginas, senti no coração esse frescor que vivifica o ar em torno de um lago tranquilo; a doce serenidade da alma de meu pai exalava-se como um perfume das folhas empoeiradas à medida que as espalhava. O diário de sua vida reapareceu diante de mim; podia contar, dia por dia, os batimentos desse nobre coração. Comecei a me enterrar em um sonho doce e profundo e, apesar do estilo sério e firme que dominava todo o relato, descobria uma graça inefável, a flor aprazível de sua bondade. Enquanto lia, a ideia de sua morte misturava-se incessantemente ao relato de sua vida; não consigo expressar a tristeza com que seguia esse riacho límpido que vira cair no oceano.

— Ó homem justo! — exclamava. — Homem sem medo e sem recriminação! Que candura em sua experiência! Sua devoção aos amigos, sua ternura divina por minha mãe, sua admiração pela natureza, seu amor sublime por Deus, assim era sua vida; não houve lugar em seu coração para outra coisa. A neve intacta no cume das montanhas não é mais virgem que sua santa velhice: seus cabelos brancos se lhe parecem. Ó pai! Ó pai! dê-los a mim; são mais jovens que minha cabeça loira. Deixe-me viver e morrer como você! Quero plantar sobre a terra onde você dorme o ramo verde de minha vida nova; com minhas lágrimas o regarei, e o Deus dos órfãos deixará crescer essa erva piedosa sobre a dor de um filho e sobre a lembrança de um velho.

Depois de ter visto esses papéis tão queridos, classifiquei-os em ordem.

Resolvi, então, também escrever meu diário; mandei encadernar um em tudo igual ao de meu pai e, procurando cuidadosamente no seu as mínimas ocupações de sua vida, tomei a tarefa de a elas me conformar. Assim, a cada instante do dia, o relógio que batia trazia lágrimas aos meus olhos.

— Então — dizia eu —, era isso o que fazia meu pai a essa hora.

E fosse uma leitura, um passeio ou uma refeição, eu nunca faltava. Habituei-me, assim, a uma vida calma e regular. Havia, nessa exatidão pontual, um charme infinito para meu coração. Deitava-me com um bem-estar que tornava mais agradável até minha tristeza. Meu pai ocupava-se muito com jardinagem e, no restante do dia, dedicava-se ao estudo, à caminhada, a uma justa repartição entre os exercícios do corpo e os do espírito. Herdava, ao mesmo tempo, seus hábitos de bondade e continuava fazendo pelos desafortunados o que ele próprio fazia. Comecei a procurar em meus passeios as pessoas que precisavam de mim; elas não faltavam no vale.

Logo fiquei conhecido dos pobres. Será que digo? Sim, e direi sem medo: ali, onde o coração é bom, a dor é santa. Pela primeira vez em minha vida estava feliz, Deus abençoava minhas lágrimas, e a dor ensinava-me a virtude.

CAPÍTULO III

Quando caminhava uma noite por uma aleia de tílias na entrada do vilarejo, vi sair de uma casa afastada uma jovem mulher. Estava vestida muito simplesmente e o rosto coberto por um véu, de forma que não podia vê-lo; no entanto, sua estatura e seu jeito de andar pareceram-me tão encantadores que, por algum tempo, segui-a com os olhos. Quando ela atravessava uma campina vizinha, um cabrito branco, que pastava em liberdade em um campo, correu até ela, que lhe fez algumas carícias e olhou de um lado e de outro, procurando uma erva favorita para lhe dar. Vi, perto de mim, uma amoreira selvagem, colhi um ramo e avancei, segurando-o com a mão. O cabrito veio até mim a passos lentos e com um ar medroso, depois parou, não ousando pegar o galho em minha mão. Sua dona lhe fez sinal como para encorajá-lo, mas ele a fitava com um olhar inquieto. Ela deu alguns passos até mim, pousou a mão sobre o galho, que o cabrito logo pegou. Cumprimentei-a, e ela continuou seu caminho.

Assim que voltei para casa, perguntei a Larive se não sabia quem morava no vilarejo no lugar que lhe indiquei; era uma pequena casa de aparência agradável, com um jardim. Ele a conhecia; as duas únicas moradoras eram uma mulher idosa, considerada muito devota, e uma jovem, a senhora Pierson. Fora ela que eu vira. Perguntei-lhe quem era ela e se vinha à casa de meu pai. Respondeu-me que era viúva, levando uma vida retirada, e que ele a vira algumas vezes, mas raramente em nossa casa. E nada mais comentou. Saí logo depois, retornei às minhas tílias, onde me sentei em um banco.

Não sei que tristeza invadiu-me de repente ao ver o cabrito voltar para mim. Levantei-me e, como por distração, olhando a trilha que a senhora Pierson tomara para ir embora, eu o segui sonhando, e, no final, acabei penetrando bastante na montanha.

Eram quase onze horas quando pensei em retornar. Como andei muito, dirigi-me para os lados de uma fazenda que vira para pedir um copo de leite e um pedaço de pão. Ao mesmo tempo, grossas gotas de chuva começavam a cair anunciando uma tempestade que eu queria deixar passar. Ainda que houvesse luz na casa e que ouvisse um ir e vir, não me responderam quando bati. Aproximei-me, então, de uma janela para olhar se não havia ninguém.

Vi um grande fogo aceso na sala; o fazendeiro, que eu conhecia, estava sentado perto da cama; bati no vidro chamando-o. No mesmo instante a porta se abriu, e fiquei surpreso de ver a senhora Pierson, que logo reconheci e que perguntou quem estava lá fora.

Como não espera vê-la ali, ela percebeu meu espanto. Entrei na sala pedindo-lhe permissão para me abrigar. Não imaginava o que ela fazia naquela hora em uma fazenda quase perdida no meio do campo, quando uma voz lamurienta vinda da cama fez-me virar a cabeça, e vi que a mulher do fazendeiro estava deitada, com a morte escrita em seu rosto.

A senhora Pierson, que me seguira, sentou-se diante do pobre homem, que parecia destruído pela dor; ela me fez um sinal para não fazer barulho: a doente dormia. Peguei uma cadeira e sentei-me em um canto, até que a tempestade passasse.

Enquanto ali fiquei, eu a vi se levantar algumas vezes, ir até a cama, depois falar baixinho com o fazendeiro. Um dos filhos, que coloquei em meus joelhos, disse-me que ela vinha todas as noites desde que a mãe adoecera e que, algumas vezes, passava a noite. Ela fazia o papel de uma irmã de caridade; havia apenas ela na região, e apenas um médico muito ignorante.

— É Brigitte-la-Rose — disse-me baixinho. — O senhor a conhece, não é?

— Não — disse-lhe. — E por que a chamam assim?

Respondeu-me que não sabia, apenas que talvez fosse porque ela tinha sido *rosière*, e que o nome lhe tinha ficado.

E como a senhora Pierson não usava mais seu véu, eu podia ver seus traços a descoberto; no momento em que a criança me deixou, levantei a cabeça. Ela estava perto da cama, segurando na mão uma xícara e a apresentando à fazendeira que acordara. Pareceu-me pálida e um pouco magra; seus cabelos eram de um loiro acinzentado. Não era exatamente bela. O que posso dizer sobre ela? Seus grandes olhos negros estavam fixos nos da doente, e esse pobre ser perto de morrer também a olhava. Havia nessa simples troca de caridade e de reconhecimento uma beleza indescritível.

A chuva aumentou. Uma profunda escuridão pesava sobre os campos desertos que, vez ou outra, alguns raios violentos iluminavam. O som da tempestade, o vento que mugia, a cólera dos elementos enfurecidos sobre o telhado de palha davam, por seu contraste com o silêncio religioso da cabana, ainda mais santidade e uma espécie de estranha grandeza à cena da qual era testemunho. E olhei a cama simples, os vidros inundados, as baforadas de fumaça espessa devolvidas pela tempestade, o abatimento estúpido do fazendeiro, o terror supersticioso das crianças, toda essa fúria do lado de fora assediando uma moribunda; e quando, no meio de tudo isso, via essa mulher suave e pálida, indo e vindo sobre a ponta dos pés, não abandonando por um minuto sua bondade paciente, nem parecendo se aperceber de nada, nem da tempestade, nem de nossa presença, nem de sua coragem, a não ser que precisavam dela, parecia-me haver, nessa obra tranquila, algo de mais sereno que o mais belo céu sem nuvens, e que esta era uma criatura sobre-humana que, em meio a tanto horror, não duvidava um único instante de seu Deus.

— Quem é, então, essa mulher? — perguntava-me.

De onde vem? Desde quando está aqui? Há muito tempo, pois se lembram de vê-la *rosière*. Como nunca ouvira falar dela? Ela vem sozinha a essa cabana, a essa hora? Aqui, onde o perigo não a chamará mais, irá procurar outro? Sim, através dessas tempestades, dessas florestas, dessas montanhas, ela vai e vem, simples e de véu, levando a vida aonde esta falta, nessa pequena xícara frágil, acariciando seu cabrito ao passar. É com esse passo silencioso e calmo que ela mesma caminha para a morte. Era isso o que ela fazia nesse vale, enquanto eu corria atrás das mulheres: aqui, sem dúvida, ela nasceu e será enterrada em um canto do cemitério, ao lado de meu bem-amado pai. Assim morrerá essa mulher desconhecida, de quem ninguém fala e da qual as crianças perguntam "Você não a conhece?".

Não posso explicar o que eu sentia; estava imóvel em um canto; estremecia ao respirar e parecia-me que, se tivesse tentado ajudá-la, se tivesse estendido a mão para lhe poupar um passo, teria cometido um sacrilégio e tocado nos vasos sagrados.

A tempestade durou duas horas. Quando se acalmou, a doente, depois de ser posta em sua cadeira, começou a dizer que se sentia melhor e aquilo que tomara fizera-lhe bem. As crianças logo correram até a cama, olhando sua mãe com grandes olhos, meio inquietos, meio alegres, e agarrando-se ao vestido da senhora Pierson.

— Creio que sim — disse o marido, que permaneceu onde estava. — Fizemos rezar uma missa, e isso nos custou caro.

A essa palavra grosseira e estúpida, olhei a senhora Pierson; os olhos abatidos, a palidez, a atitude de seu corpo mostravam claramente seu cansaço e que as vigílias a esgotavam.

— Ah! Meu pobre homem — disse a doente —, que Deus lhe devolva!

Não podia mais me aguentar. Levantei-me exaltado pela ignorância desses brutos que, pela caridade de um anjo, agradeciam a avareza de seu pároco; estava prestes a recriminar sua rasa ingratidão e a tratá-los como mereciam. A senhora Pierson levantou em seus braços uma das crianças da fazendeira e disse-lhe com um sorriso:

— Beije sua mãe, ela está salva.

Parei ao ouvir essa palavra; jamais o ingênuo contentamento de uma alma feliz e benévola se revelou com tanta franqueza sobre um tão doce rosto. Não encontrei mais seu cansaço nem sua palidez; ela brilhava de pureza e de alegria e também agradecia a Deus.

A doente acabara de falar. E o que importava o que ela dissera?

Contudo, alguns instantes depois, a senhora Pierson pediu às crianças que acordassem o criado da fazenda, para que a reconduzisse. Avancei para lhe oferecer minha companhia, disse-lhe que era inútil acordar o menino, pois voltava pelo mesmo caminho, que ela me honraria aceitando. Perguntou-me se eu não era Otavio de T***. Respondi-lhe que sim e que talvez se lembrasse de meu pai. Pareceu-me singular que essa pergunta lhe fizesse sorrir; tomou meu braço alegremente, e saímos.

CAPÍTULO IV

Caminhávamos em silêncio; o vento se acalmava, as árvores tremulavam suavemente agitando a chuva sobre seus galhos. Alguns raios, ao longe, brilhavam ainda, um perfume de verdura úmida se erguia no ar morno. O céu logo se tornou puro, e a lua iluminou a montanha.

Não podia me impedir de pensar na estranheza do acaso que, em tão poucas horas, fizera com que, à noite, em um campo deserto, eu fosse o único companheiro de viagem de uma mulher de quem, ao raiar do dia, nem mesmo conhecia a existência. Ela aceitara minha presença apenas pelo nome que eu carregava e caminhava com segurança, apoiando-se em meu braço com um ar distraído. Parecia-me que essa confiança era bem atrevida ou bem simples; e certamente ela devia ser tanto uma quanto outra, pois, a cada passo que dávamos, sentia meu coração, ao lado dela, tornar-se orgulhoso e inocente.

Começamos a falar da doente que ela deixava, do que víamos pelo caminho, e nem passou pela cabeça as perguntas que se fazem os novos conhecidos. Ela me falou de meu pai e manteve o mesmo tom que tomara assim que evoquei sua lembrança, isto é, quase alegremente. À medida que a ouvia, pensei compreender por que ela falava assim não apenas da morte, mas da vida, do sofrimento e de tudo no mundo.

Era que as dores humanas não lhe ensinavam nada que pudesse acusar Deus, e senti a piedade de seu sorriso.

Contei-lhe a vida solitária que levava. Sua tia, ela me disse, via meu pai com mais frequência que ela mesma. Eles jogavam cartas depois do jantar.

Ela pediu-me que fosse até a sua casa, onde eu seria bem-vindo.

Lá pelo meio do caminho, ela se sentiu cansada e, por alguns instantes, sentou-se sobre um banco que as árvores espessas protegeram da chuva. Permaneci em pé diante dela e olhava sobre seu rosto os pálidos raios da lua. Após um momento de silêncio, levantou-se e, vendo-me distraído:

—Em que você pensa? — disse-me — Já é tempo de retomar nosso caminho.

—Pensava — respondi —, por que Deus a criou e dizia-me que, com certeza, fora para curar aqueles que sofrem.

—Esta é uma frase — disse ela — que em sua boca só pode ser um elogio.

—Por quê?

—Porque você me parece bem jovem.

—Às vezes — disse —, é possível ser mais velho que seu rosto.

—Sim — respondeu rindo —, e também é possível ser mais jovem que suas palavras.

—Você não crê na experiência?

— Sei que esse é o nome dado pela maioria dos homens às suas loucuras e às suas mágoas. O que se pode saber na sua idade?

— Senhora, um homem de vinte anos pode ter vivido mais que uma mulher de trinta. A liberdade de que os homens desfrutam os conduz bem mais rápido ao fundo de todas as coisas; eles correm sem entraves a tudo o que lhes atrai; experimentam de tudo. Assim que desejam, colocam-se a caminho, e vão, e se apressam. Quando chegam ao objetivo, retornam: a esperança ficou na estrada, e a felicidade não cumpriu sua palavra.

Enquanto falava assim, chegamos ao topo de uma pequena colina que descia para o vale. A senhora Pierson, como convidada pela leve descida, começou a saltitar ligeiramente. Sem saber por que, fiz o mesmo que ela. Começamos a correr sem nos largar o braço; a relva escorregadia nos empurrava. Enfim, como dois pássaros atordoados, saltando e rindo, estávamos ao pé da montanha.

— Veja! — disse a senhora Pierson. — Eu estava cansada há pouco, agora não estou mais. E quer um conselho? — acrescentou em um tom encantador. — Trate um pouco sua experiência como trato meu cansaço, fizemos um bom caminho e jantaremos com mais apetite.

CAPÍTULO V

Fui vê-la no dia seguinte. Encontrei-a ao piano, a velha tia bordando à janela, sua pequena sala repleta de flores, o mais belo sol do mundo nos parapeitos das janelas, e uma grande gaiola de pássaros perto dela.

Esperava ver nela quase uma religiosa, ao menos uma dessas mulheres de província que não sabem nada do que se passa duas léguas ao redor e que vivem em certo círculo do qual jamais se afastam. Confesso que essas existências à parte, que na cidade parecem escondidas aqui e ali, sob os milhares de telhados ignorados, sempre me assustaram como se fossem cisternas adormecidas; nelas, o ar não me parece viável; em tudo o que é esquecimento sobre a terra, há um pouco da morte.

A senhora Pierson tinha sobre sua mesa jornais e livros novos; é bem verdade que ela mal os tocava.

Apesar da simplicidade daquilo que a cercava, dos móveis, das roupas, reconhecia-se a moda, isto é, a novidade, a vida; não se apegava nem se preocupava, mas tudo isso era evidente. O que me surpreendeu em seus gostos é que, neles, nada era estranho, mas apenas jovem e agradável. Sua conversa mostrava uma excelente educação; não havia nada de que não falasse bem e com desenvoltura. Ao mesmo tempo que parecia ingênua, mostrava profundidade e riqueza; uma inteligência vasta e livre pairava suavemente sobre um coração simples e sobre hábitos de uma vida retirada.

A andorinha do mar, que gira no azul dos céus, paira, assim, do alto da nuvem sobre o ramo de erva onde faz seu ninho.

Falávamos de literatura, música e um pouco de política. No inverno ela fora a Paris. Vez ou outra, aproximava-se do mundo, e o que ali via servia de tema, e o resto era adivinhado.

Mas o que a distinguia, acima de tudo, era uma jovialidade que, sem chegar à alegria, era inalterável; poderíamos dizer que nascera flor e que seu perfume era a jovialidade.

Por sua palidez e seus grandes olhos negros, não consigo dizer o quanto isso me surpreendeu, sem contar que, de tempos em tempos, a certas palavras, a certos olhares, ficava claro que ela sofrera e que a vida passara por ali. Algo nela dizia que a suave serenidade de seu rosto não viera desse mundo, mas que a recebera de Deus e que a devolveria fielmente, apesar dos homens, intacta;

em outros momentos, lembrava uma dona de casa que, quando o vento sopra, coloca a mão diante de sua vela.

Depois de ter passado meia hora em sua sala, não pude deixar de lhe dizer o que se passava em meu coração. Pensava em minha vida passada, em minhas dores, em meus aborrecimentos; andava para lá e para cá, debruçava-me sobre as flores, respirando o ar, olhando o sol. Pedi que cantasse; ela o fez de bom grado. Enquanto isso, eu me apoiara à janela e olhava os pássaros saltitarem. Veio-me à cabeça uma frase de Montaigne: "Não amo nem estimo a tristeza, ainda que o mundo tenha começado, como combinado, a honrá-la de maneira particular. Vestem com ela a sabedoria, a virtude, a consciência. Idiota e vilão ornamento".

— Que felicidade! — exclamava sem querer. — Que descanso! Que alegria! Que esquecimento!

A tia levantou a cabeça e olhou-me com um ar surpreso. A senhora Pierson parou no mesmo instante. Fiquei vermelho como o fogo, sentindo minha loucura, e fui me sentar sem nada dizer.

Descemos até o jardim. O cabrito branco que vira na véspera ali estava deitado sobre a relva. Ele veio até ela assim que a percebeu e nos seguiu familiarmente.

Na primeira curva da aleia, um rapaz alto e de figura pálida, envolvido em uma espécie de batina preta, apareceu subitamente no portão. Entrou sem bater e veio saudar a senhora Pierson; quando me viu, pareceu-me que sua fisionomia, que considerei de mau agouro, obscureceu-se um pouco. Era um padre que eu vira no vilarejo, chamava-se Mercanson; viera de Saint-Sulpice, e o pároco do lugar era seu parente.

Ele era ao mesmo tempo gordo e pálido, algo que sempre me desagradou e que, de fato, é desagradável; é um contrassenso ter uma saúde doentia. Além do mais, ele tinha uma maneira de falar lenta e entrecortada, que anunciava um pedante. Seu próprio jeito de andar, que não era nem jovem nem franco, chocava-me; quanto ao olhar, poderíamos dizer que ele não o tinha. Não sei o que pensar de um homem cujos olhos não me dizem nada. São estes os sinais com os quais julguei Mercanson e que, infelizmente, não me enganaram.

Ele sentou-se em um banco e começou a falar de Paris, a que chamava Babilônia moderna. Vinha de lá, conhecia todo mundo, e ia à casa da senhora B***, que era um anjo; ele fazia sermões em seu salão, e as pessoas o ouviam de joelhos (o pior, era tudo verdade). Um de seus amigos, que ele levara até lá, acabara de ser expulso de um colégio por ter seduzido uma moça, o que era bem horrível, bem triste. Fez mil elogios à senhora Pierson pelos hábitos caridosos que ela mantinha na região; soubera de suas bondades, dos cuidados com que tratava os doentes, até velar sobre elas em pessoa. Era bem bonito, bem puro, ele certamente falaria sobre isso em Saint-Sulpice. Não parecia dizer que certamente falaria sobre isso com Deus?

Cansado dessa conversa, para não dar de ombros, deitara-me na grama e brincava com o cabrito. Mercanson dirigiu-me seu olhar terno e sem vida.

—O célebre Vergniaud — disse —, o célebre Vergniaud tinha essa mania de se sentar no chão e brincar com os animais.

—É uma mania — respondi — bem inocente, senhor abade. Se tivéssemos apenas essas, o mundo poderia caminhar sozinho, sem tantas pessoas que querem se meter.

Minha resposta não lhe agradou; franziu as sobrancelhas e mudou de assunto. Estava encarregado de uma comissão; seu parente, o pároco do vilarejo, falara-lhe de um pobre diabo que não tinha como ganhar seu pão. Morava em tal lugar; ele próprio fora até lá; interessara-se, esperava que a senhora Pierson...

Eu a olhava enquanto isso e esperava que ela respondesse, como se o som de sua voz pudesse me curar daquela do padre. Ela fez apenas uma profunda saudação, e ele se retirou.

Quando ele partiu, nossa alegria retornou. E fomos até uma estufa que ficava no fundo do jardim.

A senhora Pierson tratava suas flores como seus pássaros e seus camponeses, era preciso que tudo se portasse bem em torno dela, que cada um tivesse sua gota de água e seu raio de sol, para que ela mesma pudesse ser alegre e feliz como um bom anjo; por isso, nada era mais bem cuidado do que sua pequena estufa. Quando fizemos a volta:

— Senhor de T*** — disse-me ela —, aqui está meu pequeno mundo. Você viu tudo o que possuo, e minha propriedade termina aqui.

— Senhora — disse-lhe —, que o nome de meu pai, que me serviu para entrar aqui, permita-me retornar, e acreditarei que a felicidade não me esqueceu para sempre.

Ela me estendeu a mão, e a toquei com respeito, não ousando levá-la aos meus lábios.

Quando se fez noite, voltei para casa, fechei a porta e deitei-me. Tinha diante dos olhos uma casinha branca; via-me saindo depois do jantar, atravessando o vilarejo e o caminho, e indo bater no portão.

— Ó meu pobre coração! — exclamei. — Deus seja louvado! Você é jovem ainda, pode viver, pode amar!

CAPÍTULO VI

Estava eu uma noite na casa da senhora Pierson. Mais de três meses tinham se passado, durante os quais a vi quase todos os dias; e, desse tempo, o que lhe posso dizer se não que a via? "Estar com as pessoas que amamos — diz La Bruyère — é o bastante; sonhar, falar-lhes, não falar, pensar nelas, pensar em coisas as mais indiferentes, mas junto delas, tudo é igual."

Eu amava. Havia três meses que fizéramos juntos longos passeios; estava iniciado nos mistérios de sua caridade modesta; atravessávamos as sombrias aleias, ela em um pequeno cavalo, eu a pé, uma varinha na mão; assim, metade presente, metade sonhando, íamos até as cabanas. Havia um pequeno banco na entrada do bosque, onde ia esperá-la depois do jantar; dessa forma, nós nos encontrávamos como por acaso e regularmente. De manhã, a música, a leitura; à noite, com a tia, jogo de cartas perto da lareira, como outrora meu pai o fazia; e sempre, em todo lugar, ela ao lado, sorrindo, e sua presença preenchendo meu coração. Por qual caminho, ó Providência, você me conduziu ao infortúnio? Que destino irrevogável eu estava, então, encarregado de cumprir? E, agora, uma vida tão livre, uma intimidade tão encantadora, tanto repouso, a esperança nascente!... Ó Deus, de que se lamentam os homens? O que há de mais doce que amar?

Viver, sim, sentir fortemente, profundamente, que existimos, que somos homens, criados por Deus. Aí está o primeiro, o maior benefício do amor. Não se deve duvidar, o amor é um mistério inexplicável. Algumas correntes, algumas misérias e, até mesmo, alguns desgostos com os quais o mundo o tenha envolvido, assim enterrado como sob uma montanha de preconceitos que o desnaturam e o depravam, através de todas as baixezas nas quais o arrastamos, o amor, o vivaz e fatal amor não deixa de ser uma lei celeste tão potente e tão incompreensível quanto aquela que suspende o sol nos céus. O que é, pergunto-lhe, um elo mais duro, mais sólido que o ferro, e que não se pode nem ver nem tocar? O que é encontrar uma mulher, olhá-la, dizer-lhe uma palavra, e não esquecê-la jamais? Por que esta e não outra? Invoquem a razão, o hábito, os sentidos, a cabeça, o coração, e expliquem, se puderem. Encontrarão apenas dois corpos, um aqui, outro ali, e, entre eles, o quê? O ar, o espaço, a imensidão. Ó insensatos que se consideram homens e ousam pensar sobre o amor! Viram-no para poder falar sobre? Não, vocês o sentiram. Trocaram um olhar com um ser desconhecido que passava, e, de repente, saiu de vocês algo que não tem nome. Vocês criaram raízes na terra, como o grão oculto na erva que sente que a vida o levanta e que vai se tornar uma colheita.

Estávamos sozinhos, a janela aberta; havia, no fundo do jardim, uma pequena fonte cujo murmúrio chegava até nós. Ó Deus! Gostaria de contar gota por gota toda a água que dela caiu enquanto estávamos sentados, que ela falava e eu lhe respondia. Era ali que me embriagava dela até perder a razão.

Dizem que não há nada de tão rápido quanto um sentimento de antipatia, mas creio que adivinhamos mais rápido ainda que nos compreendemos e que vamos nos amar. Quão valiosas são, então, as mínimas palavras! O que importa o que os lábios falam quando se ouve os corações se responderem? Que suavidade infinita nos primeiros olhares perto de uma mulher que o atrai! Antes parece que tudo o que se diz na presença um do outro é como essas tentativas tímidas, como leves provações; logo, nasce uma alegria estranha; sentimos-nos atingidos por um eco, somos animados por uma dupla vida. Que tato! Que aproximação! E quando estamos certos de amar, quando reconhecemos no ser querido a fraternidade que ali buscávamos, que serenidade na alma! A palavra expira por si só; sabemos de antemão o que vamos nos dizer, as almas se entendem, os lábios se calam. Oh! Que silêncio! Que esquecimento de tudo!

Ainda que o amor, que começara desde o primeiro dia, tivesse aumentado até o excesso, o respeito que tinha pela senhora Pierson fechara-me, no entanto, a boca. Se me tivesse admitido menos facilmente em sua intimidade, talvez eu tivesse sido mais impertinente, pois ela produzira em mim uma impressão tão violenta que nunca a deixava sem vertigens de amor. Mas havia em sua franqueza mesmo e na confiança que me testemunhava algo que me detinha; além do mais, fora sob o nome de meu pai que me tratara como amigo. Essa consideração tornava-me ainda mais respeitoso junto dela; obrigava-me a me mostrar digno desse nome.

Falar de amor, dizem, é fazer amor. Falávamos dele raramente. Sempre que me acontecia tocar nesse assunto por alto, a senhora Pierson mal respondia e falava de outra coisa. Não atinava a razão, pois não era por pudor; mas me parecia, às vezes, que, nessas horas, seu rosto tomava um ligeiro ar de severidade, e mesmo de sofrimento. Como jamais lhe perguntara sobre sua vida passada, e realmente não desejava fazê-lo, nada mais lhe perguntava.

Aos domingos, havia baile no vilarejo; ela ia quase sempre. Nesses dias, seu vestuário era mais elegante, ainda que simples; era uma flor nos cabelos, um laço mais colorido, um enfeite qualquer; mas, em todo seu ser, havia um ar mais jovem, mais solto.

A dança, de que gostava muito por ela mesma e, francamente, como um exercício divertido, inspirava-lhe uma alegria inconsequente. Seu lugar era perto da pequena orquestra da região; ali, chegava saltitando, rindo com as moças do campo, que a conheciam quase todas. Uma vez que começava, não parava mais. Então me parecia falar com mais liberdade que de costume; havia entre nós uma familiaridade inusitada. Eu não dançava, pois ainda estava de luto, mas permanecia atrás dela. E, vendo-a tão bem disposta, eu, mais de uma vez, experimentara a tentação de lhe confessar que a amava.

Mas não sei por que, assim que pensava nisso, sentia um medo invencível; só a ideia de uma confissão tornava-me, de súbito, sério em meio às conversas mais alegres. Pensei, algumas vezes, em lhe escrever, mas queimava as cartas ainda na metade.

Naquela noite, jantara em sua casa; eu olhava toda essa tranquilidade de seu interior; pensava na vida calma que levava, em minha felicidade desde que a conheci e dizia-me: "Por que mais? Isso não lhe basta? Quem sabe? Talvez Deus não tenha feito mais para você. Se lhe dissesse que a amo, o que aconteceria? Talvez me proibisse de vê-la. Eu a tornaria, dizendo-lhe, mais feliz do que é hoje? Eu mesmo seria mais feliz com isso?".

Estava apoiado no piano, e, fazendo minhas reflexões, a tristeza apoderou-se de mim. O dia caía, ela acendeu uma vela e, quando se sentou, viu que uma lágrima escapara de meus olhos.

— O que você tem? — disse.

Eu me virei.

Buscava uma desculpa e não conseguia encontrá-la; temia cruzar seu olhar. Levantei-me e fui até a janela. O ar estava fresco; a lua levantava-se atrás da aleia de tílias, aquela onde a vira pela primeira vez. Caí em uma profunda fantasia; esqueci até mesmo de sua presença, e, estendendo os braços para o céu, um soluço saiu de meu coração.

Ela se levantara e estava atrás de mim.

— O que é, então? — perguntou mais uma vez.

Respondi-lhe que à visão desse vale solitário, pensara na morte de meu pai, despedi-me e saí.

Como estava determinado a calar meu amor, não conseguia atinar. Contudo, em vez de retornar a minha casa, comecei a vagar como um louco pelo vilarejo e pelo bosque. Sentava-me onde encontrava um banco, depois me levantava precipitadamente. Por volta da meia-noite, aproximei-me da casa da senhora Pierson; ela estava na janela. Vendo-a, estremeci; pensei em dar meia-volta; estava fascinado; vim lenta e tristemente me sentar embaixo daquela janela.

Não sei se me reconheceu; há alguns instantes eu estava ali, quando a ouvi, com sua voz doce e fresca, cantar o refrão de uma canção, e, quase no mesmo momento, uma flor caiu sobre meu ombro. Era uma rosa que, ainda naquela noite, eu vira sobre seu peito; peguei-a e levei-a aos lábios.

— Quem está aí — disse ela — a essa hora? É você?

Chamou-me pelo meu nome.

O portão do jardim estava entreaberto; levantei-me sem responder e entrei. Parei no meio do gramado; andava como um sonâmbulo e sem saber o que fazia.

Então, eu a vi aparecer na porta da escada; mostrava-se incerta e olhava atentamente os raios da lua. Deu alguns passos em minha direção; eu avancei. Não conseguia falar, caí de joelhos diante dela e peguei sua mão.

— Ouça-me — disse ela —, eu sei; mas se é a esse ponto, Otávio, é melhor partir. Você vem aqui todos os dias, não é bem-vindo? Não basta? O que posso lhe oferecer? Já tem minha amizade; meu desejo era de que tivesse mantido a sua por mais tempo.

CAPÍTULO VII

A senhora Pierson, depois de ter falado assim, manteve silêncio, como se esperasse uma resposta. Como eu permanecia prostrado pela tristeza, ela retirou suavemente sua mão, recuou alguns passos, parou mais uma vez e entrou lentamente em sua casa.

Permaneci sobre o gramado. Já esperava o que ela me disse; minha decisão logo foi tomada e decidi partir. Levantei-me com o coração entristecido, mas firme, e dei a volta no jardim. Olhei a casa, a janela de seu quarto; puxei o portão ao sair e, depois de tê-lo fechado, coloquei meus lábios sobre a fechadura.

Voltei para casa, disse a Larive que preparasse o necessário, que pensava em partir assim que o dia raiasse. Isso espantou o pobre rapaz, mas lhe fiz sinal para que obedecesse sem questionar. Ele me trouxe uma grande mala, e começamos a arranjar tudo.

Eram cinco horas da manhã, e o dia já raiava, quando me perguntei aonde iria. A esse pensamento tão simples, que ainda não tivera, senti um desencorajamento irresistível. Meus olhos dirigiram-se para o campo, observando, aqui e ali, o horizonte. Uma grande fraqueza apoderou-se de mim; estava esgotado de cansaço. Sentei-me em uma poltrona; pouco a pouco minhas ideias se turvaram; levei minha mão à testa, estava banhada de suor. Uma febre violenta fazia tremer todos os meus membros; tive apenas força para me arrastar até a cama com a ajuda de Larive. Meus pensamentos eram tão confusos que mal me lembrava do que se passara. O dia terminava. Quase ao anoitecer, ouvi um ruído de instrumentos. Era o baile de domingo, e disse a Larive para ir e ver se a senhora Pierson ali se encontrava. Não a encontrou, enviei-o a sua casa.

As janelas estavam fechadas; a criada disse-lhe que sua senhora partira com sua tia e que deviam passar alguns dias na casa de um parente que morava em N***, pequeno vilarejo bastante distante. Ao mesmo tempo, trouxe-me uma carta que lhe deram. Estava escrita nos seguintes termos:

"Há três meses eu o vejo, e há um percebi que sentia por mim o que, em sua idade, chama-se amor. Pensei que resolvera escondê-lo e vencer a si mesmo. Tinha-lhe estima, e muito mais me foi dado. Não lhe recrimino o que aconteceu, nem a vontade que lhe faltou.

O que pensa ser amor é apenas desejo. Sei que muitas mulheres buscam inspirá-lo; quando o fazem, não deveriam se orgulhar tanto, e assim não o usariam para agradar aos que delas se aproximam. Mas até essa vaidade é perigosa, uma vez que errei ao tê-la com você.

Sou mais velha que você alguns anos e peço-lhe para não mais me ver. Seria inútil que tentasse esquecer um momento de fraqueza; o que se passou entre nós não deve ter uma segunda vez nem ser esquecido.

É com tristeza que o deixo; ausento-me por alguns dias; se, ao retornar, não o encontrar mais na região, serei sensível a esta última marca da amizade e da estima que me testemunhou.

Brigitte Pierson"

CAPÍTULO VIII

A febre me manteve na cama por uma semana. Assim que me encontrei em condições de escrever, respondi à senhora Pierson que ela seria obedecida e que eu iria partir. Escrevi de boa-fé e sem nenhum desejo de enganá-la, mas fiquei bem longe de manter minha promessa. Mal fizera duas léguas, gritei que parassem e desci do carro. Comecei a caminhar pela estrada. Não podia desviar meus olhos do vilarejo que ainda percebia ao longe. Enfim, depois de uma irresolução terrível, senti que me era impossível continuar meu caminho e, antes de voltar a subir no carro, teria preferido morrer ali mesmo.

Disse ao cocheiro que retornasse e, em vez de ir para Paris, como havia anunciado, fui direto a N***, onde estava a senhora Pierson.

Lá cheguei às dez horas da noite. Assim que entrei na hospedaria, pedi a um rapaz que me indicasse a casa de seu familiar e, sem refletir no que fazia, fui para lá no mesmo instante. Uma criada abriu-me a porta; pedi-lhe, caso a senhora Pierson ali estivesse, que a avisasse que lhe queriam falar da parte do senhor Desprez. Esse era o nome do pároco de nosso vilarejo.

Enquanto a criada fazia o que lhe pedira, permaneci no pequeno pátio bastante sombrio; como chovia, fui até um peristilo embaixo da escada, que não era iluminado. A senhora Pierson chegou logo, precedendo a criada; ela desceu rápido e não me viu na escuridão; dei um passo em sua direção e lhe toquei o braço.

Ela se jogou para trás aterrorizada e exclamou:

— O que você quer?

O som de sua voz era tão trêmulo, e, quando a criada apareceu com uma vela, eu a vi tão pálida que não soube o que pensar. Era possível que minha presença inesperada lhe perturbasse a esse ponto? Essa reflexão atravessou meu espírito, mas disse-me que, sem dúvida, era apenas um momento de terror natural a uma mulher que se sente inesperadamente agarrada.

Contudo, com uma voz mais calma, ela repetiu sua pergunta.

— É preciso — disse-lhe — que você me conceda vê-la mais uma vez. Partirei, abandono a região, você será obedecida, eu juro, e para além de seus desejos, pois venderei a casa de meu pai, assim como o resto, e irei para o exterior. Mas só com a condição de vê-la mais uma vez; caso contrário, eu fico. Não tema nada de mim, estou decidido a isso.

Ela franziu a sobrancelha e lançou de um lado e de outro um olhar estranho; depois me respondeu com um ar quase gracioso:

— Venha amanhã durante o dia, eu o receberei.

E partiu no mesmo instante.

Na manhã seguinte, fui até lá ao meio-dia. Introduziram-me em uma sala com velhas tapeçarias e móveis antigos.

Eu a encontrei sozinha, sentada em um sofá. Sentei-me diante dela.

— Senhora — disse-lhe —, não venho para lhe falar de meu sofrimento, nem renegar o amor que sinto por você. Escreveu-me que o que se passou entre nós não podia ser esquecido, e é verdade. Mas me diz que, por isso, não podemos mais nos rever nas mesmas condições que antes; pois se engana. Eu a amo, mas não a ofendi; nada mudou a seu respeito, já que não me ama. Se a revejo, sou apenas eu que lhe devo responder, e aquele que lhe responde é precisamente meu amor.

Ela quis me interromper.

— Permita-me, por favor, terminar. Ninguém melhor que eu sabe que, apesar de todo o respeito que lhe dedico, e a despeito de todas as provas que poderia lhe dar, o amor é a mais forte. Repito que não vim para renegar o que tenho em meu coração. Mas não é de hoje, de acordo com suas palavras, que você sabe que a amo. Que razão, então, me impediu até agora de declará-lo? O temor de perdê-la. Temi ser expulso de sua casa, e é o que está acontecendo. Ponha como condição que, à primeira palavra que direi, na primeira ocasião em que me escapar um gesto ou um pensamento que se afaste do respeito mais profundo, sua porta me será fechada; assim como já me calei, calar-me-ei no futuro. Acredita que a amo há um mês, e é desde o primeiro dia. Quando você se apercebeu, nem por isso deixou de me ver. Se por mim tinha então estima suficiente para me acreditar incapaz de ofendê-la, por que a perderia? É ela que venho lhe pedir novamente. O que lhe fiz? Ajoelhei-me, não disse nem mesmo uma palavra. O que lhe anunciei? Você já o sabia. Fui fraco porque sofria. Pois então, senhora, tenho vinte anos, e o que vi da vida já me causou tanto desgosto (poderia dizer uma palavra mais forte) que não há hoje sobre a terra, nem na sociedade dos homens, nem na própria solidão, um lugar tão pequeno e tão insignificante que eu ainda queira ocupar.

O espaço discreto entre as quatro paredes de seu jardim é o único lugar no mundo onde eu vivo; você é o único ser humano que me faz amar Deus. Renunciara a tudo antes mesmo de conhecê-la. Por que me tirar o único raio de sol que a Providência me deixou? Se é por medo, em que eu pude inspirá-lo? Se é por aversão, de que me tornei culpado? Se é por piedade e porque eu sofro, engana-se em acreditar que posso me curar. Eu o podia, talvez, há dois meses; preferi vê-la e sofrer, e disso não me arrependo, não importa o que aconteça. A única infelicidade que pode me atingir é perdê-la. Coloque-me à prova.

Se um dia eu sentir que em nosso acordo meus sofrimentos são demasiados, partirei; e esteja bem certa disso, pois me manda embora hoje e estou disposto a partir. Que risco você corre dando-me mais um mês ou dois da única felicidade que jamais tive?

Esperava sua resposta. Ela se levantou bruscamente, depois voltou a se sentar. Manteve um momento de silêncio.

— Esteja certo — disse — de que as coisas não são assim.

Acho que percebi que ela buscava expressões que não parecessem demasiado severas e que queria me responder com ternura.

— Uma palavra — disse-lhe, levantando-me —, uma palavra, e nada mais. Sei quem você é, e se, em seu coração, há alguma compaixão por mim, agradeço. Diga uma palavra! Este momento decide minha vida.

Ela balançou a cabeça, eu a vi hesitar.

— Acha que vou me curar? — exclamei — Que Deus lhe deixe esse pensamento, se me expulsar daqui...

E, dizendo essas palavras, olhei o horizonte e, à ideia de que ia partir, senti no fundo da alma uma solidão tão horrível, que meu sangue se congelava. Ela me viu em pé, os olhos sobre ela, esperando que falasse. Todas as forças de minha vida estavam suspensas aos seus lábios.

—Está bem! — disse. — Ouça-me. Esta viagem que fez foi uma imprudência; não deve ser por mim que você veio até aqui. Encarregue-se de uma encomenda que lhe darei para um amigo de minha família. Se achar que é um pouco longe, que esta seja a ocasião de uma ausência que durará o quanto quiser, mas que não será muito curta. Não importa o que diga — acrescentou sorrindo —, uma pequena viagem o acalmará.

Vá até os Vosges e depois até Estrasburgo. Que dentro de um mês, de dois meses, melhor dizendo, você venha me dar conta daquilo de que lhe encarreguei. Eu o verei e responderei melhor.

Capítulo IX

Naquela mesma noite recebi, da parte da senhora Pierson, uma carta dirigida a M. R. D., em Estrasburgo. Três semanas depois, minha encomenda estava entregue e eu estava de volta.

Só pensara nela durante minha viagem e perdia toda esperança de esquecê-la para sempre. Contudo, já tomara a decisão de me calar diante dela; o perigo que correra de perdê-la pela imprudência que cometi fez-me sofrer tão cruelmente para que tivesse a ideia de me expor a isso novamente. A minha estima por ela era tal que não me permitia acreditar que ela não agira de boa-fé, e não via, na atitude que tivera de deixar a região, nada que se assemelhasse à hipocrisia. Em uma palavra, estava firmemente convencido de que, à primeira palavra de amor que lhe dissesse, sua porta me seria fechada.

Encontrei-a magra e mudada. Seu sorriso habitual parecia languescer sobre seus lábios descoloridos. Disse-me que estivera doente.

Nada se falou do que acontecera. Ela parecia não querer se lembrar, e eu não queria falar sobre o assunto. Logo retomamos nossos primeiros hábitos de vizinhança; contudo, havia entre nós certo incômodo e uma espécie de familiaridade teatral. Parecia que, às vezes, nos dizíamos "Era assim antes, e que seja, então, o mesmo". Ela me concedia sua confiança como uma reabilitação, que, para mim, não deixava de ser encantadora. Mas nossos encontros eram mais frios, e, por essa mesma razão, nossos olhares tinham, enquanto falávamos, uma conversa tácita. Em tudo o que podíamos dizer, nada havia a adivinhar. Não buscávamos mais, como antes, penetrar no espírito um do outro; não havia mais esse interesse por cada palavra, por cada sentimento, essa avaliação curiosa de antes; ela me tratava com bondade, mas desconfiava até mesmo de sua bondade; passeava com ela no jardim, mas não a acompanhava mais fora da casa; não atravessávamos mais os bosques e os vales; ela abria o piano quando estávamos sós; o som de sua voz não despertava mais em meu coração esses entusiasmos de juventude, esses transes de alegria que são como soluços plenos de esperança.

Quando saía, ela sempre me estendia a mão, mas a sentia inanimada. Havia muito esforço em nosso bem-estar; muitas reflexões em nosso mínimos propósitos, muita tristeza no fundo de tudo isso.

Sentíamos que havia um intruso entre nós; era o amor que tinha por ela. Nada o traía em minhas ações, mas logo ele apareceu em meu rosto; perdia minha alegria, minha força, e a aparência de saúde que havia em minhas faces. Nem um mês se passara, e eu não parecia mais comigo mesmo.

Contudo, em nossos encontros, sempre insistia sobre meu desgosto do mundo, sobre a aversão que sentia em um dia voltar para ele. Dei-me ao trabalho de mostrar à senhora Pierson que não devia se recriminar por me receber novamente. Ora eu descrevia minha vida passada com as mais sombrias cores e dava-lhe a entender que, se devesse me separar dela, permaneceria entregue a uma solidão pior que a morte; dizia-lhe que a sociedade me horrorizava, e o relato fiel de minha vida, que lhe fizera, provava que era sincero. Ora afetava uma alegria que estava bem distante de meu coração, para lhe dizer que, ao me permitir vê-la, salvara-me do mais horrível infortúnio; eu a agradecia quase todas as vezes que ia à sua casa, para poder retornar à noite ou no dia seguinte.

—Todos meus sonhos de felicidade — dizia-lhe —, minhas esperanças, minha ambição estão encerrados nesse pequeno pedaço de terra onde você mora; fora do ar que respira não há vida para mim.

Ela via o que eu sofria, e não podia deixar de lamentar. Minha coragem lhe causava pena, e, quando eu estava lá, espalhava sobre suas palavras, seus próprios gestos e sua atitude uma espécie de ternura.

Ela sentia a luta que se travava em mim; minha obediência lisonjeava seu orgulho, mas minha palidez despertava-lhe seu instinto de irmã de caridade. Às vezes, eu a via irritada, quase afetada; dizia com um ar quase rebelde:

— Não estarei aqui amanhã, não venha tal dia.

Depois, ao me retirar, triste e resignado, ela, de súbito, se enternecia e acrescentava:

— Não sei de nada, venha sempre.

Ou então seu adeus era mais familiar, seguia-me até a porta com um olhar mais triste e mais suave.

— Não duvide — dizia-lhe —, foi a Providência que me trouxe até você. Se não a tivesse conhecido, talvez, a essa hora, tivesse caído em meus excessos. Deus a enviou como um anjo de luz para me retirar do abismo. É uma missão santa que lhe foi confiada. Quem sabe, se a perdesse, aonde me conduziria a mágoa que me devoraria, a experiência funesta que tenho em minha idade e o combate terrível de minha juventude com meu tédio?

Esse pensamento, bem sincero em mim, exercia uma grande força sobre uma mulher de devoção exaltada e de uma alma tão piedosa quanto ardente. Talvez essa tenha sido a única razão para a senhora Pierson me permitir vê-la.

Um dia, estava disposto a ir a sua casa, quando alguém bateu em minha porta, e vi entrar Mercanson, aquele mesmo padre que encontrara em seu jardim em minha primeira visita. Ele começou com desculpas, tão entediantes quanto ele, por se apresentar assim à minha casa sem me conhecer; disse-lhe que o conhecia muito bem por sobrinho de nosso pároco e perguntei-lhe do que se tratava.

Ele virava de um lado e de outro, com um ar incomodado, procurando suas frases e tocando com a ponta do dedo tudo o que se encontrava sobre minha mesa, como um homem que não sabe o que dizer. Enfim, anunciou-me que a senhora Pierson estava doente e que lhe pedira para me advertir que não me receberia durante o dia.

— Está doente? Mas eu a deixei tarde ontem, e estava bem.

Ele se inclinou.

— Mas, senhor abade, por que, se ela está doente, enviar outra pessoa para me dizê-lo? Ela não mora tão longe, e pouco me importava de fazer um trajeto inútil.

Mesma resposta de Mercanson. Não podia compreender por que essa atitude de sua parte, ainda menos essa comissão da qual ele se encarregara.

— Está bem — disse-lhe —, eu a verei amanhã, e ela me explicará tudo isso.

Suas hesitações recomeçaram: a senhora Pierson lhe disse também..., ele devia me dizer..., encarregara-se...

— Mas, o quê então? — exclamava impaciente.

— O senhor está sendo violento. Penso que a senhora Pierson está gravemente doente e que não poderá vê-lo durante toda a semana.

Nova saudação, e saiu.

Estava claro que essa visita escondia algum mistério: ou a senhora Pierson não queria mais me ver, e eu não sabia ao que atribuí-lo; ou Mercanson intermediou de vontade própria.

Deixei passar o dia. Na manhã seguinte, bem cedo, estava diante de sua porta, onde encontrei a criada, e esta me disse que, de fato, sua senhora estava muito doente, e, apesar de minhas tentativas, não quis nem pegar o dinheiro que lhe ofereci nem ouvir minhas perguntas.

Quando voltava ao vilarejo, vi justamente Mercanson sobre a calçada, cercado pelas crianças da escola, às quais seu tio dava aula. Abordei-o no meio de sua arenga e pedi que trocássemos dois dedos de prosa.

Ele me seguiu até a praça, mas agora quem hesitava era eu, pois não sabia como fazer para lhe arrancar o segredo.

— Senhor — disse-lhe —, suplico que me diga se o que me explicou ontem é a verdade ou se há qualquer outro motivo. Além de não haver na região médico que possa ser chamado, tenho razões importantes para lhe perguntar o que está acontecendo.

Ele se defendeu de todas as maneiras, garantindo que a senhora Pierson estava doente e que não sabia nada além disso, exceto que ela o mandara buscar e o encarregara de me advertir, como o fizera. Contudo, enquanto falávamos, chegamos ao alto da grande rua, em um lugar deserto. Vendo que nem a astúcia nem o pedido não me serviam de nada, virei-me de repente e peguei-o pelos dois braços.

— O que é isso, senhor? Quer usar da violência?

— Não, mas quero que fale.

— Senhor, não tenho medo de ninguém. Eu disse o que devia.

— Você disse o que devia e não o que sabia. A senhora Pierson não está doente, eu sei, tenho certeza.

— O que o senhor sabe?

— A criada me disse. Por que ela me fecha sua porta e por que o encarregaram disso?

Mercanson viu que um camponês passava.

— Pierre — chamou-o pelo nome —, espere, preciso lhe falar.

O camponês aproximou-se de nós; era tudo o que ele queria, avaliando que, diante de alguém, eu não ousaria maltratá-lo. De fato, larguei-o, mas tão rudemente que ele recuou e suas costas bateram contra uma árvore. Ele cerrou o punho e partiu sem dizer palavra.

Passei toda a semana em uma agitação extrema, indo três vezes por dia à casa da senhora Pierson, e minha entrada sendo constantemente recusada. Recebi uma carta sua; dizia-me que minha assiduidade começava a ser falada na região e pedia-me que minhas visitas fossem mais raras doravante. No mais, nem uma palavra sobre Mercanson nem sobre sua doença.

Essa precaução lhe era tão pouco natural e contrastava de uma maneira tão estranha com o orgulho indiferente que testemunhava por toda espécie de argumento desse gênero, que me foi difícil acreditar. Não sabendo que outra interpretação encontrar, respondi-lhe que nada me importava mais do que obedecê-la. Mas, sem querer, as expressões de que me servi demonstravam alguma amargura.

Retardei, de propósito, o dia em que me era permitido vê-la e não mandei mais pedir notícias suas, para que se persuadisse de que não acreditava em sua doença. Não sabia por que ela me afastava assim, mas estava, na verdade, tão infeliz, que, às vezes, pensava seriamente em acabar com essa vida insuportável.

Passava dias inteiros nos bosques. O acaso me fez encontrá-la um dia, em um estado de dar dó.

Mal tive coragem de lhe pedir algumas explicações; ela não as respondeu francamente, e não voltei mais a esse assunto. Estava reduzido a contar os dias que passava longe dela, e a viver semanas na esperança de uma visita. Desejava o tempo todo me jogar a seus pés e descrever-lhe meu desespero. Dizia-me que ela não lhe poderia ser insensível, que me pagaria pelo menos com algumas palavras de piedade, mas, nesse momento, lembrava-me de sua brusca partida e de sua severidade, receava perdê-la, e preferia morrer a me expor a isso.

Assim, não tendo nem mesmo a permissão de confessar minha dor, minha saúde acabava de se destruir. Meus pés me conduziam até sua casa de má vontade; sentia que ia até lá para renovar as fontes de lágrimas, e cada visita me custava novas. Era um sofrimento como se não devesse mais revê-la, todas as vezes que a deixava.

Por sua vez, ela não tinha mais comigo nem o mesmo tom nem o mesmo prazer que antes. Ela falava de projetos de viagem; fingia me confiar vagamente desejos que a tomavam, dizia ela, de deixar a região, que me deixavam mais morto que vivo quando os ouvia. Quando, por um momento, entregava-se a um movimento natural, logo se lançava em uma frieza desesperante. Não pude deixar, um dia, de chorar de dor diante dela, pela maneira da qual me tratava. Eu a vi empalidecer.

Ao sair, ela me disse à porta:

— Amanhã vou a Sainte-Luce (era um vilarejo das redondezas), e é muito longe para ir a pé. Esteja aqui a cavalo bem cedo; se não tiver nada para fazer, você pode me acompanhar.

Cheguei pontualmente ao encontro, como se pode imaginar. Deitara-me, depois dessas palavras, extasiado de alegria, mas, ao sair de minha casa, senti, ao contrário, uma tristeza invencível. Ao me dar o privilégio que perdera de acompanhá-la em seus passeios solitários, ela cedera claramente a uma fantasia que me pareceu cruel se não me amava. Sabia que eu sofria: por que abusar de minha coragem se não mudou de opinião?

Essa reflexão, que fiz, apesar de mim, tornou-me diferente do que de costume. Quando ela subiu no cavalo, meu coração bateu ao lhe pegar o pé; não sei se de desejo ou cólera.

— Se está interessada — dizia a mim mesmo —, por que tanta severidade? Se é apenas coquete, por que tanta liberdade?

Assim são os homens; à minha primeira palavra, ela se apercebeu que eu olhava de atravessado e que meu rosto mudara.

Não lhe falava e tomei o outro lado da estrada.

Enquanto estávamos na campina, ela pareceu tranquila e, vez ou outra, virava apenas a cabeça para ver se eu a seguia; mas quando entramos na floresta e o passo de nossos cavalos começou a ressoar sob as sombrias aleias, entre os rochedos solitários, eu a vi estremecer de repente. Parou para me esperar, pois eu estava um pouco atrás dela; assim que a encontrei, retomou o galope. Chegamos, então, à descida da montanha, e foi preciso ir devagar. Coloquei-me, então, a seu lado, mas os dois estávamos de cabeça baixa; já não era sem tempo, peguei em sua mão.

— Brigitte — disse-lhe —, minhas lamúrias a deixaram cansada? Desde que retornei, que eu a vejo todos os dias e que, todas as noites, ao voltar, pergunto-me quando deverei morrer, eu a importunei? Nesses dois meses que perco o repouso, a força, a esperança, disse-lhe uma palavra desse fatal amor, que me devora e que me mata, que você não sabia? Levante a cabeça. Preciso lhe dizer? Não vê que sofro e que passo minhas noites chorando? Não encontrou em algum lugar, nessas florestas sinistras, um infeliz sentado, com as duas mãos sobre o rosto? Nunca encontrou lágrimas nessas matas? Olhe-me, olhe essas montanhas, lembra-se de que eu a amo? Elas sabem, são testemunhas; esses rochedos, esses desertos o sabem. Por que me trazer diante deles? Já não sou bastante miserável? Faltou-me agora a coragem? Foi bastante obedecida? A que prova, a que tortura sou submetido, e qual o crime? Se não me ama, o que faz aqui?

— Vamos — disse ela —, leve-me de volta, retornemos sobre nossos passos.

Peguei as rédeas de seu cavalo.

— Não — respondi. — Sei que, se voltarmos, eu a perco. Ao chegar em sua casa, sei, de antemão, o que me dirá. Você quis ver até onde ia minha paciência, desafiou minha dor, talvez para ter o direito de me expulsar; estava cansada desse triste amante que sofria sem se lamentar e que bebia, com resignação, desse cálice amargo de seus desprezos! Você sabia que, sozinho com você, vendo o bosque, diante dessas paisagens onde meu amor começou, eu não poderia me silenciar! Você quis ser ofendida, pois então, senhora, que eu a perca! Já chorei demais, já sofri demais, já reprimi em meu coração o amor insensato que me corrói; como você foi cruel.

Quando ela fez um movimento para saltar do cavalo, peguei-a em meus braços e colei meus lábios nos seus. Mas, no mesmo instante, eu a vi empalidecer, seus olhos se fecharam, largou a rédea que segurava e deslizou ao chão.

— Deus de bondade — exclamava —, ela me ama! Correspondeu ao meu beijo.

Pus o pé no chão e corri até ela. Estava estendida sobre a relva. Levantei-a, ela abriu os olhos; um terror súbito a fez estremecer por inteiro; rejeitou minha mão com força, caiu em lágrimas e fugiu.

Eu estava na beira do caminho; olhava-a, bela como o dia, apoiada contra uma árvore; seus longos cabelos caindo sobre os ombros, as mãos nervosas e trêmulas, as faces enrubescidas, brilhantes de púrpura e de pérolas.

— Não se aproxime — gritou —, não dê um passo em minha direção!

— Ó meu amor! — disse-lhe. — Não tema nada. Se a ofendi há pouco, pode me punir; foi um momento de raiva e de dor. Trate-me como quiser; pode partir agora, mandar-me aonde quiser: eu sei que me ama, Brigitte, você está mais segura aqui que os reis em seus palácios.

A senhora Pierson, a essas palavras, fixou sobre mim seus olhos úmidos, e neles vi a felicidade de minha vida vir até mim em um raio. Atravessei a estrada e coloquei-me de joelhos diante dela. Como ama pouco aquele que pode dizer de que palavras se serviu sua amante para lhe confessar que o amava!

CAPÍTULO X

Se eu fosse joalheiro e se pegasse em meu tesouro um colar de pérolas para presenteá-lo a um amigo, creio que minha maior alegria seria eu mesmo colocá-lo em torno do pescoço; mas, se eu fosse o amigo, escolheria morrer a arrancar o colar das mãos do joalheiro.

Eu vi que a maioria dos homens se apressa em se dar à mulher que os ama, e eu fiz tudo ao contrário, não por cálculo, mas por um sentimento natural. A mulher que ama um pouco e que resiste não ama o suficiente, e aquela que ama o suficiente e que resiste sabe que é menos amada.

A senhora Pierson testemunhou-me mais confiança após ter confessado que me amava e que nunca o demonstrara. O meu respeito por ela inspirou-lhe uma alegria tão doce que seu belo rosto tornou-se uma flor desabrochada; algumas vezes, eu a via se abandonar a uma alegria louca e, então, ficar pensativa, fingindo, em certos momentos, tratar-me quase como uma criança, olhando-me, depois, com os olhos cheios de lágrimas; imaginando mil brincadeiras para ter o pretexto de uma palavra mais espontânea ou de uma carícia inocente, deixando-me para sentar-se distante e abandonar-se às fantasias que a tomavam. Há, no mundo, um espetáculo mais suave? Quando voltava para mim, encontrava-me em seu caminho, em alguma aleia de onde eu a observava de longe.

— Ó minha amiga — dizia-lhe —, o próprio Deus se alegra em ver o quanto você é amada.

Não podia, no entanto, lhe esconder a violência de meus desejos nem que sofria lutando contra eles. Uma noite, em sua casa, disse-lhe que, de manhã, soubera da perda de um processo importante para mim e que trazia aos meus negócios uma mudança considerável.

— E é rindo que você me anuncia?

— Há — disse-lhe — uma máxima de um poeta persa "Aquele que é amado por uma bela mulher está protegido dos golpes da sorte".

A senhora Pierson não me respondeu; mostrou-se, durante toda a noite, ainda mais alegre que de costume. Enquanto jogava cartas com sua tia e perdia, ela usou de todas as malícias para me espicaçar, dizendo que eu não entendia nada do jogo. E, sempre apostando contra mim, ganhou tudo o que eu tinha em minha carteira.

Quando a velha senhora se retirou, ela foi até o terraço, e eu a segui em silêncio.

Fazia a noite mais linda do mundo; a lua se escondia, e as estrelas brilhavam com uma claridade mais viva sobre um céu azul escuro. Nem um sopro de vento agitava as árvores; o ar estava morno e perfumado.

Ela estava apoiada sobre seu cotovelo, os olhos no céu; inclinei-me ao lado dela e a olhava sonhar.

Eu também levantei meus olhos; uma volúpia melancólica nos inebriava. Juntos, respirávamos as mornas baforadas vindas dos caramanchões; seguíamos, ao longe, no espaço, os últimos raios de uma brancura pálida que a lua arrastava consigo ao descer por trás das massas negras das castanheiras. Lembro-me de certo dia em que olhara com desespero o vazio imenso desse belo céu, essa lembrança me fez estremecer; tudo era tão pleno agora! Senti que um hino de graças se erguia em meu coração e que nosso amor se elevava até Deus. Passei meu braço em torno da cintura de minha cara amante; ela virou lentamente a cabeça; seus olhos estavam cheios de lágrimas. Seu corpo se dobrou como um junco, seus lábios entreabertos uniram-se aos meus, e o universo foi esquecido.

CAPÍTULO XI

Anjo eterno das noites felizes, quem contará seu silêncio? Ó beijo, misteriosa poção que os lábios derramam como taças sedentas! Embriaguez dos sentidos, ó volúpia! Sim, como Deus, você é imortal! Sublime elã da criatura, comunhão universal dos seres, volúpia três vezes santa, o que dizem de você aqueles que a criticaram? Chamaram-na de passageira, ó criadora! E disseram que sua curta aparência iluminava suas vidas fugidias. Palavra ainda mais curta que o sopro de um moribundo! Verdadeira palavra de besta sensual, que se espanta de viver uma hora e que confunde as claridades da luz eterna com uma centelha que sai de uma pedra! Amor! Ó príncipe do mundo! Chama preciosa que toda a natureza, como uma vestal inquieta, vigia incessantemente no templo de Deus! Berço de tudo, por quem tudo existe! Mesmo os espíritos de destruição morreriam assoprando sobre você! Não me espanto que se blasfeme seu nome; pois não sabem quem é você, aqueles que creem tê-lo visto de frente, porque abriram os olhos; e quando você encontra seus verdadeiros apóstolos, unidos sobre a terra em um beijo, ordena às suas pálpebras que se fechem como véus, para que não se veja a felicidade.

Mas ó, delicias! Sorrisos lânguidos, primeiras carícias, tratamento tímido, primeiros balbucios da amante, vocês, que podemos ver e que nos pertencem! Pertencem menos a Deus que o resto, belos querubins que planam sobre a alcova e que trazem a esse mundo o homem desperto do sonho divino? Ah, caros filhos da volúpia, como sua mãe os ama! São vocês, conversas curiosas, que levantam os primeiros mistérios, toques trêmulos e ainda castos, olhares já insaciáveis, que começam a traçar no coração, como um esboço tímido, a inefável imagem da beleza querida! Ó reino! Ó conquista! São vocês que fazem os amantes.

E você, verdadeiro diadema, você, serenidade da felicidade! Primeiro olhar dirigido à vida, primeiro retorno dos bem-aventurados a tantos objetos indiferentes que agora vêm apenas através de sua alegria, primeiros passos feitos na natureza ao lado da bem-amada! Quem os descreverá? Que palavra humana expressará a mais leve carícia?

Aquele que, em uma fresca manhã, na força de sua juventude, saiu um dia a passos lentos, enquanto uma mão adorada fechava atrás dele a porta secreta; que andou sem saber onde, olhando os bosques e os vales; que atravessou uma praça sem ouvir o que lhe diziam; que se sentou em um lugar solitário, rindo e chorando sem razão; que pousou suas mãos sobre seu rosto para delas respirar um resto de perfume; que, subitamente, esqueceu o que fizera sobre a terra até então; que falou às árvores da estrada e aos pássaros que via passar; que, enfim, no meio dos homens, mostrou-se um alegre insensato e, depois, caiu de joelhos e agradeceu a Deus, aquele que morreu sem se lamentar, pois teve a mulher que amava.

CAPÍTULO
4

QUARTA PARTE

CAPÍTULO I

Agora vou contar o que se passou com meu amor e a mudança que se fez em mim. E que razão posso dar para isso? Nenhuma, basta que eu conte e que possa dizer: "É a verdade".

Havia dois dias, nem mais nem menos, que eu era o amante da senhora Pierson. Saía do banho às onze horas da noite e, em uma noite magnífica, atravessava o passeio para ir à sua casa. Sentia um bem-estar no corpo e tanto contentamento na alma que saltava de alegria ao andar e estendia os braços ao céu. Encontrei-a no alto da escada, apoiada sobre a rampa, uma vela no chão ao seu lado. Esperava-me e, assim que me viu, correu ao meu encontro. Logo estávamos em seu quarto, e as portas trancadas atrás de nós.

Ela me mostrava como mudara seu penteado, que me desagradava, e como passara o dia ajeitando seus cabelos como eu desejava; como tirara da alcova um grande e feio quadro negro que me parecia sinistro; como trocara as flores, que estavam por todo lado; contava-me tudo o que fizera desde que nos conhecemos, o quanto me viu sofrer, o quanto ela mesma sofrera; como desejou mil vezes abandonar a região e fugir de seu amor; como imaginara tomar tanta precaução contra mim; e que se aconselhara com sua tia, com Mercanson e com o pároco; que jurara a si mesma morrer a ceder; e como tudo isso desaparecera depois de certa palavra dita por mim, de tal olhar, de tal circunstância; e, a cada confidência, um beijo.

O que encontrava de meu gosto em seu quarto, o que chamava minha atenção, entre as miudezas que cobriam as mesas, ela queria me dar, que eu levasse naquela mesma noite e que colocasse sobre minha lareira; o que ela faria doravante, de manhã, à noite, a qualquer hora, que eu o decidisse de acordo com minha vontade e ela não se preocupava com nada; que as conversas do mundo não a afetavam; que, se fingira acreditar, era para me afastar; mas que desejava ser feliz e tampar seus ouvidos; e que acabara de fazer trinta anos, que não tinha muito tempo para ser amada por mim. "E você me amará por muito tempo? Tem alguma verdade nessas belas palavras com as quais tão bem me atordoou?". E, depois, as pequenas recriminações: que eu vinha tarde e estava coquete; que me perfumei demais no banho, ou não o suficiente, ou não como ela queria; que usava pantufas para que eu visse seu pé nu, e que era tão branco quanto sua mão; mas que no mais ela não era tão bonita; e que queria ser cem vezes mais; que o fora aos quinze anos. E ia, e vinha, completamente louca de amor, enrubescida de alegria, e não sabia o que imaginar, o que fazer, o que dizer, para se dar e se dar mais ainda, ela, corpo e alma, e tudo o que tinha.

Estava deitado no sofá e, a cada palavra que ela dizia, sentia cair e se afastar de mim uma má hora de minha vida passada. Olhava o astro do amor se levantar sobre meu campo, e parecia-me que eu era como uma árvore cheia de seiva, que balança ao vento suas folhas secas para se revestir de uma verdura nova.

Ela se pôs ao piano e disse que tocaria para mim uma melodia de Stradella. Amo acima de tudo a música sagrada, e esse trecho, que ela já cantara para mim, pareceu-me muito belo.

— E então — disse quando acabou —, você se enganou; a melodia é minha, e eu o enganei.

— É sua?

— Sim, e disse que era de Stradella para ver a sua reação. Nunca toco minha música, quando componho uma, mas quis fazer uma tentativa, e como vê eu consegui, pois você acreditou.

Que monstruosa máquina é o homem! O que havia de mais inocente? Uma criança pouco perspicaz teria imaginado essa astúcia para surpreender seu preceptor. Ao me contar, ela ria naturalmente, mas senti, de repente, como se uma nuvem se desfizesse sobre mim; mudei de expressão.

— O que você tem? — ela disse. — O que acontece?

— Nada. Toque essa melodia mais uma vez.

Enquanto ela tocava, eu andava de lá para cá, passava minha mão sobre meu rosto como para afastar uma nuvem, batia o pé, afastava com os ombros a própria demência; por fim, sentei-me no chão sobre uma almofada que caíra; ela veio até mim. Quanto mais queria lutar contra o espírito de trevas que me tomava naquele momento, mais a espessa noite crescia em minha cabeça.

— Realmente, — disse-lhe — você mente muito bem! Como? Essa melodia é sua? Então sabe mentir com muita facilidade?

Ela me olhou com um ar espantando.

— O que é então? — disse ela.

Uma inquietude inexpressível desenhou-se em seu rosto. Certamente não podia me crer tão louco para realmente lhe recriminar uma brincadeira tão simples; via de sério ali apenas a tristeza que se apoderava de mim; mas quanto mais a causa era frívola, mais havia com o que se surpreender. Ela quis acreditar por um instante que eu também estava brincando, mas quando me viu ainda pálido e prestes a desmaiar, ela permaneceu com os lábios abertos, o corpo inclinado, como uma estátua.

— Deus do céu! — exclamou. — Será possível?

Caro leitor, talvez você sorria ao ler esta página; eu, que a escrevo, ainda tremo. Os infortúnios têm seus sintomas como as doenças, não há nada mais temível no mar que um pequeno ponto negro no horizonte.

Contudo, quando o dia surgiu, minha cara Brigitte puxou para o meio do quarto uma pequena mesa redonda de madeira branca; ali colocou uma pequena ceia, ou melhor, um pequeno café da manhã, pois os pássaros já cantavam e as abelhas zumbiam no canteiro. Ela mesma preparara tudo, não bebi nem uma gota que ela não levasse aos seus lábios.

A luz azulada do dia, atravessando as cortinas de tecido sara-pintado, iluminava seu charmoso rosto e seus grandes olhos um pouco abatidos; ela desejava dormir e deixou cair, ainda me beijando, sua cabeça sobre meus ombros, com mil palavras langorosas.

Não podia lutar contra um abandono tão encantador, e meu coração se reabriu à alegria; pensei estar absolutamente livre do pesadelo que acabara de provocar, e pedi que me perdoasse um momento de loucura do qual não podia me dar conta.

— Minha amiga — disse-lhe do fundo de meu coração —, sinto-me bem infeliz por lhe ter recriminado injustamente sobre sua brincadeira inocente, mas, se me ama, não me minta nunca, nem que sejam coisas ínfimas. A mentira me parece horrível, e não posso suportá-la.

Ela se deitou, eram três horas da manhã, e disse-lhe que queria ficar até ela adormecer. Eu a vi fechar seus belos olhos, ouvi-a em seu primeiro sono murmurar, ainda sorrindo, enquanto, inclinado na cabeceira, dava-lhe meu beijo de adeus. Enfim, saí com o coração tranquilo, prometendo-me desfrutar de minha felicidade que agora nada poderia perturbar.

Mas, na manhã seguinte, Brigitte me disse como por acaso:

— Tenho um grande caderno onde escrevo meus pensamentos, tudo o que passa pela minha cabeça, e quero que leia o que escrevi sobre você nos primeiros dias em que o vi.

E, juntos, lemos o que era sobre mim e acrescentamos algumas loucuras; depois, comecei a folhear o caderno de uma maneira indiferente. Uma frase traçada em letras grandes saltou-me aos olhos, no meio das páginas que virava rapidamente; li, distintamente, algumas palavras que eram bastante insignificantes e ia continuar quando Brigitte disse:

— Não leia isso.

Joguei o caderno sobre o móvel.

— É verdade — disse-lhe —, não sei o que estou fazendo.

— Você ainda o leva a sério? — respondeu-me sorrindo (vendo, sem dúvida, meu desconforto reaparecer). Pegue o caderno; quero que o leia.

— Não falemos mais sobre isso. O que posso encontrar aí de tão curioso? Seus segredos lhe pertencem, minha cara.

O caderno permaneceu sobre o móvel, e, mesmo tentando, meus olhos não o abandonavam. Ouvi, de repente, como uma voz sussurrando em meu ouvido, e pensei ter visto, fazendo caretas diante de mim e com seu sorriso glacial, a figura seca de Desgenais. "O que ele vem fazer aqui?", perguntei a mim mesmo, como se o tivesse visto realmente. Ele me apareceu tal como estava uma noite, a cabeça inclinada sob meu candelabro, quando me recitava com sua voz aguda seu catecismo de libertino.

Eu continuava olhando o caderno e sentia vagamente em minha memória não sei que palavras esquecidas, ouvidas outrora, mas que angustiaram meu coração. O espírito da dúvida, suspenso sobre minha cabeça, acabara de derramar em minhas veias uma gota de veneno; o vapor me subia ao cérebro, e eu meio cambaleava como em um começo de embriaguez malévola. Que segredo me ocultava Brigitte? Sabia bem que bastava me abaixar e abrir o caderno; mas em que página? Como reconhecer a folha sobre a qual o acaso me fez cair?

Meu orgulho, aliás, não queria que eu o pegasse; seria realmente meu orgulho?

— Ó Deus! — disse-me com uma tristeza apavorante. — Será que o passado é um espectro? Será que sai de seu túmulo? Ah, miserável, será que não vou poder amar?

Todas minhas ideias de desprezo pelas mulheres, todas essas frases de fatuidade irônica, que repetira como uma lição e como um papel a desempenhar na época de minhas desordens, atravessaram meu espírito subitamente; e, coisa estranha! Enquanto antes eu não acreditava e até zombava delas, parecia-me agora que eram reais ou que pelo menos o tinham sido.

Eu conhecia a senhora Pierson há quatro meses, mas não sabia nada de sua vida passada e não lhe perguntara nada. Entreguei-me ao meu amor por ela com uma confiança e uma dedicação sem limites. Encontrara uma espécie de prazer em não perguntar a ninguém sobre ela nem a ela mesma; aliás, as suspeitas e o ciúme são tão pouco em meu caráter que estava mais espantado de senti-los que Brigitte de encontrá-los em mim.

Jamais, em meus primeiros amores nem nas relações habituais da vida, fora desconfiado, talvez mais temerário; ao contrário, não duvidando, por assim dizer, de nada. Fora preciso ver com meus próprios olhos a traição de minha amante para acreditar que ela podia me enganar; o próprio Desgenais, mesmo me admoestando à sua maneira, não deixava de zombar de minha facilidade para me deixar enganar. A história de toda minha vida era uma prova de que eu era muito mais crédulo que desconfiado; por isso, quando a visão desse caderno subitamente me espantou, parecia que sentia em mim um novo ser e uma espécie de desconhecido; minha razão se revoltava contra o que eu sentia, e não ousava me perguntar aonde isso iria me conduzir.

Mas os sofrimentos que suportara, a lembrança das perfídias de que fora testemunha, a terrível cura que me impusera, os discursos de meus amigos, o mundo corrompido que atravessara, as tristes verdades que ali vira, as que, sem conhecê-las, compreendera e adivinhara por uma funesta inteligência, além do deboche, do desprezo do amor, do abuso de tudo, era o que tinha no coração sem ainda adivinhar, e no momento em que acreditava renascer para a esperança e a vida, todas essas fúrias entorpecidas sufocavam-me e gritavam-me que estavam ali.

Abaixei-me e abri o caderno, e logo o fechei e joguei-o sobre a mesa. Brigitte me olhava; não havia em seus belos olhos nem orgulho ferido nem cólera, apenas uma terna inquietude, como se eu tivesse adoecido.

— Você acredita que tenho segredos? — perguntou beijando-me.

— Não — disse-lhe —, não creio em nada, senão que você é bela e que quero morrer amando-a.

Voltei para casa e, enquanto jantava, perguntei a Larive:

— Quem é, então, essa senhora Pierson?

Ele se virou um pouco espantando.

— Você vive na região há tantos anos, deve conhecê-la melhor que eu. O que dizem dela por aqui? O que pensam no vilarejo? Que vida levava antes de eu conhecê-la? Quem ela via?

— Creia-me, senhor, eu só a vi fazendo o que faz todos os dias, isto é, caminhar pelo vale, jogar cartas com sua tia e fazer a caridade aos pobres. Os camponeses a chamam Brigitte-la-Rose; nunca ouvi uma palavra contra ela de quem quer que fosse, a não ser que caminha pelos campos sozinha, a qualquer hora do dia e da noite, mas com um objetivo tão louvável! Ela é a Providência da região. Quanto às pessoas que ela vê, não passa do pároco e do senhor de Dalens, nas férias.

— Quem é esse senhor de Dalens?

— É o proprietário de um castelo que fica lá para aqueles lados, atrás da montanha; ele só vem aqui para caçar.

— É jovem?

— Sim, senhor.

— É parente da senhora Pierson?

— Não. Era amigo de seu marido.

— Há muito tempo que seu marido morreu?

— Há cinco anos no dia de Todos os Santos, era um homem digno.

— E esse senhor de Dalens, comentam se ele a cortejou?

— À viúva, senhor? Nossa! Mas para falar a verdade... (E parou meio envergonhado).

— Você vai falar?

— Disseram, e não disseram... Não sei nada sobre isso, nunca vi nada.

— Mas há pouco me dizia que não falavam dela na região?

— Nunca disseram nada, no mais, achava que o senhor soubesse disso.

— Enfim, dizem ou não dizem?

— Sim senhor, pelo menos eu acho.

Levantei-me e fui até o passeio.

Mercanson ali estava; esperava que me evitasse, mas, ao contrário, ele me abordou.

— Senhor — disse-me —, outro dia revelou uma cólera que um homem de meu caráter não poderia conservar a memória. Deixo claro que lamento ter me encarregado de uma comissão intempestiva (era sua maneira usar longas palavras) e ter-lhe incomodado de forma tão pouco oportuna.

Devolvi-lhe o cumprimento, acreditando que partiria em seguida; mas ele começou a andar ao meu lado.

— Dalens! Dalens! — repetia entredentes.

Quem me falará de Dalens? Pois Larive dissera-me tão somente o que um valete pode dizer. Quem lhe disse? Alguma criada ou algum camponês. Precisava de uma testemunha que talvez tivesse visto Dalens na casa da senhora Pierson e que soubesse do que se tratava. Não conseguia parar de pensar nesse Dalens e, não tendo outro assunto, falei, então, sobre isso com Mercanson.

Se Mercanson era um homem mau, se era idiota ou esperto, nunca o soube claramente; certamente devia me odiar e foi tão rancoroso quanto possível. A senhora Pierson, que tinha uma grande amizade pelo pároco (e com muita razão), acabara, quase sem querer, tendo a mesma pelo sobrinho.

Ele, como se orgulhava disso, era ciumento. Não é apenas o amor que desperta ciúmes; um favor, uma palavra amável, um sorriso largo, podem até mesmo inspirar a raiva em algumas pessoas.

Mercanson pareceu primeiro surpreso, tanto quanto Larive, com as perguntas que lhe dirigia. Eu mesmo estava ainda mais surpreso. Mas quem se conhece aqui na terra?

Às primeiras respostas do padre, percebi que compreendeu o que eu desejava saber, e decidiu não me dizer.

— Como é possível que o senhor que conhece a senhora Pierson há tanto tempo e que é recebido em sua casa de uma maneira bastante íntima (é o que eu penso, pelo menos), nunca encontrou ali o senhor de Dalens? Mas, aparentemente, o senhor tem uma razão que não me cabe conhecer para perguntar sobre ele hoje. Quanto a mim, o que posso dizer é que era um honesto fidalgo, pleno de bondade e de caridade; ele era, como o senhor, bem íntimo da casa da senhora Pierson; tem uma boa matilha e recebe maravilhosamente bem em sua casa. E, como o senhor, fazia uma música muito boa na casa da senhora Pierson. Desempenhava pontualmente os seus deveres de caridade; quando estava na região, acompanhava, como o senhor, essa senhora nos passeios. Sua família desfruta em Paris de uma excelente reputação; Eu o encontrava na casa dessa senhora quase todas as vezes que ia lá, seus modos são considerados excelentes. No mais, como deve saber, não ouço falar senão de uma familiaridade honesta, como convém às pessoas desse mérito. Creio que ele vem apenas pela caça; era amigo do marido; dizem que é muito rico e bastante generoso; mas o conheço muito pouco, se não por ouvir dizer...

Com quantas frases torcidas o pesado carrasco não me atingiu! Eu o olhava, envergonhado por ouvi-lo, não ousando fazer nem mais uma pergunta nem interrompê-lo em sua falação. Ele caluniou tão surdamente e pelo tempo que quis e, vagarosamente, enfiou sua perversa lâmina em meu coração; quando acabou, deixou-me, sem que pudesse detê-lo, e, no final das contas, nada me dissera.

Fiquei sozinho na calçada; a noite começava a cair. Não sei o que era maior, meu furor ou minha tristeza. Essa confiança que eu tivera, de me entregar cegamente ao meu amor por minha cara Brigitte, fora-me tão doce e tão natural que não conseguia acreditar que tanta felicidade me enganara. Esse sentimento ingênuo e crédulo que me conduzira até ela, sem que o desejasse combater nem nunca duvidar, parecera-me, por si só, como uma prova de que ela era digna. Era, então, possível que esses quatro meses tão felizes já não passassem de um sonho?

— Mas, afinal — disse-me, de repente —, essa mulher entregou-se bem depressa. Não haveria alguma mentira naquela intenção de me fugir que tão rapidamente exibiu e que uma palavra fez desvanecer? Não estaria tratando por acaso com uma mulher como tantas por aí? Sim, é assim que todas fazem, fingem recuar a fim de persegui-lo. As gazelas fazem o mesmo, é um instinto da fêmea.

Não foi de sua própria iniciativa que me confessou seu amor, no exato momento em que eu acreditava que ela nunca me pertenceria? Desde o primeiro dia que a vi, ela não aceitou meu braço, sem me conhecer, com uma desenvoltura que eu deveria ter duvidado? Se esse Dalens foi seu amante, é provável que ainda o seja; são dessas ligações da sociedade que não começam nem acabam; quando se veem, recomeçam, e assim que se deixam, se esquecem. Se esse homem retorna nas férias, ela o reverá, sem dúvida, e provavelmente sem romper comigo. E o que dizer daquela tia, e dessa vida misteriosa que tem a caridade como desculpa, dessa liberdade determinada que não se preocupa com nada? Não seriam aventureiras essas duas mulheres com sua casinha, sua probidade e sua sabedoria, que se impõem tão rapidamente às pessoas e se desmentem mais rápido ainda? Certamente, seja como for, caí de olhos fechados em um caso de galanteria que considerei um romance. Mas, e agora, o que faço? Não vejo ninguém além desse padre, que não quer falar claramente, ou seu tio, que dirá menos ainda. Ó meu Deus! Quem me salvará? Como saber a verdade?

Assim falava o ciúme; assim, esquecendo tantas lágrimas e tudo o que sofrera, eu acabara, ao final de dois dias, inquietando-me com o que Brigitte me cedera. Assim, como todos os que duvidam, coloquei de lado os sentimentos e os pensamentos para brigar com os fatos, prender-me à letra morta e dissecar o que eu amava.

Mesmo mergulhado em minhas reflexões, cheguei, a passos lentos, à casa de Brigitte. Encontrei o portão aberto e, quando atravessei o pátio, vi luz na cozinha. Pensei em interrogar a criada. Fui, então, até lá e, remexendo algumas moedas de prata em meu bolso, avancei para a entrada.

Uma sensação de horror logo me deteve. Essa criada era uma velha magra e enrugada, as costas sempre encurvadas como as pessoas ligadas à gleba. Eu a encontrei remexendo a louça em uma pia suja. Uma lamparina nojenta tremulava em sua mão; em torno dela, panelas, pratos, restos do jantar que um cachorro vira-lata, que, como eu, entrou meio envergonhado, fuçava; um odor quente e nauseabundo saía das paredes úmidas. Quando a velha me percebeu, olhou-me sorrindo com um ar confidencial. Ela me viu sair de manhã do quarto de sua senhora. Estremeci de desgosto de mim mesmo e do que vinha procurar nesse lugar tão apropriado para a ação ignóbil que eu ruminava. Fugi dessa velha como de meu ciúme personificado e como se o odor de sua louça tivesse saído de meu próprio coração.

Brigitte estava na janela, regando as flores bem-amadas. O filho de uma das vizinhas, sentado no fundo da poltrona e enterrado nas almofadas, ninava-se com uma de suas mangas e fazia-lhe, com a boca cheia de balas, em sua linguagem alegre e incompreensível, um desses grandes discursos dos bebês que não sabem ainda falar. Sentei-me perto dela e beijei a criança sobre suas grandes faces, como para devolver ao meu coração um pouco de inocência.

Brigitte me acolheu meio temerosa; ela via em meus olhares sua imagem já turva. Quanto a mim, evitava seu olhar; quanto mais admirava sua beleza e seu ar de candura, mais me dizia que semelhante mulher, se não era um anjo, era um monstro de perfídia. Esforçava-me para lembrar cada palavra de Mercanson e confrontava, por assim dizer, as insinuações desse homem com os traços de minha amante e os contornos charmosos de seu rosto.

— Ela é bem bonita — dizia —, bem perigosa se sabe enganar, mas eu a espancarei e resistirei a ela, e ela saberá quem sou eu.

— Minha cara — disse-lhe, depois de um longo silêncio —, acabo de dar um conselho a um amigo que me consultou. É um rapaz bem simples; escreveu-me que descobriu que uma mulher, que acabou de se dar a ele, tem ao mesmo tempo outro amante. Perguntou-me o que deveria fazer.

— O que você lhe respondeu?

— Duas questões: ela é bela e você a ama? Se a ama, esqueça-a; se é bela e você não a ama, mantenha-a para seu prazer: sempre será tempo de abandoná-la se o que lhe interessa é só a beleza dela, e tanto vale esta como qualquer outra.

Ao me ouvir falar assim, Brigitte largou a criança que segurava e foi sentar-se no fundo do quarto.

Estávamos sem luz; a lua, que iluminava o lugar que Brigitte acabara de deixar, projetava uma sombra profunda sobre o sofá onde ela estava sentada. As palavras que eu pronunciara carregavam um sentido tão duro, tão cruel, que eu mesmo me entristecera com elas, e meu coração se enchera de amargura. A criança inquieta chamava por Brigitte e se entristecia nos olhando. Seus gritos alegres, sua pequena conversação pararam pouco a pouco; ela adormeceu sobre a poltrona. Assim, os três permanecemos em silêncio, e uma nuvem passou sobre a lua.

Uma criada entrou e veio buscar a criança; trouxeram luz. Levantei-me, e Brigitte ao mesmo tempo, mas ela levou as mãos sobre seu coração e caiu no chão ao pé da cama.

Corri até ela horrorizado; ela não perdera a consciência e pediu-me que não chamasse ninguém. Disse-me que estava sujeita a violentas palpitações que a atormentavam desde sua juventude e a tomavam, assim, de repente, e que, no mais, não havia perigo nesses ataques nem remédio a ser empregado. Estava de joelhos ao lado dela, ela me abriu suavemente os braços, eu segurei sua cabeça e joguei-me em seu ombro.

— Ah! Meu amigo — disse ela —, você me dá dó.

— Ouça-me — disse-lhe ao ouvido —, sou um miserável louco, mas não posso guardar nada em meu coração. Quem é esse senhor Dalens que mora na montanha e que vem vê-la algumas vezes?

Ela pareceu surpresa ao me ouvir pronunciar esse nome.

— Dalens? É um amigo de meu marido.

E olhou-me como acrescentando: "Mas qual a razão dessa pergunta?". Pareceu-me que seu rosto entristecera. Mordi meus lábios. "Se ela quer me enganar", pensei, "não deveria ter falado."

Brigitte se levantou com dificuldade, pegou seu leque e andou a passos largos pelo quarto. Respirava com violência; eu a magoara. Permaneceu algum tempo pensativa, e trocamos dois ou três olhares quase frios e quase inimigos. Ela foi até sua escrivaninha e a abriu, tirou um maço de cartas amarradas com seda e o jogou diante de mim sem dizer uma palavra.

Porém, não olhava nem para ela nem para suas cartas; acabara de lançar uma pedra em um abismo e ouvia ressoar o eco. Pela primeira vez, sobre o rosto de Brigitte, aparecera o orgulho ofendido. Não havia mais em seus olhos nem inquietude nem piedade, e como acabara de me sentir um outro que eu nunca fora, também acabara de ver nela uma mulher que me era desconhecida.

— Leia — disse ela enfim.

Avancei e lhe estendi a mão.

— Leia isso, leia isso — repetia com um tom glacial.

Eu segurava as cartas. Senti-me, nesse momento, tão persuadido de sua inocência e achava-me tão injusto, que o remorso me invadiu.

— Você me lembra — disse ela —, que lhe devo a história de minha vida; sente-se ali e você a conhecerá. Em seguida, abra as gavetas e leia tudo o que há aqui de minha mão e de mãos estranhas.

Sentou-se e apontou-me uma poltrona. Vi o esforço que ela fazia para falar. Estava pálida como a morte; sua voz alterada saía com dificuldade, e sua garganta se contraía.

— Brigitte! Brigitte! — exclamei — Em nome do céu, não fale! Deus é testemunha de que não nasci assim como você acredita; nunca em minha vida fui desconfiado nem incrédulo. Perderam-me, desnaturaram-me o coração. Uma experiência deplorável levou-me a um precipício, e há um ano só vejo o que de mau existe aqui na terra. Deus é testemunha de que até esse dia não me via capaz desse papel ignóbil, o último de todos, o de um ciumento. Deus é testemunha de que a amo e de que só você neste mundo é capaz de me curar do passado. Até aqui só encontrei mulheres que me enganaram ou que eram indignas de amor. Levei uma vida de libertino; tenho, no coração, lembranças que nunca se apagarão. É minha culpa se uma calúnia, se a acusação mais vaga, a mais insustentável, encontra, hoje, nesse coração, fibras ainda doloridas e prestes a acolher tudo o que se assemelha à dor?

Esta noite falaram-me de um homem que eu não conhecia, do qual nem mesmo sabia da existência; sugeriram que houve, sobre você e ele, comentários que nada provam; não lhe quero perguntar nada; sofri com isso, confessei, e foi um erro irreparável.

Mas melhor que aceitar o que você me propõe, vou jogar tudo no fogo. Ah, minha amiga, não me degrade; não se justifique, não me puna por sofrer. Como poderia, no fundo do coração, suspeitá-la de me enganar? Não, você é bela e é sincera; um único de seus olhares, Brigitte, diz-me mais do que peço para amá-la. Se soubesse que horrores, que perfídias monstruosas viu a criança que está diante de você! Se soubesse como foi tratada, como zombaram de tudo o que tem de bom, como se dedicaram a lhe ensinar tudo o que pode levar à dúvida, ao ciúme, ao desespero! Pobre de mim! Pobre de mim! Minha cara amante, se soubesse quem a ama! Não me recrimine; tenha a coragem de ter dó de mim; preciso esquecer que existem outras além de você.

Quem sabe por que provas, por que horríveis momentos de dor não terei de passar! Não duvidava que pudesse ser assim, não acreditava dever combater. Desde que é minha, percebo o que fiz; senti, ao beijá-la, o quanto meus lábios se sujaram. Em nome do céu, ajude-me a viver! Deus me fez melhor que isso.

Brigitte me estendeu os braços e fez-me as mais ternas carícias. Pediu-me para lhe contar o que ocasionou essa triste cena. Falei-lhe apenas do que me dissera Larive e não ousei confessar que interrogara Mercanson. Ela quis absolutamente que eu ouvisse suas explicações. O senhor de Dalens a amara, mas era um homem fútil, muito dissipado e inconstante. Ela o fizera compreender que, não querendo se casar novamente, podia apenas pedir que mudasse sua linguagem, e ele se resignou de bom grado; mas suas visitas, desde então, foram mais e mais raras e, hoje, não vinha mais. Ela tirou do maço uma carta que me mostrou e cuja data era recente; não pude me impedir de enrubescer encontrando ali a confirmação do que ela acabara de me dizer. Ela garantiu-me que me perdoava e exigiu de mim, como único castigo, a promessa de que doravante eu lhe comunicaria no mesmo instante o que poderia despertar em mim alguma suspeita sobre ela. Nosso tratado foi selado com um beijo e, quando parti, de dia, já tínhamos esquecido a existência de Dalens.

CAPÍTULO II

Uma espécie de inércia estagnante, colorida de uma alegria amarga, é comum aos debochados. É consequência de uma vida de capricho, em que nada se regra pelas necessidades do corpo, mas pelas fantasias do espírito, e em que um sempre deve estar pronto a obedecer ao outro. A juventude e a vontade podem resistir aos excessos, mas a natureza vinga-se em silêncio, e o dia em que ela decide que vai recobrar sua força, a vontade morre para esperá-la e novamente abusar dela.

Reencontrando em torno dele todos os objetos que o tentavam na véspera, o homem, que não tem mais força para segurá-los, pode devolver ao que o cerca apenas o sorriso do desgosto. Adicione que esses mesmos objetos, que ontem excitavam seu desejo, não são jamais abordados friamente; de tudo o que o debochado ama, ele se apodera com violência; sua vida é uma febre; seus órgãos, em busca do prazer, devem andar juntos com licores fermentados, cortesãs e noites sem sono; em seus dias de tédio e de preguiça, ele sente então uma distância bem maior que outro homem entre sua impotência e suas tentações, e, para lhes resistir, é preciso que o orgulho venha em seu auxílio e o faça acreditar que as despreza. É assim que ele cospe sem parar sobre todos os festins de sua vida e que, entre uma sede ardente e uma profunda saciedade, a vaidade tranquila o conduz à morte.

Mesmo não sendo mais um debochado, de repente meu corpo lembrou-se de tê-lo sido. E até então eu simplesmente não me apercebera. Diante da dor que sentira pela morte de meu pai, tudo, primeiramente, havia silenciado. Um amor violento chegara; enquanto estava em minha solidão, o tédio não se mostrara.

Triste ou alegre, que importa como o tempo passa àquele que está só?

Como o zinco, esse semimetal extraído da veia azulada onde dorme na calamina, faz jorrar de si mesmo um raio de sol ao se aproximar do cobre virgem, assim os beijos de Brigitte despertaram pouco a pouco em meu coração o que nele eu carregava escondido. Assim que me encontrei diante dela, percebi o que eu era.

Em certos dias sentia em mim, logo de manhã, uma disposição de espírito tão estranha que era impossível qualificá-la. Despertava, sem motivo, como um homem que, na véspera, cometeu um excesso à mesa que o esgotou. Todas as sensações de fora me causavam um cansaço insuportável; todos os objetos conhecidos e habituais repugnavam-me e entediavam-me; se falava, era para ridicularizar o que os outros diziam ou o que eu mesmo pensava.

Então, estendido sobre o canapé e incapaz de movimento, desmarcava deliberadamente todos os passeios que combináramos na véspera e procurava, em minha memória, o que, durante meus bons momentos, eu dissera de mais sensível e de mais sinceramente terno à minha cara amante, e só me satisfazia quando minhas brincadeiras irônicas haviam estragado e envenenado essas lembranças dos dias felizes.

— Você não poderia me poupar disso? — perguntava-me tristemente Brigitte. — Se há em você dois homens tão diferentes, não poderia, quando o mau se mostra, contentar-se em esquecer o bom?

Mas a paciência que Brigitte opunha a esses desvarios excitava ainda mais minha alegria sinistra. Quão estranho é o homem que sofre querer fazer sofrer a quem ele ama! Que se tenha tão pouco domínio sobre si, não é a pior das doenças? Há algo de mais cruel para uma mulher que ver um homem que sai de seus braços ridicularizar, por um capricho qualquer, o que as noites felizes têm de mais sagrado e de mais misterioso? Mas ela não me deixava; permanecia junto a mim, curvada sobre sua tapeçaria, e eu, em meu humor feroz, insultava, assim, o amor; sobre uma boca úmida de seus beijos deixava rosnar minha demência.

Nesses dias, contra o ordinário, pegava-me falando de Paris e representando minha vida debochada como a melhor coisa do mundo.

— Você não passa de uma beata — dizia rindo a Brigitte. — Você não sabe o que é. Não há nada como as pessoas despreocupadas que fazem amor sem nele acreditar.

Não era o mesmo que dizer que eu não acreditava nele?

— Pois bem! — respondia-me Brigitte — Ensine-me a agradá-lo todos os dias. Talvez eu seja tão bela quanto as amantes de quem você sente falta; se não tenho o espírito que tinham para diverti-lo à maneira delas, peço apenas que me ensine. Haja como se você não me amasse, e deixe-me amá-lo sem nada dizer. Se sou devota à igreja, também o sou ao amor. O que é preciso fazer para que você acredite nisso?

Ali está ela diante de seu espelho, vestindo-se no meio do dia como para um baile ou uma festa, fingindo uma frivolidade que ela, no entanto, não podia tolerar, procurando ter o mesmo tom que eu, rindo e saltitando pelo quarto.

— Estou como deseja? — dizia ela. — Com qual de suas amantes você acha que eu me pareço? Sou bastante bela para fazê-lo se esquecer de que ainda podemos crer no amor? Pareço-me com uma cabecinha de vento?

Depois, em meio a essa alegria fictícia, dava-me as costas, e um arrepio involuntário fazia tremer sobre seus cabelos as tristes flores ali colocadas. Jogava-me, então, aos seus pés.

— Pare — dizia-lhe —, você se parece muito bem com quem quer imitar e com o que minha boca é bastante vil para ousar lembrar diante de você. Tire essas flores, tire esse vestido. Lavemos essa alegria com uma lágrima sincera; não me faça lembrar que sou apenas um filho pródigo; apenas conheço demais do passado.

Mas mesmo esse arrependimento era cruel; provava-lhe que os fantasmas que tinha em meu coração eram bem reais.

E cedendo a um movimento de horror, o que fazia era dizer-lhe claramente que sua resignação e seu desejo de me agradar nada me ofereciam além de uma imagem impura.

E isso era verdade. Chegava à casa de Brigitte louco de alegria, jurando esquecer em seus braços minhas dores e minha vida passada; ajoelhado, mostrava-lhe meu respeito mesmo aos pés de sua cama; ali, entrava como em um santuário; estendia-lhe os braços derramando lágrimas; depois, ela fazia um gesto, tirava o vestido de um jeito, dizia uma palavra aproximando-se de mim; e, de repente, lembrava-me de uma moça que, tirando seu vestido uma noite e aproximando-se de minha cama, fizera esse gesto, dissera essa palavra.

Pobre alma devotada! O quanto sofria, então, vendo-me empalidecer em sua presença, quando meus braços, prestes a recebê-la, caiam como privados de vida sobre seu ombro suave e fresco; quando o beijo se fechava em meus lábios e o olhar, cheio de amor, esse puro raio da luz de Deus, recuava em meus olhos como uma flecha desviada pelo vento! Ah! Brigitte, quantos diamantes escorriam de suas pálpebras! Em que tesouro de caridade você buscava, com uma mão paciente, seu triste amor cheio de piedade!

Durante muito tempo, os bons e os maus dias se sucederam quase regularmente; mostrava-me ora duro e zombador, ora terno e devotado, ora seco e orgulhoso, ora arrependido e submisso.

A figura de Desgenais, a primeira a me aparecer como para me advertir do que eu ia fazer, não deixava meu pensamento.

Durante meus dias de dúvida e de frieza, entretinha-me, por assim dizer, com ele; muitas vezes, assim que acabara de ofender Brigitte fazendo alguma brincadeira cruel, dizia-me: "Se ele estivesse em meu lugar, faria muitas outras".

Algumas vezes também, ao colocar meu chapéu para ir à casa de Brigitte, olhava-me no espelho e dizia: "Mas, afinal, que mal há? No fim das contas tenho uma linda amante; ela se deu a um libertino; que me aceite como sou". Chegava com o sorriso nos lábios, jogava-me em uma poltrona com um ar indolente e deliberado; depois, via Brigitte se aproximar com seus grandes olhos doces e inquietos; pegava em minhas mãos suas pequenas mãos brancas, e perdia-me em um sonho infinito.

Como dar um nome a algo sem nome? Eu era bom ou ruim? Era desconfiado ou louco? Não se deve pensar nisso, deve-se seguir adiante; deve-se agir dessa forma.

Tínhamos como vizinha uma jovem chamada senhora Daniel. Não deixava de ser bela, e muito menos coquete; era pobre e queria se passar por rica; vinha nos ver depois do jantar e, ainda que suas perdas a deixassem desconfortável, sempre apostava alto no jogo contra nós; ela cantava e não tinha nenhuma voz.

No fundo desse vilarejo ignorado, onde seu mau destino a forçava a se enterrar, ela sentia-se devorada por uma sede extraordinária de prazer. Só falava de Paris, onde colocava seus pés duas ou três vezes por ano; pensava seguir as modas; minha cara Brigitte a ajudava como podia, enquanto sorria de piedade. Seu marido era topógrafo; ele a levava, nos dias de festa, ao centro administrativo, e, ridícula com todos seus adornos, a mulherzinha dançava animadamente com a guarnição, nos salões da prefeitura.

Dali, voltava com os olhos brilhando e o corpo quebrado. Chegava, então, em nossa casa, para contar suas proezas e as pequenas aflições que causara. No resto do tempo, lia romances, que proporcionavam uma vida tão diferente da sua, que, aliás, não era nada interessante. Sempre que a via, não deixava de zombar dela; não encontrando nada de mais ridículo do que essa vida que ela acreditava levar, eu interrompia seus relatos da festa para lhe pedir notícias de seu marido e de seu sogro, aos quais ela detestava acima de tudo; um porque era seu marido; e o outro porque não passava de um camponês. Enfim, sempre que estávamos juntos, brigávamos por algum assunto.

Dedicava-me, em meus maus dias, a cortejar essa mulher apenas para magoar Brigitte.

— Veja — dizia eu — como a senhora Daniel entende perfeitamente a vida! Com esse humor jovial que tem, pode-se desejar uma amante mais charmosa? Começava, então, a elogiá-la. Sua conversa insignificante tornava-se argumentos cheios de elegância; suas pretensões exageradas, uma vontade de agradar bem natural; era sua culpa ser pobre? Pelo menos só pensava no prazer e o confessava abertamente; não fazia sermões nem ouvia os dos outros. Eu chegava mesmo a dizer a Brigitte que ela devia tomá-la por modelo, que esse era exatamente o tipo de mulher que me agradava.

A pobre senhora Daniel surpreendeu nos olhos de Brigitte alguns sinais de melancolia. Que estranha criatura, era tão boa e tão sincera quando a tirávamos de seus trapos, e tão tola quando os tinha na cabeça.

Ela fez, nessa ocasião, uma ação que lhe era bem própria, isto é, ao mesmo tempo boa e tola. Um belo dia, durante um passeio, quando as duas estavam sozinhas, atirou-se nos braços de Brigitte e disse-lhe que percebia que eu começava a cortejá-la e que lhe dirigia palavras cuja intenção não deixava dúvidas, mas que sabia que eu era o amante de outra e que, para ela, não importa o que pudesse acontecer, preferia morrer a destruir a felicidade de uma amiga. Brigitte lhe agradeceu, e a senhora Daniel, depois de ter tranquilizado sua consciência, não me dirigiu mais olhares fazendo o possível para me desencorajar.

Quando, à noite, ela partiu, Brigitte disse-me com um tom severo o que se passara no bosque; pediu-me para poupá-la de semelhantes afrontas no futuro.

— Não — disse ela —, que eu me importe nem que acredite nessas brincadeiras, mas, se tem algum amor por mim, parece-me inútil mostrar a um terceiro que não o tem todos os dias.

— É possível — respondi rindo —, que isso tenha alguma importância? Você bem vê que estou brincando e que é para passar o tempo.

— Ah, meu amigo, meu amigo! — disse Brigitte. — É um infortúnio que se precise passar o tempo.

Alguns dias depois, propus-lhe que fossemos à prefeitura e, então, que víssemos a senhora Daniel dançar; ela consentiu a contragosto. Enquanto ela terminava de se vestir, eu estava perto da lareira e comentei que ela perdia sua antiga alegria.

— O que você tem então? — perguntei-lhe (sabia tão bem quanto ela). — Por que esse ar moroso que agora não a abandona mais? Na realidade, você faz de nossa convivência algo um pouco triste. Eu a conheci outrora com um caráter mais alegre, mais livre e mais aberto, não me é nada lisonjeiro ver que a fiz mudar. Mas você tem o espírito claustral; nasceu para viver em um convento.

Era um domingo: quando passamos pela praça, Brigitte pediu que a carruagem parasse para cumprimentar algumas amigas, inocentes e bravas moças do campo, que iam ao baile no Tilleuls. Depois de deixá-las, permaneceu um longo tempo com a cabeça na portinhola; seu baile tão querido! Ela levou seu lenço aos olhos.

Na prefeitura encontramos a senhora Daniel transbordando de alegria. Tirei-a para dançar várias vezes para que reparassem; fiz-lhe mil cumprimentos, e a eles ela respondia da melhor forma possível. Brigitte estava diante de nós; seu olhar não nos abandonava. O que eu sentia era difícil de dizer, era prazer e pena. Eu via claramente que estava com ciúmes, mas, em vez de ficar tocado, fiz o possível para deixá-la ainda mais inquieta.

Aguardava, ao voltar, algumas críticas de sua parte; não apenas não as fez, como permaneceu triste e muda no dia seguinte e no outro. Quando chegava à sua casa, ela vinha até mim e me beijava; depois, nós nos sentávamos um em frente ao outro, ambos preocupados e trocando apenas algumas palavras insignificantes.

No terceiro dia, ela falou. Explodiu em recriminações amargas, disse-me que minha conduta era inexplicável, que não sabia o que pensar, apenas que eu não a amava mais, que não podia suportar essa vida e que estava decidida a tudo, menos sofrer com meus caprichos e minhas friezas. Seus olhos estavam cheios de lágrimas, e eu estava prestes a lhe pedir perdão, quando, de repente, escaparam-lhe algumas palavras tão amargas que meu orgulho se revoltou. Respondi-lhe no mesmo tom, e nossa discussão tornou-se violenta. Disse-lhe que era ridículo que não pudesse inspirar à minha amante segurança bastante para confiar em mim nas ações mais ordinárias; que a senhora Daniel não passava de um pretexto e que sabia muito bem que eu não pensava seriamente nela; que seu suposto ciúme não passava de um despotismo bem real e que, no mais, se essa vida a cansava, cabia apenas a ela rompê-la.

— Que seja. — respondeu-me. — E também, desde que lhe pertenço não o reconheço mais; sem dúvida você representou muito bem seu papel para me persuadir que me amava; ele o cansa, e dor é só o que tem para me dar. Suspeita que eu o engano na primeira palavra que lhe dizem, e eu não tenho o direito de sofrer com um insulto que me faz. Você não é mais o homem que eu amei.

— Eu sei — disse-lhe — o que são seus sofrimentos. Quem pode garantir que eles não se renovarão a cada passo que der? Logo não me será permitido falar com outra a não ser você. Finge ser maltratada para poder me insultar. Acusa-me de tirania para que eu me torne um escravo. Uma vez que perturbo seu repouso, viva em paz; não me verá mais.

Nós nos deixamos com cólera, e passei um dia sem vê-la. No dia seguinte, por volta da meia-noite, senti uma tristeza tão grande que não pude resistir. Derramava um rio de lágrimas; acusei-me das injúrias que bem merecia. Disse-me que não passava de um louco, e uma espécie de louco bem cruel, para fazer sofrer a mais nobre, a melhor das criaturas. Corri até sua casa para me jogar aos seus pés.

Ao entrar no jardim, vi seu quarto iluminado, e uma dúvida atravessou-me o espírito.

— Ela não me espera a essa hora; quem sabe o que estará fazendo? Deixei-a chorando ontem; talvez a encontre cantando e preocupando-se menos comigo que se eu não existisse. Talvez esteja se arrumando como sempre. Vou entrar em silêncio para ter certeza.

Avancei na ponta dos pés e, como a porta por acaso se encontrava aberta, pude ver Brigitte sem ser visto.

Estava sentada diante de sua mesa e escrevia nesse mesmo caderno que causara minhas primeiras dúvidas sobre ela.

Segurava em sua mão esquerda uma pequena caixa de madeira branca que olhava vez ou outra com uma espécie de tremor nervoso. Não sei o que havia de tão sinistro na aparente tranquilidade reinante no quarto. Sua escrivaninha estava aberta e vários maços de papel estavam ali organizados, como se tivessem acabado de ser arrumados.

Fiz um ruído qualquer empurrando a porta. Ela se levantou, foi até a escrivaninha e a fechou; depois, veio até mim com um sorriso.

—Otávio — disse-me —, somos duas crianças, meu amigo. Nossa briga não tem sentido e, se não tivesse voltado, iria à sua casa esta noite.

Perdoe-me, fui eu que errei. A senhora Daniel vem jantar amanhã, faça-me arrepender, se quiser, do que você chama meu despotismo. Contanto que me ame, estou feliz; vamos esquecer o que passou e não estraguemos nossa felicidade.

CAPÍTULO III

Nossa briga fora, por assim dizer, menos triste que nossa reconciliação; ela foi acompanhada, da parte de Brigitte, de um mistério que, primeiro, me assustou e, depois, me deixou na alma uma constante inquietude.

Quanto mais eu avançava, mais se desenvolvia em mim, apesar de todos os meus esforços, os dois elementos de infortúnio que o passado me legara: ora um ciúme furioso, cheio de recriminações e de injúrias, ora uma alegria cruel, uma leveza fingida que ultrajava ironizando o que eu tinha de mais caro. Assim me perseguiam, sem descanso, lembranças inexoráveis; assim, Brigitte, vendo-se tratada ora como amante infiel ora como rameira sustentada, caía, pouco a pouco, em uma tristeza que devastava toda nossa vida; e o pior de tudo é que essa própria tristeza, mesmo sabendo o motivo e sentido-me culpado, não me era menos pesada. Eu era jovem e amava o prazer, esse confronto diário com uma mulher mais velha do que eu, que sofria e definhava, esse rosto cada vez mais sério que tinha sempre diante de mim, tudo isso revoltava minha juventude e inspirava-me lamentos amargos pela minha liberdade de outrora.

Quando, em uma linda lua cheia, atravessávamos lentamente a floresta, sentimo-nos tomados de uma melancolia profunda. Brigitte olhava-me com piedade; fomos nos sentar sobre um rochedo que dominava um desfiladeiro deserto. Ali passamos horas inteiras; seus olhos semicerrados mergulharam em meu coração através dos meus, então ela os desviou para a natureza, para o céu e para o vale.

— Ah, minha cara criança — disse ela —, como o lamento! Você não me ama.

Para chegar até esse rochedo, andávamos duas léguas pelo bosque, e o mesmo tanto para retornar; eram, então, quatro léguas. Brigitte não tinha medo nem do cansaço nem da noite. Partíamos às onze horas da noite para, algumas vezes, retornar de manhã. Quando fazíamos essas grandes caminhadas, ela colocava um casaco azul e roupas de homem, dizendo alegremente que sua roupa habitual não era feita para a mata. Andava diante de mim na areia, com um passo determinado e uma mistura tão encantadora de delicadeza feminina e de temeridade infantil, que, a todo instante, eu parava para olhá-la. Era como se devesse, uma vez que começou, realizar uma tarefa difícil, mas sagrada; ela ia à frente como um soldado, os braços balançando, cantando em voz bem alta; de repente se virava, vinha até mim e me beijava. Era assim na ida. Na volta, apoiava-se em meu braço: e não havia canção; eram confidências, ternas palavras sussurradas, ainda que fôssemos apenas os dois em duas léguas ao redor. Não me lembro de uma única palavra, trocada durante o retorno, que não fosse de amor ou de amizade.

Uma noite, havíamos tomado, para chegar até o rochedo, um caminho de nossa invenção; isto é, atravessamos a mata sem seguir nenhum caminho. Brigitte ia de bom coração, e sua pequena boina de veludo sobre seus longos cabelos loiros dava-lhe um ar de garoto resoluto, que me fazia esquecer de que era uma mulher quando havia algum obstáculo a ser vencido. Mais de uma vez, ela fora obrigada a me chamar para ajudá-la a escalar as rochas, enquanto eu, sem pensar nela, já chegara mais acima. Não posso dizer o efeito que produzia, então, nessa noite clara e magnífica, no meio da floresta, essa voz de mulher meio alegre e meio chorona saindo desse pequeno corpo de colegial agarrada aos galhos e aos troncos de árvores e não conseguindo mais avançar. Eu a pegava em meus braços.

— Vamos senhora — dizia-lhe rindo —, você é um lindo e pequeno montanhês bravo e alerta; mas está arranhando suas mãos brancas, e, apesar de seus grossos sapatos, de seu cajado e de seu ar marcial, vejo que devo carregá-la.

Chegamos sem fôlego; tinha em torno de meu corpo uma correia e levava algo para beber em uma garrafa de bambu; quando já estávamos sobre o rochedo, minha cara Brigitte pediu-me a garrafa; eu a perdera, e também um isqueiro que nos servia para ler os nomes dos caminhos escritos nos postes quando nos perdíamos, o que era bem frequente. Eu subia, então, nos postes e acendia o isqueiro para que pudesse ler rapidamente as letras meio apagadas; tudo isso loucamente, como duas crianças que éramos. Deviam nos ver em um cruzamento quando, para decifrar, havia não um poste, mas cinco ou seis, até encontrar o certo. Mas, naquela noite, toda nossa bagagem ficara no mato.

— Pois bem — disse-me Brigitte —, passaremos a noite aqui, estou cansada. Esse rochedo é uma cama um pouco dura, faremos uma com folhas secas. Sentemo-nos e não falemos mais sobre isso.

A noite estava soberba; a lua erguia-se atrás de nós; eu ainda a via à minha esquerda. Brigitte permaneceu olhando-a sair lentamente do rendado negro que as colinas cobertas de mata desenhavam no horizonte. À medida que a claridade do astro livrava-se da espessa vegetação e espalhava-se pelo céu, a canção de Brigitte tornava-se mais lenta e mais melancólica. Então se inclinou e, envolvendo meu pescoço com seus braços:

— Não acredite — disse-me ela —, que não compreendo seu coração e que o recrimino pelo que me faz sofrer. Não é sua culpa, meu amigo, se lhe faltam forças para esquecer sua vida passada; foi de boa-fé que me amou, e nunca me arrependerei, quando tiver de morrer de seu amor, do dia em que me entreguei. Você acreditou renascer para a vida e que, em meus braços, se esqueceria da lembrança das mulheres que o perderam. Ai de mim!

Otávio, já sorri dessa precoce experiência que você me dizia ter adquirido e da qual eu o ouvia se vangloriar como as crianças que nada sabem. Acreditava que me bastava querer e que tudo o que havia de bom em seu coração viria aos seus lábios ao meu primeiro beijo.

Você mesmo acreditava, e nós dois nos enganamos. Ó criança! Você carrega no coração uma chaga que não quer sarar; essa mulher que o enganou, você deve tê-la amado muito! Sim, mais que a mim, muito mais, infelizmente! Pois, com todo meu pobre amor, não posso apagar sua imagem; e também ela deve tê-lo enganado cruelmente, pois é em vão que lhe sou fiel. E as outras, essas miseráveis, o que fizeram, então, para envenenar sua juventude? Os prazeres que lhe venderam foram bem fortes e bem terríveis, pois me pede para ser igual a elas! Lembra-se delas perto de mim! Ah, minha criança, aí está o mais cruel. Prefiro vê-lo, injusto e furioso, recriminar-me por crimes imaginários e vingar-se em mim pelo mal cometido por sua primeira amante a encontrar em seu rosto essa terrível alegria, esse ar de libertino zombador que repentinamente se coloca como uma máscara de gesso entre seus lábios e os meus. Diga-me, Otávio, por que isso? Por que esses dias em que fala do amor com desprezo, em que zomba tão tristemente até em nossos abandonos mais doces? Que tirania tomou sobre seus nervos impacientes essa vida horrível que levou? Por que, apesar de você, semelhantes injúrias flutuam ainda em seus lábios? Sim, apesar de você, pois seu coração é nobre; você mesmo enrubesce com o que faz; ama-me demais para não sofrer com isso, porque vê que também sofro. Ah! Como o conheço agora. A primeira vez que o vi assim, fui tomada de um terror que ninguém pode mensurar. Acreditei que não passava de um farsante, que me enganara de propósito na aparência de um amor que não sentia e que eu o via tal como era verdadeiramente. Ó, meu amigo! Pensei em morrer, que noite eu passei! Você não conhece minha vida, não sabe que eu também não tive do mundo uma experiência mais doce que a sua. Pobre de mim! A vida, ela é doce, mas para aqueles que não a conhecem.

Meu caro Otávio, você não é o primeiro homem que amei. Há, no fundo de meu coração, uma história fatal que desejo que conheça. Meu pai destinara-me, jovem ainda, ao filho único de um velho amigo. Eram vizinhos de terras e possuíam duas pequenas propriedades quase de mesmo valor. As duas famílias viam-se todos os dias e viviam, por assim dizer, juntas.

Meu pai morreu, e há muito tempo tínhamos perdido minha mãe. Fiquei sob a guarda de minha tia, que você conhece. Uma viagem que teve de fazer algum tempo depois fez com que me confiasse ao meu futuro sogro. Ele sempre me chamou de sua filha, e, como na região todos sabiam que eu devia me casar com seu filho, deixavam-nos juntos com a maior liberdade.

Esse rapaz, cujo nome é inútil lhe dizer, sempre parecera me amar. O que durante anos foi uma amizade de infância, com o tempo tornou-se amor. Ele começava, quando estávamos sozinhos, a me falar da felicidade que nos esperava e descrevia-me sua impaciência.

Era mais jovem do que ele apenas um ano, mas ele conhecera na vizinhança um homem de má vida, espécie de vigarista cujos conselhos escutara. Enquanto eu me entregava às suas carícias com a confiança de uma criança, ele resolveu enganar seu pai, faltar-nos com a palavra e abandonar-me depois de me ter perdido.

Seu pai nos chamou em seu quarto em uma manhã e, ali, em presença de toda a família, anunciou-nos que o dia de nosso casamento estava marcado. Naquela mesma noite, ele encontrou-me no jardim, falou-me de seu amor com mais força que nunca, disse-me que, como a época estava decidida, via-se como meu marido e que o era diante de Deus desde seu nascimento. A única desculpa que pude alegar foi minha juventude, minha ignorância e a confiança que tinha. Dei-me a ele antes de ser sua mulher, e, oito dias depois, ele abandonou a casa de seu pai, fugiu com uma mulher que seu novo amigo lhe apresentara, escreveu-nos dizendo que partia para a Alemanha, e nunca mais o revimos.

Eis, em poucas palavras, a história de minha vida; meu marido soube dela como agora você também sabe. Tenho muito orgulho, minha criança, e, em minha solidão, jurara que nunca um homem me faria sofrer uma segunda vez o que sofri então. Eu o vi e esqueci-me de meu juramento, mas não de minha dor. É preciso me tratar com doçura; se está doente, eu também estou; é preciso ter cuidado um com o outro. Veja, Otávio, eu também sei o que é a lembrança do passado. Ele também me inspira, perto de você, momentos de terror cruel; terei mais coragem que você, pois talvez tenha sofrido mais. Eu começo; meu coração está bem seguro de si, ainda estou bem fraca; minha vida nesse vilarejo era tão tranquila antes de sua chegada! Prometi tanto a mim mesma de nada mudar! Tudo isso me torna exigente.

Pois então, não importa, sou sua. Você me disse, em seus bons momentos, que a Providência encarregou-me de cuidar de você como uma mãe. É verdade, meu amigo; não sou sua amante todos os dias; há muitos em que sou, outros em que quero ser sua mãe. Sim, quando me faz sofrer, não o vejo mais como meu amante; não passa de uma criança doente, desafiadora ou travessa, que desejo cuidar ou curar para reencontrar aquele que amo e que sempre quero amar. Que Deus me dê essa força! Acrescentou olhando o céu. Que Deus, que nos vê, que me ouve, que o Deus das mães e das amantes me deixe cumprir essa tarefa! Quando a ela sucumbir, quando meu orgulho que se revolta, meu pobre coração que se despedaça apesar de mim, quando toda minha vida...

E não terminou; suas lágrimas não deixaram. Ó Deus! Eu a vi ali de joelhos, as mãos juntas, inclinadas sobre a pedra; o vento a fazia vacilar diante de mim como as urzes que nos cercavam. Frágil e sublime criatura! Ela rezava por seu amor. Eu a ergui em meus braços.

— Ó minha única amiga! — exclamei. — Ó minha amante, minha mãe e minha irmã! Peça também por mim para que possa amá-la como você merece! Peça que eu possa viver, que meu coração se lave em suas lágrimas, que se torne uma hóstia imaculada e que a compartilhemos diante de Deus!

Caímos sobre a pedra. Tudo se calava em torno de nós; acima de nossas cabeças estendia-se o céu resplandecente de estrelas.

— Você o reconhece? — disse a Brigitte. — Lembra-se do primeiro dia?

Obrigado, meu Deus, desde essa noite, nunca mais retornamos a esse rochedo. É um altar que permaneceu puro; é um dos poucos espectros de minha vida que ainda veste branco quando passa diante de meus olhos.

CAPÍTULO IV

Uma noite, enquanto atravessava a praça, vi dois homens parados; um deles dizia bem alto:

— Parece que ele a maltratou.

— É culpa dela — respondeu o outro. — Por que escolher um homem assim? Ele só conheceu rameiras, ela carrega a dor de sua loucura.

Avancei na escuridão para reconhecer quem falava assim e conseguir ouvir mais, mas eles se distanciaram quando me viram.

Encontrei Brigitte inquieta; sua tia estava gravemente doente; só teve tempo de me dizer poucas palavras.

Não pude vê-la durante toda a semana; soube que fizera vir um médico de Paris. Enfim, um dia, mandou-me chamar.

— Minha tia morreu — disse-me. — Perco o único ser que me restou sobre a terra. Estou, agora, sozinha no mundo e vou deixar a região.

— Então não sou nada para você?

— Sim, meu amigo, sabe que o amo e, muitas vezes, acho que me ama. Mas como poderia contar com você? Sou sua amante, ai Deus, sem que você seja meu amante. Foi para você que Shakespeare disse essa triste frase: "Faça um hábito de tafetá furta-cor, pois seu coração é semelhante à opala de mil cores". E eu, Otávio — acrescentou, mostrando-me sua roupa de luto —, estou destinada a uma única cor e por muito tempo: não a mudarei mais.

— Deixe a região se quiser; ou me mato ou a acompanho. Ah, Brigitte — continuei, ajoelhando-me diante dela —, pensou que estava sozinha ao ver sua tia morrer! É a mais cruel punição que poderia me infligir; nunca senti com tanta dor a miséria de meu amor por você. Desfaça esse pensamento horrível, eu o mereço, mas ele me mata. Ó Deus! Será verdade que conto tão pouco em sua vida ou que sou algo só pelo sofrimento que lhe causo?

— Não sei — disse ela — quem fala de nós; espalharam-se, há algum tempo, nesse vilarejo e nos arredores, conversas singulares. Uns dizem que estou me perdendo; acusam-me de imprudência e de loucura; outros o representam como um homem cruel e perigoso.

Remexeram, não sei como, até em nossos mais íntimos segredos; o que acreditava ser a única a saber, essas inconstâncias em sua conduta e as tristes cenas que elas ocasionaram, tudo isso é conhecido; minha pobre tia falou-me a respeito; e há muito tempo ela sabia sem nada dizer. Quem sabe se tudo isso não a levou mais rápido, mais cruelmente ao túmulo? Quando encontro no passeio minhas antigas amigas, falam-me friamente ou distanciam-se ao me aproximar; minhas queridas camponesas também, essas boas moças que me amavam tanto, dão de ombros aos domingos quando veem meu lugar vazio na orquestra do baile.

Por que, como isso acontece? Eu o ignoro, e você também, sem dúvida; mas devo partir; não posso suportar isso. E essa morte, essa doença súbita e horrível e, acima de tudo, essa solidão! Esse quarto vazio! A coragem me falta; meu amigo, meu amigo, não me abandone!

Ela chorava. Percebi, no quarto vizinho, as roupas em desordem, uma mala no chão, e tudo o que anuncia os preparativos de uma partida. Estava claro que, no momento da morte de sua tia, Brigitte quis partir sem mim e que não teve forças para isso. Ela estava, com efeito, tão abatida que falava com dificuldade; sua situação era horrível, e eu a causara. Não apenas estava infeliz, mas era ultrajada em público; e o homem em quem deveria encontrar um apoio e um consolo não passava de mais uma fonte fecunda de inquietude e de tormentos.

Senti tão fortemente meus erros que me envergonhei de mim mesmo. Depois de tantas promessas, tanta exaltação inútil, tantos projetos e tantas esperanças, eis, em suma, o que eu fizera, e no espaço de três meses. Acreditei ter no coração um tesouro, e dele saiu apenas um fel amargo, a sombra de um sonho e o infortúnio de uma mulher que eu adorava. Pela primeira vez, encontrei-me realmente diante de mim mesmo; Brigitte não me recriminava; desejava partir e não podia; estava prestes a sofrer mais. Perguntei-me, de repente, se não devia deixá-la, se não era eu quem devia fugir e livrá-la de um flagelo.

Levantei-me, fui ao quarto vizinho e sentei-me sobre a mala de Brigitte. Ali, apoiei o rosto em minhas mãos e fiquei sem ação. Olhava em torno de mim todas aquelas caixas feitas pela metade, as roupas espalhadas sobre os móveis; ai de mim! Conhecia todas; havia um pouco de meu coração em tudo o que ele tocara.

Comecei a avaliar todo o mal que causara, revi passar minha querida Brigitte sob a aleia das tílias, seu cabrito branco correndo atrás dela.

—Ó homem! — exclamava. — Com que direito? Quem o torna tão ousado para vir aqui e colocar a mão sobre essa mulher? Quem permitiu que sofresse por você? Você se penteia diante do espelho e parte, orgulhoso, a um encontro na casa de sua amante entristecida; joga-se sobre as almofadas em que ela acaba de orar por você e por ela e bate, suavemente, com um ar desenvolto, sobre suas mãos delgadas e ainda trêmulas. Sabe bem como exaltar uma pobre cabeça e se pavoneia com paixão em seus delírios amorosos, como os advogados que saem com os olhos vermelhos de um difícil processo que perderam. Age como o filho pródigo, brinca com o sofrimento; entrega-se perfidamente a um assassinato de alcova. O que dirá ao Deus vivo quando sua obra estiver consumada? Aonde vai a mulher que o ama?

Para onde se arrasta, onde cai, enquanto ela se apoia em você? Com que rosto um dia enterrará sua pálida e miserável amante, como ela enterrou o último ser que a protegia? Sim, sim, sem nenhuma dúvida, você a enterrará; pois seu amor a mata e a consome; condenou-a a suas fúrias, e é ela quem as acalma. Se seguir essa mulher, ela morrerá por você. Atenção! Seu anjo bom hesita, desferiu esse golpe nesta casa para dela expulsar uma paixão fatal e vergonhosa; ele a inspirou com esse pensamento de partida; talvez, neste momento, lhe sussurre seu último aviso. Ó assassino! Ó carrasco! Cuidado! É questão de vida e de morte.

Assim falava a mim mesmo; depois, vi em um canto do sofá um pequeno vestido de guingão listrado, já dobrado para ser posto na mala. Ele fora a testemunha de um de nossos únicos dias felizes. Eu o peguei e o ergui.

— Eu, abandoná-lo! — disse-lhe. — Eu, perdê-lo! Ó vestido! Você quer partir sem mim?

Não, não posso abandonar Brigitte; nesse momento, isso seria uma covardia. Ela acabou de perder sua tia; está sozinha, luta contra as calúnias de um inimigo desconhecido. Só pode ser Mercanson; sem dúvida contou sua conversa comigo sobre Dalens e, como um dia viu-me ciumento, concluiu e adivinhou o resto.

Certamente foi essa serpente que veio destilar seu veneno sobre minha flor bem-amada. Primeiro, preciso puni-lo por isso; depois, devo reparar o mal que causei a Brigitte. Como sou insensato! Penso em deixá-la quando lhe devo consagrar minha vida, expiar meus erros, devolver-lhe em felicidade, em cuidados e em amor as lágrimas que seus olhos derramaram por minha causa; quando sou seu único apoio no mundo, seu único amigo, sua única espada; quando devo segui-la ao fim do mundo, fazer de meu corpo seu abrigo, consolá-la por ter me amado e de ter se dado a mim!

— Brigitte! — exclamei, voltando ao quarto onde ela permanecera —, espere uma hora por mim e eu retorno.

— Aonde você vai? — perguntou.

— Espere-me — disse-lhe. — Não parta sem mim.

Lembre-se das palavras de Ruth: "Para aonde for, seu povo será meu povo, e seu Deus será o meu Deus; a terra onde você morrer me verá morrer, e serei enterrada aonde você o for". Eu a deixei precipitadamente e corri à casa de Mercanson; disseram que havia saído, e entrei para esperá-lo.

Sentei-me em um canto, sobre a cadeira de couro do padre, diante de sua mesa negra e suja. Já estava achando que esperava tempo demais, quando me lembrei do duelo por causa de minha primeira amante.

Recebi, disse-me, um bom tiro de pistola e, por causa disso, fiquei um louco ridículo. O que eu vim fazer aqui?

Esse padre não lutará; se vim procurar confronto, ele me responderá que seu hábito o dispensa de me ouvir e, então, falará ainda mais depois que eu partir. Aliás, o que andam dizendo? Com o que Brigitte se inquieta? Dizem que está perdendo sua reputação, que a maltrato e que ela erra em sofrer.

Quanta bobagem! Isso não é da conta de ninguém; o melhor é deixar falarem; em casos como esse, dar atenção a essas misérias é lhes dar importância. Podemos impedir as pessoas da província de cuidarem de seus vizinhos?

Podemos impedir as carolas de maldizer uma mulher que tem um amante? Que meio se poderia encontrar para deter um rumor público? Se falam que a maltrato, cabe a mim provar o contrário por minha conduta com ela e não pela violência. Seria tão ridículo buscar briga com Mercanson como abandonar a região porque aqui falam. Não, não é preciso abandonar a região, é um erro; seria o mesmo que dizer a todos que tinham razão contra nós e dar ganho de causa aos faladores. Não devemos partir nem nos preocuparmos com o que falam.

Voltei à casa de Brigitte. Apenas meia hora se passara, e mudei três vezes de sentimento. Eu a dissuadi de seu projeto; contei-lhe o que acabara de fazer e por que me ausentara. Ela me ouviu com resignação, contudo desejava partir; essa casa onde sua tia morrera lhe era odiosa; tive de me esforçar muito para que ela concordasse em ficar; finalmente consegui. Repetíamos um ao outro que desprezávamos os comentários da sociedade, que não se deveria ceder em nada, nem nada mudar em nossa vida habitual. Jurei-lhe que meu amor a consolaria de todas as suas dores, e ela fingiu acreditar. Disse-lhe que essa circunstância iluminara tão bem todos os meus erros e que minha conduta provaria meu arrependimento, que desejava expulsar de mim, como um espantalho o faz, todo o mau fermento que permanecia em meu coração, pois, dessa forma, ela não iria sofrer nem do meu orgulho nem de meus caprichos. E, assim, triste e paciente, sempre agarrada ao meu pescoço, obedeceu a um puro capricho que eu mesmo tomava por um lampejo de razão.

Capítulo V

Um dia, ao voltar para casa, vi uma saleta aberta que ela chamava seu oratório; de fato, os únicos móveis ali eram um oratório e um pequeno altar, com uma cruz e alguns vasos de flores. No mais, as paredes e as cortinas, tudo era branco como a neve. Ali ela se trancava algumas vezes, mas raramente desde que vivia com ela.

Inclinei-me contra a porta e vi Brigitte sentada no chão no meio das flores que acabara de jogar fora. Segurava uma pequena coroa que me pareceu ser de ervas secas e a quebrava entre suas mãos.

— O que está fazendo? — perguntei.

Ela estremeceu e levantou-se.

— Não é nada — disse —, uma brincadeira de criança; é uma velha coroa de rosas que murchou nesse oratório; faz tempo que a coloquei aqui; vim para trocar as flores.

Ela falava com uma voz trêmula e parecia prestes a desmaiar. Lembro-me desse nome, Brigitte-la-Rose, que ouvira lhe chamarem. Perguntei-lhe se, por acaso, não era sua coroa de rosas que ela acabara de quebrar assim.

— Não — respondeu empalidecendo.

— Sim — exclamei. — Sim, pela minha vida! Dê-me os pedaços.

Recolhi e coloquei-os sobre o altar, depois fiquei calado, os olhos fixos nos restos.

— Não teria razão — ela disse —, se fosse minha coroa, de tê-la retirado dessa parede onde estava há tanto tempo? Para que servem essas ruínas? Brigitte-la-Rose não é mais deste mundo, assim como as rosas que a batizaram.

Ela saiu. Ouvi um soluço, e a porta fechou-se atrás de mim; cai de joelhos sobre a pedra e chorei amargamente.

Quando voltei para casa, encontrei-a sentada à mesa; o jantar estava pronto, e ela me esperava. Sentei-me em silêncio, e nada comentamos sobre o que tínhamos no coração.

CAPÍTULO VI

Fora, sem dúvida, Mercanson que contara, no vilarejo e nos castelos das cercanias, minha conversa com ele sobre Dalens e as suspeitas que, sem querer, eu lhe fizera ver claramente. É sabido como, nas províncias, as conversas maledicentes repetem-se, voam de boca em boca e exageram-se, e foi isso o que aconteceu.

Brigitte e eu estávamos um em relação ao outro em uma posição nova. Ainda que tivesse fraquejado em sua tentativa de partir, não foi por isso que não o fez. Ficou porque lhe pedi, havia ali uma obrigação. Comprometera-me a não perturbar seu repouso nem com meu ciúme nem com minha futilidade; cada palavra dura ou irônica que me escapava era um erro; cada olhar triste que me dirigia era uma recriminação sentida e merecida.

Sua natureza boa e simples fez com que ela encontrasse em sua solidão um charme a mais; podia me ver a qualquer hora e não obrigada a nenhuma precaução. Talvez se entregasse a essa facilidade para me provar que preferia seu amor à sua reputação; parecia que se arrependera de se ter mostrado sensível aos discursos dos maledicentes. Seja como for, em vez de velar sobre nós e de nos defender da curiosidade, tomamos, ao contrário, um tipo de vida mais livre e mais despreocupado que nunca.

Eu ia à sua casa na hora do almoço; não tendo nada a fazer durante o dia, só saía com ela. Ela segurava-me para o jantar, e, então, a noite transcorria; e, quando a hora de retornar chegava, imaginávamos mil pretextos, tomávamos mil precauções ilusórias que, no fundo, não existiam. Enfim, eu vivia, por assim dizer, em sua casa, e fazíamos de conta que ninguém se apercebia.

Mantive minha palavra por algum tempo, e nem uma nuvem passou por nossa cabeça. Foram dias felizes, mas não é desses que se deve falar.

Diziam, em toda a região, que Brigitte vivia publicamente com um libertino vindo de Paris, que seu amante a maltratava, que o tempo se passava em abandonos e retornos, mas que tudo isso acabaria mal.

Tanto louvaram Brigitte por sua conduta passada, tanto a recriminavam agora. Não havia nada nessa mesma conduta, outrora digna de todos os elogios, que não foram buscar para encontrar então uma má interpretação. Suas caminhadas solitárias pelas montanhas, cuja caridade era o objetivo e que nunca despertaram suspeitas, tornaram-se, de repente, o assunto de pilhérias e ironias. Falavam dela como de uma mulher que perdera todo o respeito humano e, por isso, devia atrair inevitáveis e terríveis infortúnios.

Dissera a Brigitte que minha opinião era deixar que falassem, e não queria demonstrar que me preocupava com esse falatório, mas a verdade é que ele se tornara insuportável.

Às vezes, saía de propósito e ia fazer visitas nas redondezas, para ouvir uma palavra positiva que eu pudesse olhar como um insulto, a fim de pedir explicações. Ouvia atentamente tudo o que se dizia em voz baixa em um salão onde me encontrava, mas não conseguia perceber nada; para me dilacerarem à vontade, esperavam que eu partisse. Entrava, então, em casa e dizia a Brigitte que todos esses contos eram apenas misérias e que era preciso ser louco para se preocupar com eles; que falassem de nós o quanto quisessem e que não queria saber disso.

E mais, não era eu o maior culpado? Se Brigitte era imprudente, não era meu dever refletir e adverti-la do perigo? Muito pelo contrário; tomei, por assim dizer, o partido do mundo contra ela. Comecei a me mostrar despreocupado; logo comecei a me mostrar maldoso.

— Realmente — dizia a Brigitte —, falam mal de seus passeios noturnos. Tem certeza de que estão errados? Nada aconteceu em seus passeios às aleias dessa floresta romântica? Nunca aceitou, para retornar ao anoitecer, o braço de um desconhecido, como aceitou o meu? Era apenas a caridade que lhe servia de divindade nesse belo templo de folhagens que você atravessava tão corajosamente?

O primeiro olhar de Brigitte, quando comecei a tomar esse tom, jamais saiu de minha memória, eu mesmo estremeço.

"Mas, claro," pensei, "ela faria como minha primeira amante, caso a defendesse; ela me apontaria com o dedo como um tolo ridículo, e eu pagaria por tudo aos olhos do público."

Do homem que duvida ao que renega, a distância é bem curta. Todo filósofo é primo de um ateu. Depois de ter dito a Brigitte que duvidava de sua conduta passada, duvidei realmente e, assim que duvidei, não acreditei mais.

Acabava imaginando que Brigitte me enganava, ela que eu não deixava uma hora por dia; às vezes, me ausentava de propósito por longas horas e convinha comigo mesmo que era para testá-la, mas, no fundo, era só para me dar, mesmo sem querer, motivo para duvidar e recriminar. Então ficava contente quando a fazia observar que, bem longe ainda de ser ciumento, não me preocupava mais com esses loucos temores que antes me atravessavam o espírito; claro que isso queria dizer que eu não a estimava o suficiente para ser ciumento.

Primeiro guardei para mim as observações que eu fazia; mas logo senti prazer em fazê-las em alto e bom som diante de Brigitte.

Saíamos para um passeio: "Esse vestido é bonito," dizia-lhe, "uma de minhas amigas tem um assim". Estávamos à mesa: "Então, minha cara, minha antiga amante cantava sua canção na sobremesa; deveria imitá-la". Quando começava a tocar piano: "Ah! Por favor, toque, então, a valsa que estava na moda no inverno passado, isso me recorda os bons tempos".

Leitor, isso durou seis meses; durante seis meses inteiros, Brigitte, caluniada, exposta aos insultos da sociedade, suportou de minha parte todos os desprezos e todas as injúrias que um libertino raivoso e cruel pode dispensar à mulher que ele paga.

Ao sair dessas cenas terríveis, onde meu espírito esgotava-se em torturas e dilacerava meu próprio coração, ora acusando, ora ridicularizando, mas sempre ávido de sofrer e de retornar ao passado, ao sair dali, um amor estranho, uma exaltação tão violenta, fazia com que tratasse minha amante como um ídolo, como uma divindade. Quinze minutos depois de tê-la insultado, estava de joelhos; assim que deixava de acusar, pedia perdão; assim que deixava de ironizar, eu chorava. Então, um delírio estranho, uma febre de felicidade apoderava-se de mim; mostrava-me desesperado de alegria; quase perdia a razão pela violência de meus excessos; não sabia o que dizer, fazer, imaginar para reparar o mal que fizera. Tomava Brigitte em meus braços e fazia-lhe repetir cem vezes, mil vezes, que me amava e que me perdoava. Falava em expiar meus erros e dar-me um tiro na cabeça se recomeçasse a maltratá-la. Esses impulsos do coração duravam noites inteiras, durante as quais falava, chorava, jogava-me aos pés de Brigitte, inebriava-me de um amor sem limites, irritante, insensato. E, então, a manhã chegava, o dia surgia: eu caía sem forças, adormecia e despertava com o sorriso nos lábios, caçoando de tudo e não acreditando em nada.

Durante essas noites de volúpia terrível, Brigitte não parecia se lembrar de que houve em mim outro homem que aquele que tinha diante dos olhos. Quando lhe pedia perdão, ela dava de ombros, como para me dizer "Você não sabe que eu o perdoo?". Sentia-se possuída pela minha febre. Quantas vezes eu a vi, pálida de prazer e de amor, dizer-me que me queria assim, que essas tempestades eram sua vida; que os sofrimentos que suportava não lhe custavam se eram pagos dessa forma, que jamais se lamentaria enquanto houvesse em meu coração uma centelha de nosso amor; que sabia que morreria dele, mas esperava que eu mesmo morresse; enfim, que tudo lhe era bom, doce, vindo de mim; os insultos como as lágrimas, e que essas delícias eram seu túmulo.

Contudo, os dias transcorriam, e meu mal só piorava; meus acessos de maldade e de ironia tomavam um aspecto sombrio e intratável. Tinha, durante minhas loucuras, verdadeiros acessos de febre, que me atingiam como raios, despertava com meus membros trêmulos e cobertos de um suor frio. Um momento de surpresa, uma impressão inesperada fazia-me estremecer até aterrorizar aqueles que me viam.

Brigitte, por sua vez, ainda que não se lamentasse, trazia em seu rosto as marcas de uma alteração profunda.

Quando começava a maltratá-la, ela saía sem dizer nada e trancava-se. Graças a Deus, nunca lhe bati; em meus maiores acessos de violência, teria morrido antes de tocá-la.

Uma noite, a chuva castigava as janelas; estávamos sozinhos, as cortinas fechadas.

— Sinto-me de bom humor — disse a Brigitte —, e, apesar disso, esse tempo horrível me entristece. Mas não vamos nos entregar, e, se você concorda comigo, vamos nos divertir mesmo com a tempestade.

Levantei-me e acendi todas as velas que se encontravam nos castiçais. O quarto, muito pequeno, de repente ficou todo iluminado. Ao mesmo tempo, um fogo ardente (estávamos no inverno) espalhava um calor sufocante.

— Venha — disse. — O que vamos fazer esperando a hora de cear?

Pensei, então, que, em Paris, era tempo do carnaval. Pareceu-me ver passar diante de mim os carros alegóricos que se cruzavam nos bulevares. Ouvia a multidão alegre trocar, na entrada dos teatros, mil comentários ensurdecedores; via as danças lascivas, as roupas multicoloridas, o vinho e a loucura; toda minha juventude fez meu coração saltar.

— Vamos nos fantasiar — disse a Brigitte. — Só para nós. O que importa? Se não temos fantasias, temos com o quê fazê-las e, assim, passaremos o tempo mais agradavelmente.

Pegamos, então, no armário, vestidos, xales, casacos, echarpes, flores artificiais. Brigitte, como sempre, mostrava uma alegria paciente. Nós nos fantasiamos; ela mesma quis me pentear, passamos batom e pó; tudo que precisávamos para isso estava em uma velha caixa, que pertencia, acho, à tia. Enfim, depois de uma hora, não nos reconhecíamos mais. A noite se passou com cantos, a imaginar mil loucuras; lá pela uma hora da manhã, era hora de cear.

Reviramos todos os armários; havia um perto de mim que ficara entreaberto. Ao me sentar para pôr a mesa, percebi sobre uma prateleira o caderno de que já falei, em que Brigitte escrevia com frequência.

— Não é a coletânea de seus pensamentos? — perguntei, estendendo o braço e pegando-o. — Se não for uma indiscrição, deixe-me dar uma olhada.

Abri o caderno, mesmo Brigitte fazendo um gesto para me impedir; na primeira página, encontrei essas palavras: "Este é meu testamento".

Tudo estava escrito de uma mão tranquila; encontrei, primeiro, um relato fiel, sem amargura nem cólera, de tudo o que Brigitte sofrera por mim desde que era minha amante. Ela anunciava uma firme determinação de tudo suportar enquanto eu a amasse e de morrer quando eu a deixasse. Suas disposições estavam decididas; ela relatava, dia por dia, o sacrifício de sua vida. O que perdera, o que esperara, o isolamento terrível em que se encontrava até em meus braços, a barreira sempre crescente que se interpunha entre nós, as crueldades com que eu pagava seu amor e sua resignação. Tudo narrado sem uma lamúria. Pelo contrário, dedicava-se a me justificar. Enfim, chegava ao detalhe de seus negócios pessoais e se ocupava em organizar os assuntos relacionados aos seus herdeiros. Era pelo veneno, dizia, que acabaria com sua vida. Morreria de sua própria vontade e proibia expressamente que sua memória servisse de pretexto a alguma atitude contra mim. "Orem por ele!" eram suas últimas palavras.

Encontrei, no armário, sobre a mesma prateleira, uma pequena caixa que já vira, cheia de um pó fino e azulado, parecido com sal.

— O que é isso? — perguntei a Brigitte, levando a caixa aos meus lábios.

Ela deu um grito terrível e se jogou sobre mim.

— Brigitte — disse-lhe —, diga-me adeus. Levo a caixa comigo; você me esquecerá e viverá, se quer me poupar um assassinato. Partirei essa mesma noite e não lhe peço perdão, você concorda que Deus não o desejaria. Dê-me um último beijo.

Inclinei-me e a beijei na testa.

— Ainda não! — ela gritou com angústia.

Mas a empurrei sobre o sofá e saí de seu quarto.

Três horas depois estava pronto para partir, e os cavalos de aluguel tinham chegado. Continuava chovendo, e subi tateando na carruagem. No mesmo instante, o cocheiro partiu; senti dois braços me apertarem o corpo e um soluço que se colava em minha boca.

Era Brigitte. Fiz o possível para que ficasse; gritei que parassem; disse-lhe tudo que pude para convencê-la a descer; prometi-lhe mesmo que um dia voltaria, quando o tempo e as viagens apagassem a memória do mal que lhe fizera. Esforcei-me para lhe provar que o que acontecera ontem aconteceria ainda amanhã; repeti que não podia torná-la infeliz, que se ligar a mim era fazer de mim um assassino. Usei a prece, os juramentos, e mesmo a ameaça; ela disse apenas isso:

— Você parte, leve-me; deixemos o país, deixemos o passado. Não podemos mais viver aqui; vamos aonde você quiser; vamos morrer em um canto da terra. Devemos ser felizes, eu por você, você por mim.

Beijei-a com tal força que pensei sentir meu coração se partindo.

— Vá, então! — gritei ao cocheiro.

Jogamo-nos um nos braços do outro, e os cavalos partiram a galope.

CAPÍTULO 5

QUINTA PARTE

CAPÍTULO I

Decididos a uma longa viagem, viemos a Paris; como os preparativos necessários e os negócios a serem regrados exigiam tempo, alugamos por um mês um apartamento mobiliado.

A resolução de deixar a França mudara tudo de figura. A alegria, a esperança, a confiança, tudo retornou ao mesmo tempo; nada de mágoas, de disputas diante do pensamento da partida tão próxima. Agora eram apenas sonhos de felicidade, juras de se amar para sempre; desejava, finalmente, fazer tudo para que minha querida amante se esquecesse de todos os males que sofrera. Como poderia ter resistido a tantas provas de uma afeição tão terna e a uma resignação tão corajosa? Não apenas Brigitte me perdoava, mas se dispunha a fazer por mim o maior sacrifício e a abandonar tudo para me seguir. Ora sentia-me indigno da dedicação que me testemunha, ora desejava, no futuro, que meu amor a recompensasse de tudo; enfim, meu bom anjo vencera, e a admiração e o amor prevaleceram em meu coração.

Inclinada perto de mim, Brigite buscava sobre o mapa o lugar onde íamos nos enterrar; ainda não nos decidíramos e encontrávamos nessa incerteza um prazer tão vivo e tão novo que fingíamos, de certa forma, não conseguir nos fixar em nada. Durante essas buscas, nossos rostos tocavam-se, meu braço envolvia sua cintura. Aonde iremos? Que faremos? Onde começará a vida nova? Como explicar o que sentia, quando, em meio a tantas esperanças, vez ou outra eu erguia a cabeça? Quanto arrependimento tomava-me diante da visão desse belo e tranquilo rosto que sorria ao futuro, ainda pálido das dores do passado! Quando a tinha assim e que seu dedo errava sobre o mapa, enquanto ela falava em voz baixa dos negócios de que dispunha, de seus desejos, de nosso refúgio futuro, teria dado meu sangue por ela. Projeto de felicidade, talvez você seja a única verdadeira felicidade aqui na terra!

Fazia quase oito dias que nosso tempo transcorria em passeios e em compras, quando um rapaz veio até nossa casa; trazia algumas cartas para Brigitte. Depois da conversa que teve com ela, eu a achei triste e abatida, mas a única coisa que consegui saber era que as cartas vinham de N***, aquela mesma cidade onde, pela primeira vez, falara de meu amor e onde moravam os únicos familiares que Brigitte ainda tinha.

Contudo, nossos preparativos caminhavam rapidamente, e só havia lugar em meu coração para a impaciência da partida; ao mesmo tempo, a alegria que sentia mal me dava um instante de repouso. Quando me levantava de manhã e o sol iluminava nossas janelas, sentia tanto entusiasmo que ficava como inebriado; entrava, então, na ponta dos pés no quarto onde Brigitte dormia. Mais de uma vez ela encontrou-me, ao acordar, de joelhos ao pé de sua cama, olhando-a dormir e não podendo conter as lágrimas; não sabia como convencê-la da sinceridade de meu arrependimento. Se meu amor por minha primeira amante já me levara a cometer loucuras, agora cometia cem vezes mais; tudo o que a paixão levada ao excesso pode inspirar de estranho ou de violento, eu buscava com furor. Era um culto que tinha por Brigitte, e, mesmo sendo seu amante há seis meses, parecia-me, quando dela me aproximava, que a via pela primeira vez; mal ousava beijar a barra do vestido dessa mulher que, por tanto tempo, maltratara. Suas mínimas palavras faziam-me estremecer como se sua voz me fosse nova; ora jogava-me em seus braços soluçando, e ora ria sem motivo; não falava de minha conduta passada a não ser com horror e com desgosto e desejaria que existisse, em algum lugar, um templo consagrado ao amor, para ali me lavar em um batismo e ali me cobrir com uma vestimenta distinta que, doravante, nada poderia me arrancar.

Vi o São Tomás de Aquino colocar seu dedo sobre a chaga de Cristo e pensei muitas vezes nele; se ousava comparar o amor à fé de um homem em seu Deus, poderia dizer que lhe assemelhava. Que nome carrega o sentimento que essa cabeça inquieta expressa, quase duvidando ainda e já adorando? Ele toca a chaga; a blasfêmia estupefata se detém em seus lábios entreabertos, onde a prece pousa suavemente. Será um apóstolo? Será um ímpio? Arrepende-se tanto quanto ofendeu? Nem ele, nem o pintor, nem você que o olha, não sabem nada; o Salvador sorri, e tudo se absorve como uma gota de orvalho em um raio de imensa bondade.

Era assim que, diante de Brigitte, permanecia mudo e como que sempre surpreso; temia que ela conservasse angústias e que tantas mudanças que vira em mim a tornassem desconfiada. Mas, depois de quinze dias, ela lera claramente em meu coração; compreendeu que, ao vê-la sincera, eu também o era, e, como meu amor vinha de sua coragem, ela não duvidou mais de um nem de outro.

Nosso quarto estava cheio de roupas espalhadas, álbuns, lápis, livros, pacotes e, sobre tudo isso, sempre aberto, o mapa que tanto amávamos.

Íamos e vínhamos; eu parava a todo momento e jogava-me aos pés de Brigitte, que me chamava de preguiçoso, e dizia rindo que ela precisava fazer tudo e que eu não servia para nada; e, sempre preparando as malas, os projetos avançavam, como desejamos. Faltava pouco para partir para a Sicília; e o inverno ali é tão agradável! É o melhor clima. Gênova é bem bonita com suas casas pintadas, seus jardins verdes em espaldeira e os Apeninos por trás dela. Mas que barulho! Que multidão! A cada três homens que passam nas ruas, há um monge e um soldado. Florença é triste; é ainda a Idade Média vivendo no meio de nós. Como suportar aquelas janelas engradadas e aquela horrível cor marrom com que sujam todas as casas? O que iríamos fazer em Roma? Não viajávamos para nos impressionarmos, e menos ainda para aprender. E se fôssemos para as margens do Reno? Mas a temporada já terá acabado, e, mesmo não buscando a sociedade, é sempre triste ir aonde ela vai quando ela já se foi. E a Espanha? Muitas dificuldades ali nos prenderiam; deve-se viver como na guerra e esperar qualquer coisa, exceto repouso. Vamos para a Suíça; se tantas pessoas vão para lá, deixemos os tolos desprezarem-na; é lá que brilham em todo seu esplendor as três cores mais caras a Deus: o azul do céu, o verde das campinas e o branco das neves no cimo das geleiras.

— Partamos, partamos — dizia Brigitte. — Voemos como os pássaros. Imaginemos, meu caro Otávio, que nos conhecemos ontem. Você me encontrou no baile, eu lhe agradei e o amo; conta-me que a algumas léguas daqui, não sei em que vilarejo, amou uma senhora Pierson; o que se passou entre vocês não quero nem mesmo saber. Você não confidenciaria seus amores com uma mulher que abandonou por mim? E eu, por minha vez, digo-lhe baixinho que não faz muito tempo ainda amei um sujeito que me deixou bastante infeliz; você me lamenta e me impõe silêncio, e então concordamos em não falar sobre isso novamente.

Quando Brigitte falava assim, era avareza o que eu sentia; eu a estreitava com braços trêmulos.

— Ó Deus! — exclamava. — Não sei se é de alegria ou de angústia que estremeço. Vou levá-la, meu tesouro.

Diante desse horizonte imenso, você é minha! Vamos partir. Morre minha juventude, morrem as lembranças, morrem as preocupações e os lamentos! Ó minha boa e brava amante! De uma criança fez um homem! Se a perdesse agora, jamais poderia amar. Talvez, antes de conhecê-la, outra mulher pudesse me curar, mas agora só você no mundo pode me matar ou me salvar, pois trago em meu coração a ferida de todo o mal que lhe fiz. Fui ingrato, cego e cruel. Deus seja louvado! Você ainda me ama. Se um dia voltar ao vilarejo onde a vi sob as tílias, olhe a casa deserta: ali deve haver um fantasma, pois o homem que saiu com você não é o mesmo que entrou.

— Então é verdade? — dizia Brigitte, e seu belo rosto, radiante de amor, erguia-se para o céu. — Então é verdade que sou sua? Sim, longe desse mundo odioso que o envelheceu antes da hora, sim, criança, você vai amar. Eu o terei assim como é, e, não importa o canto da terra onde iremos encontrar a vida, ali poderá me esquecer sem remorso no dia em que não mais me amar. Minha missão estará cumprida, e sempre me restará, lá no alto, um Deus a quem agradecer.

Com que violenta e horrível lembrança essas palavras ainda me invadem! Enfim ficou decidido que iríamos antes a Genebra e que escolheríamos, ao pé dos Alpes, um lugar tranquilo para a primavera. Brigitte já falava do belo lago; já aspirava em meu coração o sopro do vento que o agita, e o vivaz odor do verde vale; já Lausanne, Vevey, Oberland, e, para além dos cumes do monte Rose, a planície imensa da Lombardia; já o esquecimento, o repouso, a fuga, todos os espíritos das solidões agradáveis nos convinham e nos convidavam; já, quando à noite, de mãos dadas, olhávamos um ao outro em silêncio, sentíamos se elevar em nós esse sentimento pleno de uma estranha grandeza que se apodera do coração na véspera das longas viagens, vertigem secreta e inexplicável que vem, ao mesmo tempo, dos terrores do exílio e das esperanças da peregrinação. Ó Deus! É sua própria voz que então chama e que adverte o homem que ele virá até você. Não há no pensamento humano asas que estremecem e cordas sonoras que se tensionam? O que lhe direi? Não há um mundo nessas poucas palavras: Tudo está pronto, vamos partir?

De súbito Brigitte esmorece; abaixa a cabeça e nada fala. Quando lhe pergunto se sofre, diz que não, de uma voz apagada; quando lhe falo do dia da partida, levanta-se, fria e resignada, e continua seus preparativos; quando lhe juro que será feliz e que lhe consagrarei minha vida, tranca-se para chorar; quando a beijo, empalidece e desvia os olhos aproximando-me os lábios; quando lhe digo que nada ainda está feito, que pode renunciar aos nossos projetos, franze o cenho com um ar duro e cruel; quando lhe suplico que me abra seu coração, quando repito que, se eu devesse morrer, sacrificaria minha felicidade se ela lhe custasse um lamento, atira-se ao meu pescoço, depois para e me rejeita involuntariamente. Enfim, entro um dia em seu quarto, segurando na mão um bilhete onde nossos lugares estão marcados para o trem de Besançon.

Aproximo-me dela, coloco-a sobre meus joelhos; ela estende os braços, dá um grito e desfalece aos meus pés.

CAPÍTULO II

Todos meus esforços para adivinhar a causa de uma mudança tão inesperada permaneceram sem resultados assim como as questões que pude fazer. Brigitte estava doente e mantinha teimosamente o silêncio. Depois de passar um dia inteiro ora suplicando que me explicasse, ora esgotando-me em conjecturas, saí sem saber aonde ia. Passando perto da Ópera, um agente ofereceu-me um bilhete e maquinalmente entrei, como era meu costume.

Não conseguia prestar atenção nem no que se passava no palco nem na sala; estava contrariado por tamanha dor e ao mesmo tempo tão estupefato, que, de certa forma, vivia tão dentro de mim que os objetos exteriores pareciam não mais alcançar meus sentidos. Todas as minhas forças concentradas dirigiam-se a um pensamento, e quanto mais o remexia em minha cabeça, menos conseguia enxergá-lo nitidamente. Que obstáculo terrível, vindo subitamente, derrubava então, na véspera da partida, tantos projetos e esperanças? Se era um acontecimento ordinário ou mesmo um verdadeiro infortúnio, como um acidente inesperado ou a perda de algum amigo, por que esse silêncio obstinado? Depois de tudo o que Brigitte fizera, em um momento em que nossos sonhos mais caros pareciam perto de se realizar, de que natureza poderia ser um segredo que destruía nossa felicidade e que ela recusava-se a me dizer? Como! É de mim que ela se esconde? Que suas mágoas, seus negócios, o medo mesmo do futuro, algum motivo de tristeza, de incerteza ou de cólera a retenha aqui algum tempo ou a façam renunciar para sempre a essa viagem tão desejada, por que não me contar? No estado em que se encontrava meu coração, não podia, contudo, supor que houvesse algo censurável. Apenas a aparência de uma suspeita me revoltava e me causava horror. Como, por outro lado, crer apenas em inconstância ou em capricho nessa mulher que eu conhecia tão bem? Perdia-me em um abismo, e nem via a mais débil centelha, o mínimo ponto que pudesse me fixar.

Havia diante de mim, na galeria, um rapaz cujos traços não me eram desconhecidos. Como sempre acontece quando se tem o espírito preocupado, eu o olhava sem me dar conta, e buscava dar um nome ao seu rosto. De repente, reconheci-o: fora ele que, como já disse acima, levara a Brigitte as cartas de N***. Levantei-me precipitadamente para lhe falar, sem pensar no que fazia. Ele ocupava um lugar ao qual eu não podia chegar sem incomodar um bom número de espectadores, e fui obrigado a esperar o entreato.

Meu primeiro movimento foi pensar que, se alguém podia me esclarecer sobre a única preocupação que me inquietava, era esse rapaz mais que qualquer outro. Ele tivera com a senhora Pierson várias conversas nos últimos dias, e lembrei-me que, depois que a deixava, eu a encontrava constantemente triste, não apenas no primeiro dia, mas todas as vezes que ele viera. Ele a vira no dia anterior, na manhã do mesmo dia em que ela adoecera. As cartas que trouxera, Brigitte não me mostrou; talvez ele conhecesse a verdadeira razão que retardava nossa partida. Talvez não conhecesse completamente o segredo, mas certamente poderia me informar qual era o conteúdo dessas cartas, e eu devia supô-lo bem a par de nossos assuntos para não temer interrogá-lo. Estava contente de tê-lo visto, e, assim que a cortina baixou, corri para encontrá-lo no corredor. Não sei se me viu aproximar, mas afastou-se e entrou em um camarote. Decidi esperar que saísse, e andei por quinze minutos, sempre olhando a porta do camarote.

Enfim ela se abriu, ele saiu; cumprimentei-o de longe enquanto avançava ao seu encontro. Ele deu alguns passos com um ar irresoluto; depois, virando-se de repente, desceu a escada e desapareceu.

Minha intenção de abordá-lo fora demasiado evidente para que ele pudesse me escapar assim sem uma intenção formal de me evitar. Certamente conhecia meu rosto, e mesmo que não o conhecesse, um homem que vê outro se aproximar deve ao menos esperá-lo. Estávamos sozinhos no corredor quando avancei em sua direção; assim, estava claro que não quis falar comigo. Nem considerei uma impertinência; um homem que vinha todos os dias a um apartamento onde eu morava, a quem sempre recebi bem quando me encontrei com ele, cujas maneiras eram simples e modestas, como pensar que quisera me insultar? Quis apenas me evitar, e se dispensar de uma conversa desagradável; mas por quê? Esse segundo mistério perturbou-me tanto quanto o primeiro. Por mais que tentasse afastar essa ideia, o desaparecimento desse rapaz ligava-se irrefutavelmente em minha cabeça ao silêncio de Brigitte.

De todos os tormentos, a incerteza é o mais difícil de ser suportado, e, em várias circunstâncias de minha vida, expus-me a grandes infelicidades por não poder esperar pacientemente. Quando voltei à casa, encontrei Brigitte lendo precisamente essas cartas fatais de N***. Disse-lhe que me era impossível permanecer por mais tempo na situação de espírito em que me encontrava, e desejava a todo custo sair dela; que queria saber, fosse qual fosse, o motivo da súbita mudança que lhe ocorrera, e que, caso se recusasse a me responder, veria em seu silêncio uma recusa positiva de partir comigo, e mesmo uma ordem para me distanciar dela para sempre.

Ela me mostrou com repugnância uma das cartas que segurava. Seus familiares escreviam-lhe que sua partida a desonraria para sempre, que ninguém ignorava a causa, e que se sentiam obrigados a lhe declarar de antemão quais seriam os resultados; que ela vivia publicamente como minha amante, e que, ainda que fosse viúva e livre, devia responder pelo nome que carregava; que nem eles e nenhum de seus antigos amigos a reveriam se persistisse; enfim, por todo tipo de ameaças e conselhos, obrigavam-na a voltar à região.

O tom dessa carta indignou-me; em princípio, vi apenas uma injúria.

— E esse rapaz que lhe traz essas reclamações — exclamei —, sem dúvida encarregou-se de fazê-las pessoalmente, e o fez, não é verdade?

A profunda tristeza de Brigitte fez-me refletir e acalmei minha cólera.

— Você fará — disse-me —, o que quiser, e acabará de me perder. Por isso meu destino está em suas mãos, e há muito tempo você é o seu dono. Vingue-se como quiser do último esforço que meus velhos amigos fazem para me chamar à razão, à sociedade, que antes eu respeitava, e à honra, que perdi. Não tenho nada a lhe dizer, e, se quiser até me ditar a resposta, eu a farei da forma que a desejar.

— Não quero nada — respondi —, apenas conhecer suas intenções; cabe a mim, ao contrário, conformar-me a ela, e juro-lhe, estou pronto. Diga-me se você fica ou parte, ou se devo partir só.

— Por que essa questão? — perguntou Brigitte. — Disse-lhe que mudei de opinião? Sofro e não posso partir assim; mas, quando estiver curada ou apenas puder me levantar, iremos a Genebra, como acertado.

Nós nos separamos ao final dessas palavras, e a mortal frieza com que as pronunciara entristeceu-me mais que uma recusa o teria feito. Não era a primeira vez que, por opiniões desse gênero, tentavam romper nossa ligação; mas, até aqui, não importa a impressão que tais cartas deixaram em Brigitte, ela logo mudava de assunto. Como acreditar que esse único motivo teve hoje sobre ela tanta força, quando ele nada pôde nos tempos menos felizes? Procurei se, em minha conduta, desde que estávamos em Paris, não tinha nada a me recriminar. Seria apenas, dizia-me, a fraqueza de uma mulher que teve um ato irrefletido, e que, no momento da execução, recua diante de sua própria vontade? Seria o que os libertinos poderiam chamar um último escrúpulo? Mas essa alegria que há oito dias Brigitte mostrava da manhã até a noite, os projetos tão doces, abandonados, sempre retomados, as promessas, os protestos, tudo isso, no entanto, era sincero, real, sem nenhuma obrigação. Era mesmo comigo que ela queria partir. Não, há nisso algum mistério; e como sabê-lo, se agora, quando a questiono, a razão que me dá pode não ser a verdadeira? Não posso nem lhe dizer que mente nem forçá-la a responder outra coisa. Disse-me que não desistiu de partir; mas, se o diz nesse tom, não devo realmente recusar? Posso aceitar um sacrifício igual, quando é feito como uma obrigação, como uma condenação? Quando o que acreditei me ser ofertado por amor, de certa forma acabo de exigi-lo da palavra dada? Ó Deus, seria então essa pálida e frágil criatura que carregaria em meus braços? Não levaria para tão longe da pátria, por tão longo tempo, talvez para a vida, apenas uma vítima resignada? "Farei", disse ela, "o que quiser". Não, certamente, e não me obrigarei a ter paciência, e se for para ver esse rosto sofredor por mais uma semana, se ela se cala, partirei só.

Como era insensato, teria coragem para tanto? Fora demasiado feliz nestes últimos quinze dias para realmente ousar olhar para trás, e longe de me sentir com essa coragem, pensava apenas nos meios de levar Brigitte. Passei a noite em claro, e no dia seguinte bem cedo, decidi, não importando as consequências, ir até a casa desse rapaz que eu vira na Ópera. Não sei se era cólera ou curiosidade que me empurrava, nem o que no fundo eu queria dele; mas pensava que, dessa maneira, ele pelo menos não poderia me evitar, e isso era tudo o que eu desejava.

Como não sabia seu endereço, entrei no quarto de Brigitte para lhe perguntar, pretextando uma delicadeza que lhe devia depois de todas essas visitas que ele nos fizera; pois nada comentara sobre nosso encontro no teatro.

Brigitte estava na cama, e seus olhos cansados mostraram que ela chorara. Quando entrei, estendeu-me a mão e disse-me:

— O que quer de mim?

Sua voz estava triste, mas terna. Trocamos algumas palavras amigáveis, e saí com o coração menos desolado.

O rapaz que ia ver chamava-se Smith; morava bem perto dali. Quando bati em sua porta, fui tomado por certa inquietude; avancei lentamente e como atingido subitamente por uma luz inesperada. Em seu primeiro gesto, meu sangue congelou. Ele estava deitado, e, com o mesmo tom que há pouco Brigitte, com um rosto tão pálido e tão desfeito, estendeu-me a mão e vendo-me disse a mesma frase: "O que quer de mim?"

Que pensem o que quiseram; há alguns acasos na vida que a razão do homem não poderia explicar.

Sentei-me sem poder responder, e, como se tivesse despertado de um sonho, repeti a mim mesmo a questão que ele me dirigia. O que de fato eu vinha fazer ali?

Como lhe dizer o que me trazia? E supondo que poderia ser útil interrogá-lo, como saber se desejaria falar? Ele trouxera as cartas e conhecia aqueles que as escreveram; mas eu não sabia tanto quanto ele depois do que Brigitte acabara de me mostrar? Custava-me perguntar, e temia que suspeitasse o que se passava em meu coração. As primeiras palavras que trocamos foram polidas e insignificantes. Agradeci-o por ter se encarregado das encomendas da família da senhora Pierson; disse-lhe que ao deixar a França seria nossa vez de lhe pedir alguns serviços; depois disso, permanecemos em silêncio, surpresos de nos encontramos frente a frente.

Olhei ao redor, como as pessoas incomodadas.

O quarto que esse rapaz ocupava ficava no quarto andar, tudo ali anunciava uma pobreza honesta e laboriosa. Alguns livros, instrumentos de música, caixas de madeira clara, papéis em ordem sobre uma mesa coberta por um tapete, uma poltrona velha e algumas cadeiras, era tudo; mas tudo transpirava um ar de limpeza e de cuidado que o conjunto se tornava agradável. Quanto a ele, sua fisionomia aberta e animada causava uma boa impressão; percebi na lareira o retrato de uma mulher idosa; aproximei-me distraído, e ele me disse que era sua mãe.

Lembrei-me então que Brigitte muitas vezes me falara dele, e mil detalhes que esquecera voltaram à minha memória. Brigitte o conhecia desde sua infância. Antes que eu viesse a essa região, ela o via algumas vezes em N***; mas, desde minha chegada, ela fora apenas uma vez, e ele não estava nesse momento. Não foi então por acaso que soube a seu respeito algumas particularidades que, no entanto, me surpreenderam. Ele tinha por único bem um módico emprego que lhe servia para manter a mãe e a irmã; sua conduta com as duas mulheres merecia os maiores elogios. Privava-se de tudo por elas, e, ainda que possuísse como músico alguns talentos preciosos que poderiam conduzir à fortuna, uma probidade e uma reserva extremas sempre o fizeram preferir o repouso às chances de sucesso que se apresentaram. Em resumo, fazia parte desse pequeno número de seres que vivem sem barulho e são gratos aos outros por não perceberem o que eles valem.

Disseram-me sobre ele algumas coisas que bastam para descrever um homem. Fora muito apaixonado por uma bela moça de sua vizinhança, e depois de mais de um ano de assiduidades, consentiram-lhe em dá-la por mulher. Ela era tão pobre quanto ele. O contrato ia ser assinado, e tudo estava pronto para as bodas, quando sua mãe disse-lhe: E sua irmã, quem a casará? Essa única frase o fez compreender que, se a tomasse como mulher, dispensaria com seu lar o que ganhasse com seu trabalho, e que, em consequência, sua irmã não teria dote. Rompeu logo o que havia começado, e renunciou corajosamente ao seu casamento e ao seu amor; foi então que veio a Paris e obteve o lugar que tinha.

Nunca ouvira essa história, sobre a qual falavam na região, sem desejar conhecer o herói. Essa dedicação tranquila e obscura parecera-me mais admirável que todas as glórias dos campos de batalha. E vendo o retrato de sua mãe, logo me lembrei dela, e, desviando meu olhar para ele, fiquei surpreso de achá-lo tão jovem. Não pude me impedir de perguntar sua idade; era a minha; oito horas soaram e ele se levantou.

Aos primeiros passos que deu, eu o via hesitar; ele sacudiu a cabeça.

— O que você tem? — disse-lhe.

Respondeu-me que era hora de ir ao escritório e que não tinha forças para andar.

— Você está doente?

— Tenho febre e sofro cruelmente.

— Mas estava melhor ontem à noite; eu o vi, acho, na Ópera.

— Perdoe-me por não tê-lo reconhecido. Tenho minhas entradas nesse teatro e espero reencontrá-lo lá.

Quanto mais examinava esse rapaz, esse quarto, essa casa, menos sentia forças para abordar o verdadeiro motivo de minha visita. O que pensara na véspera, que ele poderia ter me prejudicado no espírito de Brigitte, desvaneceu-se sem querer; encontrava nele um ar de franqueza e ao mesmo tempo de severidade que me detinha e impunha-me respeito. Pouco a pouco meus pensamentos tomaram outro caminho; olhei-o atentamente, e pareceu-me que ele também me observava com curiosidade.

Tínhamos os dois vinte e um anos, e que diferença entre nós! Ele, habituado a uma existência cujo som regulado de um relógio determinava os movimentos; tendo visto da vida apenas o caminho de um quarto isolado a um escritório escondido em um ministério; enviando à mãe a própria poupança, esse denário da alegria humana, que aperta com tanta avareza toda mão que trabalha; lamentando-se de uma noite de sofrimento porque ela o privava de um dia de cansaço; tendo só um pensamento, um bem, velar pelo bem de outro, e isso desde a infância, desde que tinha braços! E eu, desse tempo precioso, rápido, inexorável, desse tempo de bebedor de suores, que eu fizera? Era um homem? Qual de nós tinha vivido?

O que digo aqui, em uma página, bastou um olhar para senti-lo. Nossos olhos tinham acabado de se encontrar e não se deixavam mais. Falou-me de minha viagem e do país que visitaríamos.

— Quando partem? — perguntou-me.

— Não sei; a senhora Pierson está doente e não sai da cama há três dias.

— Três dias! — repetiu com um movimento involuntário.

— Sim, por que esse espanto?

Ele levantou-se e jogou-se sobre mim, com os braços estendidos e os olhos fixos. Um arrepio terrível o fez estremecer.

— Está sofrendo? — disse-lhe, pegando em sua mão.

Mas, no mesmo instante, ele a levou ao rosto e, não podendo sufocar as lágrimas, arrastou-se lentamente até a cama.

Olhei-o surpreso; a agitação violenta de sua febre o abatera subitamente. Hesitei em deixá-lo nesse estado, e aproxime-me dele novamente. Empurrou-me com força e com um terror estranho. Quando voltou enfim a si:

— Desculpe-me — disse com uma voz débil —, não estou em condições de recebê-lo. Seja gentil e me deixe; assim que minhas forças me permitirem, irei agradecer sua visita.

CAPÍTULO III

Brigitte estava melhor. Como me dissera, quis partir assim que curada. Mas não concordei com isso, e devíamos esperar ainda uns quinze dias para que ela estivesse em condições de suportar a viagem.

Sempre triste e silenciosa, ela era, no entanto, afável. Por mais que tentasse persuadi-la a me falar de coração aberto, a carta que me mostrara era, como afirmava, o único motivo de sua melancolia, pedia-me que não falasse mais sobre isso. Assim obrigado a me calar como ela, buscava inutilmente adivinhar o que se passava em seu coração. A convivência nos pesava e íamos ao espetáculo todas as noites. Ali, sentados um perto do outro no fundo de um camarote, algumas vezes nos seguramos as mãos; vez ou outra, um belo trecho de música, uma palavra que nos tocava, fazia-nos trocar olhares amigáveis; mas, na ida como na volta, permanecíamos mudos, mergulhados em nossos pensamentos.

Vinte vezes por dia, sentia-me prestes a atirar-me aos seus pés, e a lhe pedir, como uma graça, que me desse o golpe mortal ou me devolvesse a felicidade que entrevira; vinte vezes, no momento de fazê-lo, via seus traços se alterarem; ela se levantava e me deixava, ou, com uma palavra fria, parava meu coração em meus lábios.

Smith vinha quase todos os dias. Ainda que sua presença na casa fosse a causa de todo o mal e que a visita que lhe fizera tivesse deixado em meu espírito singulares suspeitas, a maneira pela qual ele falava de nossa viagem, sua boa fé e sua simplicidade me tranquilizavam. Quando lhe falei das cartas que trouxera, não me pareceu tão ofendido, porém mais triste que eu. Ele ignorava o conteúdo delas, e a amizade de longa data que tinha por Brigitte fazia com que as lamentasse vivamente. Não teria se encarregado, dizia, se soubesse o que elas encerravam. Pelo tom reservado que a senhora Pierson mantinha com ele, não podia acreditar em sua confidência. Eu o via então com prazer, ainda que sempre houvesse entre nós uma espécie de mal-estar e de cerimônia. Encarregou-se de ser, depois de nossa partida, o intermediário entre Brigitte e sua família, e de impedir uma ruptura estrondosa. A estima que tinham por ele na região não deveria ser pouco importante nessa negociação, e não me podia impedir de ser-lhe reconhecido. Era um caráter muito nobre: quando estávamos os três juntos, se percebia alguma frieza ou algum constrangimento, via que ele não media esforços para devolver a alegria entre nós; se parecia inquieto com o que se passava, era sempre sem indiscrição e de maneira a deixar claro que desejava nos ver felizes; se falava de nossa ligação, era por assim dizer com respeito, e como um homem para quem o amor era um elo sagrado diante de Deus; enfim, era uma espécie de amigo, e inspirava uma total confiança.

Mas, apesar de tudo e a despeito de seus próprios esforços, ele estava triste, e eu não podia vencer estranhos pensamentos que me tomavam. As lágrimas que vira esse rapaz verter, sua doença que chegou junto com a de minha amante, certa simpatia melancólica que me parecia descobrir entre eles, perturbavam-me e inquietavam-me. Há menos de um mês, com suspeitas menores, teria me exaltado de ciúme; mas agora, do que suspeitar de Brigitte? Qualquer que fosse o segredo que me ocultava, não ia partir comigo? Mesmo assim era possível que Smith fosse o confidente de algum mistério que eu ignorava; de que natureza ele poderia ser? Que poderia haver de censurável na tristeza e na amizade dos dois? Ela o conhecera criança; revia-o depois de longos anos, no momento de deixar a França; encontrava-se em uma situação infeliz, e o acaso queria que ele soubesse, que de alguma forma servisse até de instrumento ao seu mau destino. Não era natural que trocassem alguns olhares tristes, que a visão desse rapaz lembrasse a Brigitte o passado, algumas lembranças e alguns arrependimentos? Podia ele, por sua vez, vê-la partir sem medo, sem pensar, mesmo sem querer, na probabilidade de uma longa viagem, com riscos de uma vida doravante errante, quase proscrita e abandonada? Sem dúvida, devia ser isso, e sentia, quando pensava, que era meu dever levantar, colocar-me entre eles dois, tranquilizá-los, fazê-los crer em mim, dizer a uma que meu braço a apoiaria pelo tempo que assim desejasse; ao outro que lhe era reconhecido pela afeição que nos testemunhava e pelos serviços que iria nos prestar. Sentia-o, e não podia fazê-lo. Um frio mortal apertava-me o coração, e permanecia em minha poltrona.

À noite, depois da partida de Smith, ou nós nos calávamos, ou falávamos dele. Não sei que atração estranha me fazia perguntar todos os dias a Brigitte novos detalhes sobre ele. Ela, no entanto, só tinha a me dizer o que já disse ao leitor; sua vida nunca fora outra coisa além do que era, pobre, obscura e honesta. Para contá-la inteira, bastavam poucas palavras; mas fazia com que as repetisse sem parar, e, sem saber por que, interessava-me.

Ao pensar sobre isso, havia no fundo de meu coração um sofrimento secreto que não me confessava. Se esse rapaz houvesse chegado no momento de nossa alegria, que tivesse trazido uma carta insignificante, que lhe tivesse apertado a mão ao subir no carro, teria eu dado a mínima atenção? Que me tivesse reconhecido ou não na Ópera, que lhe tenham escapado diante de mim lágrimas cuja causa eu ignorava, o que me importava se eu estava feliz? Mas, mesmo não podendo adivinhar o motivo da tristeza de Brigitte, via bem que minha conduta passada, não importa o que ela pudesse dizer, não era agora estranha às suas mágoas. Se tivesse sido o que deveria ser desde os seis meses que vivíamos juntos, nada no mundo, eu o sabia, poderia ter perturbado nosso amor. Smith era apenas um homem comum, mas era bom e devotado; suas qualidades simples e modestas se assemelhavam às grandes linhas puras que o olho percebe sem dificuldade e imediatamente; em quinze minutos, já o conhecíamos, e ele inspirava confiança, e mesmo admiração.

Não podia impedir de me dizer que, se ele tivesse sido o amante de Brigitte, ela teria partido feliz com ele.

Foi de minha própria vontade que atrasei nossa partida, e já me arrependia. Brigitte também, algumas vezes me pressionava. "Quem nos detém?", dizia ela, "Já estou curada, tudo está pronto." Quem me detinha, afinal? Não sei.

Sentado perto da lareira, fixava meus olhos ora em Smith e ora em minha amante. Eu os via pálidos, sérios, mudos. Ignorava por que estavam assim, e sem querer, repetia-me que talvez fosse pela mesma causa, e que não havia ali dois segredos a se descobrir. Mas não era uma dessas suspeitas vagas e doentias que outrora me atormentavam, era uma inquietude invencível, fatal. Como somos estranhos! Agradava-me deixá-los a sós, e abandoná-los ao lado da lareira para ir refletir no cais, apoiar-me no parapeito, e olhar a água como um desocupado das ruas.

Quando falavam de sua estadia em N***, e que Brigitte, quase amável, falava como uma mãe, para lhe lembrar dos dias passados juntos, parecia-me que eu sofria, e, contudo, aquilo me agradava. Eu lhes fazia perguntas; falava a Smith de sua mãe, de suas ocupações, de seus projetos. Dava-lhe ocasião de se mostrar em um dia propício, e forçava sua modéstia a nos revelar seu mérito. — Você gosta muito de sua irmã, não é? Perguntava-lhe. Quando pensa em casá-la? Dizia-nos então, enrubescendo, que o casamento custava muito, que talvez isso acontecesse dentro de dois anos, talvez mais cedo, se sua saúde permitisse-lhe alguns trabalhos extraordinários que lhe valiam algumas gratificações; que havia na região uma família com uma situação bem confortável cujo filho mais velho era seu amigo; que estavam quase de acordo, e que um dia a felicidade viria, como o repouso, sem aviso; que renunciara por sua irmã à pequena parte da herança que o pai lhe deixara; que a mãe se opunha, mas, que apesar dela, manteria sua posição; que um rapaz devia viver de suas mãos, enquanto a existência de uma moça se decidia no dia de seu contrato. Assim, pouco a pouco, descortinava-nos sua vida e sua alma, e eu olhava Brigitte ouvi-lo. Depois, quando se levantava para se retirar, eu o acompanhava à porta, e ali permanecia pensativo, imóvel, até que o ruído de seus passos se perdesse na escada.

Ia então ao quarto e encontrava Brigitte começando a se despir. Contemplava avidamente esse corpo charmoso, esses tesouros de beleza, que tantas vezes eu possuíra. Olhava-a pentear os longos cabelos, amarrar o lenço, e virar-se quando o vestido caía no chão, como uma Diana que entra no banho. Ela deitava-se na cama; eu corria para a minha; e não podia pensar que Brigitte enganava-me nem que Smith estava apaixonado por ela; não pensava nem em observá-los nem em surpreendê-los; não me dava conta de nada. Dizia-me: — Ela é tão bela, e esse pobre Smith é um rapaz honesto;

os dois têm uma grande mágoa, e eu também. Isso me partia o coração, e ao mesmo tempo me aliviava.

Achamos, ao reabrir as malas, que ainda nos faltavam algumas bobagens; Smith encarregara-se de consegui-las. Ele era incansável, e o agradávamos, dizia, quando lhe confiávamos o cuidado de algumas encomendas. Um dia, quando voltava ao apartamento, eu o vi no chão, fechando uma mala. Brigitte estava diante do piano que alugáramos durante o tempo de nossa estadia em Paris. Tocava com muita expressão uma dessas antigas melodias que me eram tão caras. Parei na saleta perto da porta, que estava aberta; cada nota entrava em minha alma; jamais ela cantara tão tristemente e tão divinamente.

Smith a ouvia com prazer; ele estava de joelhos, segurando o fecho da mala. Amassou-a, depois a deixou cair, e olhou as roupas que ele mesmo acabara de dobrar e de cobrir com um pano branco. Terminada a melodia, ele permaneceu assim; Brigitte, com as mãos sobre o piano, olhava ao longe o horizonte.

Vi pela segunda vez saírem lágrimas dos olhos do rapaz; eu mesmo estava quase chorando, e, não sabendo o que acontecia comigo, entrei e estendi-lhe a mão.

— Você estava aí? — perguntou Brigitte.

Ela estremeceu e pareceu surpresa.

— Sim, estou — respondi-lhe. — Cante, minha querida, eu lhe suplico. Quero ouvir novamente essa voz!

Ela recomeçou sem responder; também para ela era uma lembrança. Ela via minha emoção e a de Smith; sua voz alterou-se. Os últimos sons, apenas articulados, pareceram perder-se nos céus; levantou-se e me deu um beijo. Smith ainda segurava minha mão; eu o senti apertá-la com força e convulsivamente; estava pálido como a morte.

Outro dia, trouxera um álbum litografado que representava várias paisagens da Suíça. Nós três o olhávamos, e, vez ou outra, quando Brigitte encontrava um lugar que lhe agradava, detinha-se para observá-lo. Houve um que lhe pareceu superar em muito os outros: era uma paisagem do cantão de Vaud, não muito longe da estrada de Brigue; um vale verde plantado com macieiras onde animais pastavam à sombra; ao longe, um vilarejo com umas doze casas de madeira semeadas em desordem na campina, e distribuídas sobre as colinas ao redor. No primeiro plano, uma moça, com um largo chapéu de palha, estava sentada ao pé de uma árvore, e um menino de fazenda, em pé diante dela, parecia lhe mostrar, com um bastão de ferro na mão, a estrada que ele percorrera; indicava um caminho tortuoso que se perdia na montanha. Acima deles apareciam os Alpes, e o quadro era coroado por três cumes cobertos de neve, tingidos pelas cores do pôr do sol. Nada era mais simples, e ao mesmo tempo nada era mais belo que essa paisagem, o vale assemelhava-se a um lago verde, e o olho seguia seus contornos com a mais perfeita tranquilidade.

— É para lá que iremos? — disse a Brigitte.

Peguei o lápis e tracei algumas linhas sobre a estampa.

— O que está fazendo? — ela perguntou.

— Vejo — disse-lhe — que, com um pouco de destreza, teria de mudar muito esse desenho para que ela se parecesse com você. Esse lindo chapéu da moça creio que lhe cairia muito bem; e não poderia, se conseguisse, fazer com que esse bravo montanhês se parecesse comigo?

Esse capricho pareceu-lhe agradar, e, pegando um arranhador, logo conseguiu apagar sobre a folha o rosto do menino e o da menina. Comecei então a fazer seu retrato, e ela quis fazer o meu. Como as figuras eram muito pequenas, não foi difícil; concordamos que os retratos eram parecidos, e bastava então que neles procurássemos nossos traços para encontrá-los. Depois de rirmos com isso, o livro permaneceu aberto, e como o criado chamou-me por algum assunto, saí alguns instantes depois.

Quando voltei, Smith estava apoiado sobre a mesa e olhava a estampa com tanta atenção que nem percebeu que eu retornara. Estava absorvido em uma fantasia profunda; retomei meu lugar perto da lareira, e foi somente depois que me dirigi a Brigitte que ele levantou a cabeça. Olhou-nos por um momento; depois se despediu apressadamente, e, ao atravessar a sala de jantar, eu o vi bater a testa.

Quando era surpreendido por esses sinais de dores, levantava-me e corria para me trancar.

— Mas o que é? O que é? Repetia. Depois juntava as mãos para suplicar... quem? Não sei; talvez meu bom anjo, talvez meu mau destino.

CAPÍTULO IV

Meu coração pedia-me para partir, e, contudo, eu sempre tardava; à noite, uma volúpia secreta e amarga pregava-me ao meu lugar. Quando Smith devia vir, eu não descansava enquanto não ouvisse o som da campainha.

Como se explica que haja em nós algo que gosta do infortúnio?

Todo dia, uma palavra, um brilho rápido, um olhar, um arrepio, faziam-me estremecer; todo dia, outra palavra, outro olhar, por uma impressão contrária, jogavam-me na incerteza. Por que mistério inexplicável eu os via tão tristes? Por qual outro mistério eu permanecia imóvel, como uma estátua, olhando-os, quando, em mais de uma ocasião semelhante, eu me mostrara furiosamente violento? Não tinha forças para me mexer, eu que em amor sentira esse ciúmes quase feroz, como vemos no Oriente. Passava meus dias esperando e não poderia dizer o que eu esperava. À noite, sentava-me em minha cama, e dizia: "Vejamos, pensemos nisso." E colocava minha cabeça entre as mãos, e depois exclamava: "É impossível!" E recomeçava no dia seguinte.

Na presença de Smith, Brigitte me mostrava mais amizade que quando estávamos a sós. Certa noite, acabáramos de trocar algumas palavras bastante duras. Quando ela ouviu sua voz na saleta, veio sentar-se sobre meus joelhos. Para ele, sempre tranquilo e triste, parecia que ele fazia sobre si mesmo um esforço contínuo.

Seus mínimos gestos eram medidos; ele falava pouco e lentamente; mas os movimentos bruscos que lhe escapavam eram mais surpreendentes por seu contraste com sua continência habitual.

Na circunstância em que me encontrava, posso chamar de curiosidade a impaciência que me devorava? O que responderia se alguém viesse me dizer "O que lhe importa? Você é bem curioso." Talvez, contudo, fosse apenas isso.

Lembro-me de que um dia, no Pont-Royal, vi um homem se afogar. Fazia com os amigos o que, na escola de natação, chamávamos nadar em água corrente, e éramos seguidos por um barco com dois salva-vidas. Era o ponto mais alto do verão; nosso barco bateu em outro, e, subitamente, éramos mais de trinta sob o grande arco da ponte. De repente, no meio de nós, um rapaz entrou em pânico. Ouvi um grito e me virei. Vi duas mãos que se agitavam na superfície da água, depois desapareceu. Mergulhamos imediatamente; mas foi em vão, e apenas uma hora depois conseguiram retirar o cadáver enganchado sob um estrado de madeira.

A impressão que senti enquanto mergulhava no rio jamais sairá de minha memória. Olhava para todos os lados, nas camadas de água escuras e profundas que me envolviam com um surdo murmúrio. Enquanto podia reter meu fôlego, mergulhava sempre mais fundo; depois voltava à superfície, fazia uma pergunta a outro nadador tão inquieto quanto eu; depois retornava a essa pesca humana. Estava cheio de horror e de esperança; a ideia de que talvez fosse pego por dois braços convulsivos causava-me uma alegria e um terror indizíveis, e foi só extenuado de cansaço que voltei a subir no barco.

Quando o deboche não embrutece os homens, uma de suas consequências necessárias é uma estranha curiosidade. Disse, anteriormente, o que senti em minha primeira visita a Desgenais. Dou um pouco mais de detalhes.

A verdade, esqueleto das aparências, quer que todo homem, qualquer que seja, venha em seu dia e em sua hora tocar sua ossada eterna no fundo de alguma mágoa passageira. Isso se chama conhecer o mundo, e esse é o preço da experiência.

Ora, acontece que, diante dessa prova, uns recuam apavorados; outros, fracos e assustados, permanecem vacilantes como as sombras. Algumas criaturas, talvez as melhores, morrem logo. A maioria esquece, e assim tudo flutua para a morte.

Mas alguns homens, certamente infelizes, não recuam nem vacilam, não morrem nem esquecem; quando chega sua vez de tocar o infortúnio, ou seja, a verdade, aproximam-se dela com um passo firme, estendem a mão, e, coisa horrível! tomam-se de amores pelo afogado lívido que sentiram no fundo das águas. Pegam-no, apalpam-no, envolvem-no; e inebriam-se pelo desejo de conhecer; olham as coisas só para ver através; apenas duvidam e tentam; escavam o mundo como espiões de Deus; seus pensamentos se afiam como flechas, e nasce-lhes um lince em suas entranhas.

Os debochados, mais que os outros, estão expostos a esse furor, e a razão é bastante simples. Comparando a vida ordinária com uma superfície plana e transparente, os debochados, nas correntes rápidas, a todo momento tocam o fundo. Quando saem de um baile, por exemplo, vão para um lugar mal afamado. Depois de terem apertado durante a valsa a mão pudica de uma virgem e, talvez, tê-la feito tremer, partem, correm, jogam seus casacos, e sentam-se à mesa esfregando suas mãos. A última frase que acabam de dirigir a uma bela e honesta mulher ainda está em seus lábios; e a repetem morrendo de rir.

Mas o que estou dizendo? Não levantam por algumas moedas de prata essa vestimenta que faz a castidade, o vestido, esse véu pleno de mistério, que parece ele mesmo respeitar o ser que embeleza, e o envolve sem tocá-lo? Que ideia fazem então do mundo? Se nele se acham a todo instante como atores nos bastidores. Quem, a não ser eles, está habituado a essa busca do fundo das coisas, e, caso se possa falar assim, a esses tateamentos profundos e ímpios?

Veja como falam de tudo. Sempre com os termos mais crus, mais grosseiros, mais abjetos; apenas esses lhes parecem verdadeiros, todo o resto não passa de exibição, convenção e preconceitos. Quer contem uma anedota, quer expliquem o que sentiram, sempre a palavra suja e física, sempre a letra, sempre a morte. Eles não dizem: Essa mulher me amou; dizem: Tive essa mulher; não dizem: Eu amo; dizem: eu desejo; não dizem jamais: que Deus queira! sempre dizem: Se eu quisesse! Não sei o que pensam de si mesmos, e que monólogos estabelecem.

Por isso, inevitavelmente, ou a preguiça ou a curiosidade; pois, enquanto se dedicam a ver tudo o que há de pior, não deixam de compreender que os outros continuam a acreditar no bem. Portanto devem ser indiferentes até se tornarem surdos, ou até que esse barulho do resto do mundo os venha despertar em sobressalto. O pai deixa ir seu filho aonde tantos outros vão, aonde o próprio Catão ia; e diz que a juventude passa. Mas, ao retornar, o filho olha sua irmã; e veja o que nele produziu uma hora passada frente a frente com a bruta realidade! Ele se vê obrigado a dizer: Minha irmã em nada se parece com a criatura que deixei. E, a partir desse dia, torna-se inquieto.

A curiosidade do mal é uma doença infame que nasce do contato com o impuro. É o instinto vagabundo dos fantasmas que ergue a pedra dos túmulos; é uma tortura inexplicável com que Deus pune aqueles que falharam; eles gostariam de acreditar que tudo pode falhar, e talvez se arrependessem com isso.

Mas questionam-se, buscam, disputam; inclinam a cabeça de lado como um arquiteto que ajusta um esquadro, e trabalham assim para ver o que desejam. Do mal provado, sorriem; do mal incerto, afirmariam; o bem, desejam ver o que há por atrás. "Quem sabe?" Aí está uma grande fórmula, a primeira palavra que Satã disse, quando viu o céu se fechar.

Ai de mim! Quantos infelizes pronunciaram essa única frase! Quantos desastres e mortos! Quantos golpes de foice terríveis nas colheitas prestes a brotar! Quantos corações, quantas famílias, onde só há ruínas desde que essa palavra se fez ouvir! Quem sabe? quem sabe? Palavra infame! Mais que pronunciá-la, deveriam fazer como os carneiros que não sabem onde é o abatedouro e que para lá vão comendo erva. Isso vale mais que ser um espírito forte e ler La Rochefoucauld.

O que conto agora não é o melhor exemplo que posso dar? Minha amante queria partir e bastava-me dizer uma palavra. Eu a via triste, e por que ficava? o que teria acontecido se tivesse partido? Foi só um momento de temor; três dias de viagem e tudo estaria esquecido. Sozinha comigo, ela só pensaria em mim; o que me importava saber um mistério que não atacava minha felicidade? Ela consentiria, tudo acabaria ali. Bastava um beijo em seus lábios; em vez disso, veja o que eu fiz.

Uma noite em que Smith jantara conosco, retirei-me cedo e os deixei sozinhos. Ao fechar a porta, ouvi Brigitte pedir chá. Na manhã seguinte, ao entrar em seu quarto, aproximei-me por acaso da mesa, e ao lado do bule vi apenas uma única xícara. Ninguém entrara antes de mim, e o criado, claro, ainda não retirara o que servira na véspera. Procurei em torno de mim sobre os móveis se via uma segunda xícara, e assegurei-me de que não havia nada.

— Smith ficou até tarde? — perguntei a Brigitte.

— Ficou até meia-noite.

— Você se deitou sozinha ou chamou alguém para ajudá-la?

— Deitei-me sozinha; todos dormiam nessa casa.

Continuava buscando, e minhas mãos tremiam. Há, em uma comédia burlesca, um ciumento bastante tolo para querer saber o que aconteceu com uma xícara? Por que Smith e a senhora Pierson teriam bebido na mesma xícara? Que nobre pensamento eu acabara de ter!

Mas segurava a xícara, e andava para lá e para cá pelo quarto. Não consegui deixar de rir, e joguei-a no chão. Quebrou-se em mil pedaços, que esmaguei com o sapato.

Brigitte me viu fazer isso sem dizer uma única palavra. Nos dois dias seguintes, tratou-me com uma frieza que mais parecia com desprezo, e a vi ter com Smith um tom mais livre e mais amável que de costume. Ela o chamava Henri, seu nome de batismo, e sorria-lhe familiarmente.

— Quero sair — disse ela depois do jantar. — Vamos à Opera, Otávio? Sinto-me bem para ir a pé.

— Não, eu fico; vá sem mim.

Ela pegou o braço de Smith e saiu. Fiquei só a noite toda; tinha papel diante de mim e queria escrever para fixar meus pensamentos, mas não consegui fazê-lo.

Como um amante, assim que se vê só, tira de seu peito uma carta de sua amante e envolve-se em um sonho querido, assim eu mergulhava com prazer no sentimento de uma profunda solidão, e encerrava-me para duvidar. Tinha diante de mim os dois assentos vazios que Smith e Brigitte acabaram de ocupar; olhava-os com um olhar ávido, como se pudessem revelar-me algo. Repassei mil vezes em minha cabeça o que vira e ouvira; de tempos em tempos, ia até a porta, e lançava um olhar sobre nossas malas, que estavam postas contra a parede e que esperam há um mês; abria-as suavemente, examinava as roupas, os livros, organizados por suas mãozinhas cuidadosas e delicadas; ouvia os carros passarem; o barulho deles fazia com que meu coração palpitasse. Espalhei sobre a mesa nosso mapa da Europa, outrora testemunha de projetos tão doces; e ali, diante de todas as minhas esperanças, nesse quarto onde as concebera e as vira tão perto de se realizar, entregava meu coração ao mais terrível dos pressentimentos.

Como isso era possível? Não sentia nem raiva nem ciúmes e, no entanto, uma dor sem limites. Não suspeitava e, no entanto, duvidava. O espírito do homem é tão estranho que ele sabe forjar, com o que vê e apesar do que vê, cem motivos de sofrimento. Na verdade, seu cérebro se parece com essas celas da Inquisição onde as muralhas são cobertas com tantos instrumentos de suplício que não entendemos nem o objetivo nem a forma, e nos perguntamos, ao vê-los, se são tenazes ou brinquedos. Diga-me, eu pergunto, que diferença há em dizer à sua amante: Todas as mulheres enganam, ou lhe dizer: Você me engana?

O que se passava em minha cabeça talvez fosse, no entanto, tão sutil, tão frágil quanto o mais fino sofisma; era uma espécie de diálogo entre o espírito e a consciência. "Se perdesse Brigitte?", dizia o espírito. "Ela parte com você", dizia a consciência. "Se me enganasse?" "Como o enganaria, ela que fizera seu testamento, onde pedia que rezassem por você!" "Se Smith a amasse?" "Louco, o que importa, pois sabe que é você que ela ama?" "Se me ama, por que é tão triste?" "É o seu segredo, respeite-o." "Se a levo, será feliz?" "Ame-a, ela o será." "Por que, quando esse homem a olha, ela parece temer encontrar seus olhos?" "Porque ela é mulher, e ele é jovem." "Por que, quando ela o olha, esse homem empalidece subitamente?" "Porque é homem, e ela é bela." "Por que, quando fui vê-lo, jogou-se chorando em meus braços? Por que um dia bateu-se na fronte?" "Não pergunte o que não deve saber." "Por que devo ignorar essas coisas?" "Porque é miserável e frágil, e todo mistério pertence a Deus." "Mas por que sofro? Por que não posso pensar nisso sem que minha alma se aterrorize?" "Pense em seu pai e em fazer o bem." "Mas por que não posso? Por que o mal me atrai?" "Ajoelhe-se, confesse; se acredita no mal, você o fez." "Se o fiz, é minha culpa? Por que o bem me traiu?" "Porque está nas trevas, é uma razão para negar a luz? Se há traidores, por que você é um deles?" "Porque temo ser crédulo." "Por que passa as noites vigiando? Os recém-nascidos dormem a essa hora."

"Por que está só agora?" "Porque penso, duvido e temo." "Quando fará sua prece?" "Quando acreditar. Por que me mentiram?" "Porque você mente, covarde, nesse mesmo instante? Por que não morre, se não pode sofrer?"

Assim falavam e gemiam em mim duas vozes terríveis e contrárias, e uma terceira ainda gritava: "Ai de mim! Ai de mim! Inocência! Ai! Ai! Os dias de outrora".

Capítulo V

Que terrível alavanca é o pensamento humano! É nossa defesa e nossa proteção, o mais belo presente de Deus. É nosso e nos obedece; podemos lançá-lo no espaço, e uma vez fora desse frágil crânio, está feito, não somos mais responsáveis.

Enquanto isso, de um dia para o outro, eu sempre adiava essa partida, perdia a força e o sono, e pouco a pouco, sem que me apercebesse, toda a vida me abandonava. Quando me sentava à mesa, sentia um desgosto mortal; à noite, esses dois rostos pálidos, o de Smith e de minha amante, que observava enquanto durava o dia, perseguiam-me em sonhos horríveis. Quando à noite iam ao espetáculo, recusava-me a ir com eles; depois ia sozinho, escondia-me na galeria, e, dali, eu os observava. Fingia fazer algo no quarto ao lado, e ficava uma hora ouvindo-os.

Ora a ideia de brigar com Smith e forçá-lo a lutar comigo tomava-me com violência; virava-lhe as costas enquanto ele me falava, depois o via, com um ar de surpresa, vir até mim estendendo-me a mão; ora, quando estava só à noite e que todos dormiam na casa, sentia a tentação de ir até a escrivaninha de Brigitte e roubar seus papéis. Uma vez fui obrigado a sair para não ceder à tentação. O que posso dizer? Em um dia queria ameaçá-los, com uma faca na mão, matá-los se não me dissessem o motivo de estarem tão tristes; no outro dia, era contra mim que desejava direcionar minha fúria.

Com que vergonha escrevo! E quem me perguntasse o que, no fundo, me fazia agir assim, não saberia responder.

Ver, saber, duvidar, bisbilhotar, inquietar-me e tornar-me miserável, passar os dias com a orelha em pé e a noite afogando-me em lágrimas, repetir que morreria de dor e acreditar que tinha um motivo, sentir o isolamento e a fraqueza desenraizar a esperança em meu coração, imaginar-me espionando, enquanto escutava na sombra apenas o batimento de meu pulso febril; rebater sem fim essas frases banais repetidas em toda parte. "A vida é um sonho". "Não há nada de estável aqui na terra." Maldizer e blasfemar Deus em mim, pela minha miséria e meu capricho: esse era o meu prazer, a cara ocupação pela qual eu renunciava ao amor, ao ar do céu, à liberdade!

Deus eterno, a liberdade! Sim, havia certos momentos em que, apesar de tudo, eu ainda pensava nela. No meio de tanta demência, de estranheza e de estupidez, havia em mim mudanças que de súbito me faziam cair em mim mesmo. Era uma lufada de ar que atingia meu rosto quando saía de minha masmorra; era uma página de um livro que lia, quando, todavia, pegava outros que não os desses bajuladores modernos que chamamos planfetários, e a quem deveríamos proibir, por simples medida de salubridade pública, de despedaçar e de filosofar. Já que falo desses bons momentos, eles foram tão raros que quero citar um. Uma noite estava lendo as *Memórias de Constant* e encontrei essas dez linhas:

"Salsdorf, cirurgião saxão ligado ao príncipe Christian, teve na batalha de Wagram a perna quebrada por um obus. Ele estava deitado sobre a poeira, quase sem vida. A quinze passos dele, Amédée de Kerbourg, ajudante de campo (esqueci-me de quem), atingido no peito por uma bala, cai e vomita sangue. Salsdorf vê que, se esse rapaz não for socorrido, vai morrer de uma apoplexia; junta suas forças, arrasta-se até ele, sangra-o, e salva-lhe a vida.

Ao sair dali, Salsdorf morreu em Viena, quatro dias depois da amputação."

Quando li essas palavras, larguei o livro e comecei a chorar. Não lamento essas lágrimas, elas me valeram um bom dia, pois não fiz outra coisa que falar de Salsdorf, e não me preocupei com mais nada. Não pensei, com certeza, em suspeitar de ninguém naquele dia. Pobre sonhador! devia então me lembrar que eu era bom? De que isso me serviria? A estender ao céu braços desolados, a me perguntar por que estava no mundo e a buscar em torno de mim um obus que caísse e me livrasse para sempre. Ai de mim! foi apenas um raio que atravessou um instante minha noite.

Como esses dervixes insensatos que encontram o êxtase na vertigem, quando o pensamento, girando sobre si mesmo, esgota-se de escavar, cansado de um trabalho inútil, detém-se assustado. É possível que o homem seja vazio, e que de tanto se aprofundar em si mesmo, chegue no último degrau de uma espiral. Ali, como no topo das montanhas, como no fundo das minas, falta o ar e Deus proíbe de ir mais adiante. Então, atingido por um frio mortal, o coração, quase alterado de esquecimento, gostaria de se lançar para fora e renascer; pede novamente a vida ao que o cerca, aspira o ar ardentemente, mas não encontra em torno dele senão suas próprias quimeras, que acaba de animar com a força que lhe falta, e que, criadas por ele, o cercam como espectros sem piedade.

Não era possível que as coisas continuassem assim por mais tempo. Cansado da incerteza, decidi tentar uma prova para descobrir a verdade.

Fui à rua Jean-Jacques Rousseau e pedi cavalos de aluguel para as dez horas da noite. Tínhamos alugado uma carruagem, e ordenei que tudo estivesse pronto na hora indicada. E também proibi que dissessem algo à senhora Pierson. Smith veio jantar; ao sentar-me à mesa, demonstrei mais alegria que de costume, e, sem adverti-los de meu desejo, comecei a falar de nossa viagem. Renunciava a ela, disse a Brigitte, se pensasse que ela já não a queria tanto; estava tão bem em Paris que nada pedia além de ficar pelo tempo que ela achasse agradável. Elogiei todos os prazeres que existem nessa cidade; falei dos bailes, dos teatros, de tantas ocasiões de se distrair que ali eram encontradas a cada passo. Em resumo, uma vez que estávamos felizes, não via por que mudarmos de lugar, e não pensava em partir tão logo.

Esperava que ela insistisse em nosso projeto de ir para Genebra, e, de fato, não deixou de fazê-lo. Mas foi, no entanto, bastante vaga; e, assim que disse as primeiras palavras, fingi concordar com seus argumentos; depois, desviando a conversa, falei de coisas indiferentes, como se tudo estivesse acertado.

— E por que — acrescentei — Smith não viria conosco? É verdade que ele tem aqui ocupações que o prendem, mas não pode conseguir umas férias? Aliás, os talentos que possui, e dos quais não quer aproveitar, não lhe devem garantir uma existência livre e honrada? Que venha sem constrangimentos; a carruagem é grande, e oferecemos-lhe um lugar: é preciso que um rapaz veja o mundo, e não há nada mais triste em sua idade que se fechar em um círculo restrito. Não é verdade? — perguntei a Brigitte. — Vamos, minha cara, que seu crédito obtenha dele aquilo que talvez me recusasse. Convença-o a nos sacrificar seis semanas de seu tempo. Viajaremos juntos, e uma turnê pela Suíça conosco lhe faria encontrar com mais prazer seu gabinete e seus trabalhos.

Brigitte se juntou a mim, mesmo sabendo que esse convite não passava de uma brincadeira. Smith não podia ausentar-se de Paris sem correr o risco de perder seu lugar, e nos respondeu, não sem pesar, que essa razão o impedia de aceitar. Contudo, eu fizera vir uma garrafa de vinho, e, sempre o pressionando, metade rindo, metade seriamente, nós três estávamos bem animados. Depois do jantar, saí por quinze minutos para me certificar de que minhas ordens foram seguidas; voltei então com um ar alegre, e, sentando-me ao piano, propus uma música.

—Passemos aqui nossa noite — disse-lhes. — Se confiam em mim, não vamos ao espetáculo; não sou capaz de ajudá-los, mas sou de ouvi-los. Vamos pedir que Smith toque, caso se aborreça, e o tempo passará mais rápido que lá fora.

Brigitte não se fez de rogada, cantou de boa-vontade; Smith a acompanhava em seu violoncelo. Havíamos levado o necessário para fazer um ponche, e logo a chama do rum queimando nos divertiu com sua claridade. O piano foi trocado pela mesa; retornamos; pegamos cartas; tudo se passou como eu desejava; e nossa preocupação foi apenas de nos divertirmos.

Tinha os olhos fixos no relógio, e esperava impacientemente que a agulha marcasse dez horas. A inquietude me devorava, mas tive forças para nada demonstrar. Enfim chegou o momento acertado; ouvi o chicote do cocheiro e os cavalos entrando no pátio. Brigitte estava sentada perto de mim; peguei sua mão e perguntei-lhe se estava pronta para partir. Ela me olhou surpresa, crendo sem dúvida que estava brincando. Disse-lhe que durante o jantar ela me parecera tão decidida que eu não hesitara em chamar os cavalos, e foi por isso que saí. No mesmo instante entrou o rapaz do hotel, que vinha anunciar que as malas estavam no carro e que esperavam apenas por nós.

—É sério? — perguntou Brigitte. — Você quer partir esta noite?

—Por que não? — respondi. — Já que concordamos que devemos deixar Paris.

—Como? Agora? Agora mesmo?

—Sem dúvida! Tudo não está pronto há um mês? Como vê, foi preciso apenas amarrar nossas malas sobre o carro; já que está decidido que não ficamos aqui, quanto mais cedo não é melhor? Creio que tudo deve ser feito assim e não deixar nada para amanhã. Esta noite você está de humor viajante, e me apresso em aproveitá-lo.

Por que esperar e sempre adiar? Não poderia suportar essa vida. Você quer partir, não é verdade? Então! Partamos, só depende de você.

Houve um momento de profundo silêncio. Brigitte foi até a janela e viu que de fato tudo estava amarrado. Aliás, o tom com que eu falava, não lhe podia deixar nenhuma dúvida, e por mais que essa decisão lhe tenha parecido rápida, ela a tomara. E não podia se desdizer de suas próprias palavras nem pretextar motivo de atraso. Decidiu-se logo; fez algumas perguntas, como para se assegurar de que tudo estivesse em ordem; vendo que nada fora esquecido, buscou de um lado e de outro. Pegou seu xale e seu chapéu, depois os tirou, depois buscou mais alguma coisa.

— Estou pronta — disse ela. — Estou aqui. Partamos então? Vamos partir?

E pegou um candelabro, visitou meu quarto, o seu, abriu os cofres e os armários. Pediu a chave de sua escrivaninha, que perdera, dizia ela. Onde poderia estar essa chave? Ela a guardara fazia uma hora.

— Vamos! Vamos! Estou pronta — repetia com uma agitação extrema. — Partamos, Otávio, desçamos.

E, dizendo isso, continuava procurando, e acabou sentando-se perto de nós.

Estava no sofá e olhava Smith em pé diante de mim. Ele não mudara seu comportamento e não parecia nem perturbado nem surpreso; mas duas gotas de suor lhe corriam sobre as têmporas, e ouvi estalar em seus dedos uma moeda de marfim que ele segurava, e cujos pedaços caíram no chão. Estendeu-nos as duas mãos ao mesmo tempo.

— Uma boa viagem, meus amigos — ele disse.

Novo silêncio; continuava a observá-lo e esperava que acrescentasse uma palavra. Se há um segredo aqui, eu pensava, quando o saberei se não for agora? Os dois devem tê-lo na ponta dos lábios. Que ele saia da sombra, e o pegarei.

— Meu caro Otávio — disse Brigitte —, onde faremos uma parada? Você nos escreverá, não é, Henri? Não esquecerá minha família, e o que puder fazer por mim, você o fará?

Ele respondeu com uma voz emocionada, mas com uma calma aparente, que se comprometia de todo seu coração a servi-la e que não pouparia seus esforços.

— Não posso — disse — responder por nada, e, sobre as cartas que recebeu, há bem poucas esperanças. Mas não será minha culpa se, apesar de tudo, não puder logo lhe enviar alguma boa notícia. Conte comigo, eu lhe sou devotado.

Depois de ter dirigido mais algumas palavras de reconhecimento, dispunha-se a sair. Levantei-me e passei por ele; quis uma última vez dar-lhes ainda um momento juntos, e, logo que fechei a porta, com toda raiva do ciúme decepcionado, encostei minha testa na fechadura.

— Quando a reverei? — perguntou ele.

— Nunca — respondeu Brigitte. — Adeus, Henri. Ela lhe estendeu a mão. Ele se inclinou, levou-a a seus lábios, e tive apenas o tempo de me jogar para trás na escuridão. Ele passou sem me ver e saiu.

Fiquei sozinho com Brigitte, e senti meu coração entristecido. Ela me esperava, seu casaco sobre o braço, e a emoção que sentia era bem evidente para se enganar. Encontrara a chave que procurara, e sua escrivaninha estava aberta. Voltei a me sentar perto da lareira.

— Ouça — disse-lhe sem ousar olhá-la —, fui tão culpado com você que devo esperar e sofrer sem ter o direito de me lamentar. A mudança que se fez em você lançou-me em tal desespero que me foi impossível não lhe perguntar a razão; mas hoje não lhe pergunto mais. Custa-lhe partir? Diga-me; eu me resignarei.

— Partamos, partamos! — respondeu.

— Como quiser; mas seja franca. Não importa o golpe que receba, não posso nem mesmo perguntar de onde ele vem; submeter-me-ei sem murmúrio. Mas se devo perdê-la para sempre, não me devolva a esperança, pois, Deus o sabe! Não sobreviverei.

Ela se virou rapidamente.

— Fale-me — disse ela — de seu amor, não me fale de sua dor.

— Pois bem! Eu a amo mais que minha vida. Comparado ao meu amor, minha dor não passa de um sonho. Venha comigo ao fim do mundo: ou eu morrerei ou viverei por você.

Ao pronunciar essas palavras, dei um passo em sua direção e a vi empalidecer e recuar. Ela empenhava-se em vão para forçar seus lábios contraídos a sorrir e, inclinando-se sobre a escrivaninha:

— Um momento — disse ela —, mais um momento; tenho alguns papéis para queimar.

Mostrou-me as cartas de N***, rasgou-as e jogou-as no fogo; pegou outras, que releu e que espalhou sobre a mesa. Eram faturas de seus fornecedores, e entre elas havia algumas ainda não pagas. Sem deixar de examiná-las, começou a falar com volubilidade, as faces ardentes como na febre. Pedia-me perdão por seu silêncio obstinado e sua conduta desde nossa chegada. Mostrava-me mais ternura, mais confiança que nunca. Batia palmas rindo e se prometia a viagem mais encantadora de todas; enfim ela era só amor, ou pelo menos toda aparência de amor. Não posso dizer o quanto eu sofria com essa alegria fingida; havia, nessa dor que assim desmentia a si mesma, uma tristeza mais terrível que as lágrimas e mais amarga que as recriminações. Eu a teria amado mais se fosse fria e indiferente que agitada assim para se convencer; parecia-me ver uma paródia de nossos momentos mais felizes. Eram as mesmas palavras, a mesma mulher, as mesmas carícias, e o que, quinze dias atrás, me inebriava de amor e de felicidade, repetido assim, causava-me horror.

— Brigitte — disse-lhe de repente —, que mistério você me esconde? Se me ama, que terrível teatro está então representando diante de mim?

— Eu? — disse ela quase ofendida. — O que o faz achar que estou representando?

— O que me faz achar? Diga-me, minha querida, que tem a morte na alma e que está sofrendo um martírio. Aqui estão meus braços prestes a recebê-la; apoie nele a cabeça e chore. Então talvez eu a leve; mas, na verdade, não assim.

— Partamos! Partamos! — repetiu ela mais uma vez.

— Não. Por minha alma! Não agora; não, enquanto houver entre nós uma mentira ou uma máscara. Prefiro o infortúnio a essa alegria.

Ela permaneceu muda, consternada por ver que eu não me deixava enganar por suas palavras, e que a adivinhava apesar de seus esforços.

— Por que nos abusar? — continuei. — Você me estima tão pouco que pode fingir diante de mim? Essa infeliz e triste viagem, acha-se então condenada a ela? Sou um tirano, um senhor absoluto? Sou um carrasco que a arrasta ao suplício? O que tanto teme de minha cólera para chegar a esses desvios? Que terror a faz mentir assim?

— Você está errado — respondeu ela. — Eu lhe peço, nem uma palavra a mais.

— Por que, então, tão pouca sinceridade? Se não sou seu confidente, não posso ao menos ser tratado como amigo? Se não posso saber de onde vêm suas lágrimas, não posso ao menos vê-las derramar? Nem mesmo essa confiança de acreditar que respeito suas dores? O que fiz para ignorá-las? Não poderíamos encontrar a solução?

—Não — dizia ela —, você está errado; você causará a minha e a sua infelicidade se me pressionar mais. Não basta partirmos?

—E como você quer que eu parta, quando basta olhá-la para ver que essa viagem a repugna, que vem contrariada, que já está arrependida? O que é então, meu Deus! E o que me esconde? Para que brincar com as palavras quando o pensamento é tão claro quanto aquele espelho ali? Não seria o último dos homens ao aceitar assim sem nada dizer o que você me dá com tanto arrependimento? Como então o recusaria? O que posso fazer, se você não fala?

—Não, eu não o sigo contrariada; está enganado; eu o amo, Otávio; pare de se atormentar assim.

Ela pôs tanta doçura nessas palavras que me joguei aos seus pés. Quem resistiria ao seu olhar e ao som divino de sua voz?

—Meu Deus! — exclamei. — Você me ama, Brigitte? Minha querida amante, você me ama?

—Sim, eu o amo, sim, eu lhe pertenço; faça de mim que quiser. Eu o seguirei; partamos juntos; venha Otávio, estão nos esperando.

Ela segurava minha mão entre as suas e deu-me um beijo sobre a testa. —Sim, é preciso, murmurou; sim, eu quero, até o último suspiro.

É preciso? Disse a mim mesmo. Levantei-me. Sobre a mesa havia apenas uma folha de papel que Brigitte procurava com os olhos. Ela a pegou, virou-a, depois a deixou cair no chão.

—É tudo? – perguntei.

—Sim, é tudo.

Quando fiz vir os cavalos, não foi com a ideia que de fato partiríamos. Queria apenas fazer uma tentativa; mas, pela própria força das coisas, ela tornara-se realidade. Abri a porta.

—É preciso! — dizia-me. — É preciso! — repetia bem alto.

— O que essa palavra quer dizer, Brigitte? O que há aqui que eu ignoro? Explique, senão eu fico. Por que você deve me amar?

Ela caiu no sofá e torceu suas mãos de dor.

— Ah! Infeliz! Infeliz! — disse ela. — Você nunca saberá amar!

— Então! Talvez, sim, acredito; mas, diante de Deus! Eu sei sofrer. Você deve me amar, não é? Então! Se devo perdê-la para sempre, se essas paredes devem cair sobre minha cabeça, mesmo assim não sairei daqui enquanto não souber qual é esse mistério que me tortura há um mês. Ou fala, ou a abandono. Que eu seja louco, furioso, estrague como quiser minha vida, que lhe peça aquilo que talvez devesse fingir querer ignorar, que uma explicação entre nós deva destruir nossa felicidade e erguer doravante diante de mim uma barreira intransponível, que, assim, eu torne impossível essa partida que tanto desejei; ainda que isso possa nos custar, a você e a mim, você falará, ou renuncio a tudo.

— Não! Não! Não falarei.

— Você falará. Por acaso acha que me engano com suas mentiras? Quando a vejo, da noite para o dia, mais diferente de si mesma que o dia não o é da noite, acha então que estou enganado?

Quando me dá por razão não sei que cartas que nem valem a pena serem lidas, você acha que me contento com o primeiro pretexto apresentado, porque lhe agrada não procurar outro?

Seu rosto é de gesso, para que seja tão difícil de nele ver o que se passa em seu coração? Que opinião tem então sobre mim? Não abuso tanto quanto pensam, e cuidado que pela falta de palavras, seu silêncio não me revele o que você esconde tão obstinadamente.

— O que você quer que eu esconda?

— O que eu quero? Ainda me pergunta? É para me afrontar que me pergunta isso? é para me irritar e se livrar de mim? Sim, com certeza, o orgulho ofendido está aí, só esperando que eu exploda.

Se eu me explicasse francamente, você poderia se servir de toda a hipocrisia feminina; espera que eu a acuse, para me responder que uma mulher como você não se rebaixa a se justificar. Em que olhares de orgulho arrogante não sabem se envolver os mais culpados e os mais pérfidos! Sua grande arma é o silêncio, não é de agora que eu o sei. Não querem ser insultadas, calam-se até que as insultemos; vamos! vamos! lute com meu coração; ali onde o seu bate, você o encontrará; mas não lute com minha cabeça: ela é mais dura que o ferro, e sabe muito sobre você.

— Pobre rapaz — murmurou Brigitte. — Então não quer partir?

— Não! Parto apenas com a minha amante, e nesse momento você não é. Lutei bastante, sofri bastante, devorei o suficiente meu coração. Já é tempo que o dia se levante; vivi o suficiente em uma noite. Sim ou não, você me responde?

— Não.

— Como quiser; eu esperarei.

Fui me sentar no outro canto do quarto, determinado a me levantar só quando soubesse o que queria saber. Ela parecia refletir e andava lentamente diante de mim.

Eu a seguia com o olhar ávido, e o silêncio que ela mantinha aumentava em muito minha cólera. Não queria que ela se apercebesse, e não sabia que partido tomar. Abri a janela.

— Que desatrelem os cavalos — gritei — e que sejam pagos. Não partirei essa noite.

— Pobre infeliz! — disse Brigitte.

Fechei tranquilamente a janela e voltei a me sentar fingindo não ter ouvido; mas sentia uma tamanha raiva que não lhe podia resistir. Esse frio silêncio, essa força negativa me exasperava até o último ponto. Se tivesse sido realmente enganado, e certo da traição de uma mulher amada, não sentiria nada de pior. Assim que me condenei a ficar em Paris, disse-me que Brigitte devia me falar a qualquer preço; buscava inutilmente em minha cabeça um meio de obrigá-la, e para encontrá-lo agora mesmo, teria dado tudo o que possuía. O que fazer? O que dizer? Ela estava ali, tranquila, olhando-me com tristeza.

Ouvi desatrelarem os cavalos; eles se foram trotando, e o ruído de seus guizos logo se perdeu nas ruas. Bastava me virar para que eles retornassem, e, contudo, parecia-me que a partida deles era irrevogável. Empurrei a tranca da porta; algo dizia ao meu ouvido: Aí está você sozinho, frente a frente com o ser que lhe deve dar a vida ou a morte.

Enquanto, perdido em meus pensamentos, esforçava-me para inventar algo que pudesse me levar à verdade, lembrei-me de um romance de Diderot, onde uma mulher, ciumenta de seu amante, usa, para esclarecer suas dúvidas, um meio bastante singular. Ela lhe diz que não o ama mais, e anuncia-lhe que vai deixá-lo. O marques des Arcis (era o nome do amante) cai na armadilha e confessa-lhe que também está cansado de seu amor. Essa cena estranha que lera ainda bem jovem parecera-me um belo golpe de astúcia, e a lembrança que dele guardei me fez sorrir naquele momento. "Quem sabe?", disse-me, "se fizesse o mesmo, Brigitte talvez se enganasse e me contaria qual é seu segredo."

Com uma cólera furiosa, passei subitamente às ideias de astúcia e galhofa. Era assim tão difícil fazer uma mulher falar mesmo não querendo? Essa mulher era minha amante; eu seria bem fraco se não conseguisse meu intento. Joguei-me no sofá com um ar livre e indiferente.

— Pois bem! Minha cara – disse alegremente –não estamos no dia das confidências?

Ela me olhou com um ar surpreso.

—Então, meu Deus! Sim — continuei —, é preciso que dia menos dia encaremos nossas verdades. Olhe, para lhe dar um exemplo, tenho vontade de começar: isso a deixará confiante, e não há nada melhor do que se entender entre amigos.

Sem dúvida que falando assim, meu rosto me traía; Brigitte não parecia ouvir e continuava andando.

—Você sabe bem — disse-lhe — que já faz seis meses que estamos juntos? O tipo de vida que levamos não tem nada que se pareça com algo de que possamos rir. Você é jovem, eu também o sou; e se essa relação deixasse de agradá-la, seria mulher bastante para me dizê-lo? Na verdade, se fosse assim, eu o confessaria francamente. E por que não? é um crime amar? Então não pode ser um crime amar menos, ou não amar. O que haveria de estranho que, em nossa idade, precisássemos de mudança?

Ela parou.

—Em nossa idade! — ela disse. — Dirige-se a mim? Que teatro é esse?

O sangue subiu-me ao rosto. Peguei sua mão.

—Sente-se — disse-lhe — e ouça-me.

—Para quê? Não é você que está falando.

Como estava com vergonha de meu próprio fingimento, desisti.

—Ouça — repeti com força —, e venha, eu suplico, sente-se ao meu lado. Se quer ficar em silêncio, conceda-me ao menos o favor de me ouvir.

—Estou ouvindo; o que tem para me dizer?

—Se hoje me dissessem: "Você é um covarde"; tenho vinte e dois anos e já duelei; minha vida inteira e meu coração se revoltariam. Não saberia então o que sou? Deveria então ir ao lugar onde se desenrola o duelo, deveria me colocar frente a frente com o primeiro que aparecesse, deveria jogar minha vida contra a dele. Por quê? Para provar que não sou covarde; de outra forma o mundo não acreditaria. Apenas essa frase exige essa resposta, todas as vezes que foi pronunciada, e não importa quem.

— É verdade; onde você quer chegar?

— As mulheres não duelam; mas, como a sociedade é feita, não há, no entanto, nenhum ser, de qualquer sexo, que não deva, em certos momentos de sua vida, fosse ela regulada como um relógio, sólida como ferro, ver tudo ser questionado. Reflita; quem você vê escapar a essa lei? Talvez algumas pessoas; mas veja o que acontece com elas: se é um homem, a desonra; se é uma mulher, o quê? O esquecimento. Todo ser que vive a vida real deve, por isso mesmo, provar que vive. Há então para uma mulher como para um homem uma ocasião em que é atacada. Se ela é corajosa, levanta-se, mostra-se, e volta a se sentar. Um golpe de espada não lhe prova nada. Não apenas deve se defender, mas forjar em si mesma as armas. Alguém suspeita dela; quem? Qualquer um? Ela pode e deve desprezá-lo. É seu amante? Será que o ama? Se o ama, ali está sua vida; ela não pode desprezá-lo.

— O silêncio é sua única resposta.

— Você se engana: o amante que a suspeita ofende com isso toda sua vida, eu sei; o que responde por ela, não é? São suas lágrimas, sua conduta passada, seu devotamento e sua paciência. O que acontecerá se ela se calar: Que seu amante a perderá por sua culpa, e que o tempo lhe dará razão. Não é isso o que pensa?

— Talvez; e sempre o silêncio.

— Talvez, é o que diz? Certamente eu a perderei se não me responder; já tomei minha decisão, parto só.

— Pois então! Otávio...

— Pois então! — exclamei. — O tempo então lhe dará razão? Termine; diga ao menos sim ou não.

— Sim, eu espero.

—Você espera! A única coisa que lhe peço é que se pergunte sinceramente. Sem dúvida esta é a última vez que terá a ocasião diante de mim. Diz que me ama, eu acredito mas suspeito de você; sua intenção é que eu parta e o tempo lhe dê razão?

—E do que você suspeita?

—Não queria dizê-lo, pois vejo que é inútil. Mas afinal, miséria por miséria, escolha a sua; prefiro esta: você me engana; ama outro; aí está seu segredo e o meu.

—Mas quem? — perguntou.

—Smith.

Ela colocou sua mão sobre os lábios e virou-se. Não pude dizer mais nada; ficamos os dois pensativos, com os olhos fixos no chão.

—Ouça-me — disse ela com esforço. — Sofri muito, e tomo o céu como testemunha de que daria minha vida por você. Enquanto houver no mundo a mais fraca centelha de esperança, estarei disposta a sofrer mais; e mesmo que devesse reacender sua cólera dizendo-lhe que sou mulher, e, veja só, eu sou, meu amigo. Não se deve avançar demais, nem mais longe que a força humana. Nunca responderei sobre isso. Tudo o que posso agora é ajoelhar-me pela última vez e pedir-lhe que partamos.

Ela se inclinou ao dizer essas palavras. Levantei-me.

—Bem insensato — disse com amargura. — Bem insensato quem, uma vez em sua vida, quer obter a verdade de uma mulher! obterá apenas o desprezo, e o merece, de fato. A verdade! quem a conhece é aquele que corrompe as criadas e que se insinua em sua cabeceira na hora em que elas falam em sonho. Quem a conhece é aquele que se faz de mulher, e que sua baixeza inicia a tudo o que se agita na sombra! Mas o homem que a pergunta francamente, aquele que abre uma mão leal para obter essa terrível esmola, esse não a terá. São prudentes com ele; e como resposta, dão de ombros; e se perde a paciência, mostram sua virtude como uma vestal ultrajada; e deixam sair de seus lábios o grande oráculo feminino, que a suspeita destrói o amor, e que não se poderia perdoar ao que não se pode responder. Ah! Bom Deus, que cansaço! Quando isso vai acabar?

— Quando você quiser, disse ela em tom frio; estou tão cansada quanto você.

— Agora mesmo; deixo-a para sempre, e que o tempo lhe dê razão então. O tempo! Ó tempo! Ó fria amante! Lembre-se desse adeus. O tempo! E a sua beleza, e seu amor, e a felicidade, para aonde foram? Perde-me assim sem arrependimento? Ah! Sem dúvida, o dia em que o amante ciumento souber que foi injusto, o dia em que vir as provas, ele compreenderá que coração ele magoou, não é assim? e chorará sua vergonha; e não terá nem alegria nem sono, e viverá apenas para se lembrar de que já pôde viver feliz. Mas, naquele dia, sua amante orgulhosa talvez empalideça por se ver vingada; e se dirá: Se o tivesse feito antes! E creia-me, se ela amou, nem o orgulho a consolará.

Desejei falar com calma, mas não era mais senhor de mim mesmo; agora era eu que andava com agitação. Há certos olhares que são verdadeiros golpes de espada; eles se cruzam como o ferro: e eram esses que Brigitte e eu trocávamos naquele momento. Eu a olhava como um prisioneiro olha a porta de uma masmorra. Para quebrar o selo que tinha sobre os lábios e para forçá-la a falar, teria exposto minha vida e a sua.

— Aonde vai? — ela perguntou. — O que quer que eu lhe diga?

— O que tem no coração. Não acha que é bastante cruel para que eu o repita assim?

— E você, e você — ela exclamou — não é cem vezes mais cruel? Ah! bem insensato, você diz, aquele que quer saber a verdade! Louca, digo eu, aquela que espera que lhe acreditem! Quer saber meu segredo, e meu segredo é que o amo. E como sou louca! Você procura outro. Essa palidez que me vem de você, você a acusa e a interroga. Louca! Quis sofrer em silêncio, consagrar-lhe minha resignação; quis esconder minhas lágrimas; você as vigiava como testemunhas de um crime; louca! Quis atravessar os mares, exilar-me da França com você, morrer longe de tudo o que me amou, sobre esse coração que duvida de mim; louca! Acreditei que a verdade tinha um olhar, uma voz, que a adivinhavam, que a respeitavam! Ah! Quando penso nisso, as lágrimas me sufocam. Por que, se devia ser assim, ter-me arrastado a uma aventura que perturbará para sempre meu descanso? Minha cabeça está confusa; não sei mais onde estou.

E chorando, ela inclinou-se para mim.

—Louca, louca! — repetia com uma voz lancinante. E então? —continuou. — Até quando insistirá? Que posso fazer com essas suspeitas sempre recomeçadas, sempre outras? Devo, como você diz, me justificar! Do quê? De partir, amar, morrer, desesperar? E se finjo uma alegria forçada, até ela o ofende. Sacrifico-lhe tudo para partir, e nem mesmo uma légua feita, e você já olharia para trás. Em toda parte, não importa o que eu faça, sempre a injúria, a cólera. Ah! Querida criança, se soubesse que frio mortal, que sofrimento é ver assim a mais simples palavra do coração acolhida pela dúvida e pelo sarcasmo! Assim irá se privar da única felicidade existente no mundo: amar com abandono. Irá matar no coração daqueles que o amam todo sentimento delicado e elevado; acabará acreditando apenas no que há de mais grosseiro; e do amor só lhe restará o que é visível e se toca com o dedo. Você é jovem, Otávio, e ainda tem uma longa vida a percorrer; terá outras amantes. Sim, como você diz, o orgulho é pouca coisa, e não é ele que irá me consolar; mas Deus queira que, um dia, uma lágrima sua me pague as que me faz derramar nesse momento!

Levantou-se.

— Devo lhe dizer? Deve saber que há seis meses não me deitei uma noite sem repetir que tudo era inútil e que você jamais se curaria; que não me levantei uma manhã sem me dizer que devia tentar mais uma vez; que não disse uma palavra sem sentir que devia deixá-lo, e que não me fez uma carícia que eu não sentisse que seria melhor morrer; que dia a dia, minuto a minto, sempre entre o temor e a esperança, mil vezes tentei vencer ou meu amor ou minha dor; que, assim que abria meu coração ao seu lado, você lançava até o fundo de minhas entranhas um olhar zombador, e que, mal o fechava, era como se sentisse um tesouro que só você poderia gastar? Devo lhe contar essas fraquezas, e todos esses mistérios que parecem pueris aos que não os respeitam? Que, assim que me deixava enraivecida, fechava-me para reler suas primeiras cartas; que há uma valsa querida que só toquei em vão quando sentia muito vivamente a impaciência de vê-lo chegar? Ah! Infeliz, que todas as lágrimas ignoradas, que todas as loucuras tão doces aos fracos lhe custarão caro! Chore, agora; até esse suplício, essa dor de nada serviu.

Quis interrompê-la.

— Deixe-me, deixe-me — disse ela. — Um dia também deveria lhe falar. Vejamos; por que duvida de mim? Durante seis meses, de pensamento, corpo e alma, só a você pertenci. De que ousa me suspeitar? Quer partir para a Suíça? Estou pronta, como pode ver. Acredita ter um rival? Envie-lhe uma carta que assinarei e você despachará. Que faremos? Aonde vamos? Façamos uma escolha. Não estamos sempre juntos? Então! por que me deixa? Não posso estar ao mesmo tempo perto e longe de você. É preciso, você diz, poder confiar em sua amante; é verdade. Ou o amor é um bem, ou é um mal; se é um bem, deve-se acreditar nele; se é um mal, deve-se curá-lo. Tudo isso, como vê, é um jogo que jogamos; mas nosso coração e nossa vida servem de aposta; e é horrível. Quer morrer? É para já. Quem sou eu então para que de mim duvidem?

Ela parou diante do espelho.

— Quem sou eu? — repetia. — Quem sou afinal? Já pensou nisso? Olhe, então, o rosto que tenho.

Duvidar de você? — exclamou, dirigindo-se à própria imagem.

— Pobre rosto pálido, suspeitam-lhe! Pobres faces magras, pobres olhos cansados, duvidam de vocês e de suas lágrimas! Então! Parem de sofrer; que esses beijos que lhe secaram fechem suas pálpebras. Desça a essa terra úmida, pobre corpo vacilante que não se sustenta mais. Quando lá estiver, talvez acreditem, se a dúvida crê na morte. Ó triste espectro! Em que margem quer então errar e gemer? Qual é o fogo que a devora? Faz projetos de viagem, você que tem um pé no túmulo! Morra! Deus é sua testemunha, você quis amar!

Ah! Que riquezas, que potências de amor despertaram em seu coração! Ah! Que sonho deixaram que sonhasse, e com que venenos a mataram! Que mal fizeste para que a penetrassem com essa febre ardente que a queima? Que furor anima então essa criatura insensata, que com o pé a empurra para o caixão, enquanto seus lábios lhe falam de amor? O que se tornará então, se ainda viver?

Não é hora? Não basta? Que prova de sua dor dará para que lhe acredite, quando em você, você mesma, pobre prova viva, pobre testemunha, não acreditam? A que tortura quer se submeter que não tenha ainda usado? Com que tormentos, quais sacrifícios acalmará o ávido, o insaciável amor? Não passará de um objeto de escárnio; buscará em vão uma rua deserta onde aqueles que passam não a apontarão com o dedo. Perderá sua vergonha, e até a aparência dessa virtude frágil que lhe foi tão cara; e o homem por quem se aviltar será o primeiro a puni-la por isso. A recriminará de viver apenas para ele, de enfrentar a sociedade por ele, e, enquanto seus próprios amigos murmurarão em torno de ti, ele buscará em seus olhares se não percebe demasiada piedade; e a acusará de enganá-lo se uma mão novamente aperta a sua, e se, no deserto de sua vida, por acaso você encontra alguém que possa lamentá-la ao passar. Ó Deus! Lembra-se de um dia de verão em que colocaram sobre sua cabeça uma coroa de rosas brancas? Era esse rosto que a carregava? Ah! Essa mão que a pendurou nas paredes do oratório, também não virou pó como ela! Ó meu vale! Ó minha velha tia, que agora dorme em paz! Ó minhas tílias, meu pequeno cabrito branco, minhas corajosas fazendeiras que tanto me amavam! Lembram-se de me ver feliz, orgulhosa, tranquila e respeitada? Quem então lançou em minha estrada esse estranho que quer arrancar-me dela? Quem então lhe deu o direito de passar pelo caminho de meu vilarejo? Ah! Infeliz, por que virou-se no primeiro dia em que ele a seguiu? Por que o acolheu como um irmão? Por que abriu sua porta e estendeu-lhe a mão? Otávio, Otávio, por que me amou, se tudo devia acabar assim?

Ela estava quase desmaiando, e a levei até uma poltrona, onde encostou a cabeça em meu ombro. O esforço terrível que acabara de fazer falando-me tão amargamente a esgotara. Em vez de uma amante ultrajada, nela encontrei de repente uma criança magoada e sofredora. Seus olhos se fecharam; eu a envolvi em meus braços, e ela permaneceu imóvel.

Quando retomou consciência, lamentou-se de um extremo langor e pediu-me com uma voz terna que a deixasse para que se deitasse. Ela mal podia andar; levei-a até o quarto e suavemente a coloquei em sua cama. Nela não havia qualquer marca de sofrimento; descansava de sua dor como de um cansaço e dele não parecia se lembrar. Sua natureza fraca e delicada cedia sem lutar, e, como ela mesma dissera, fui além de suas forças. Segurava minha mão com a sua; beijei-a; nossos lábios, ainda amantes, se uniram contra nossa vontade, e, ao sair de uma cena tão cruel, ela adormeceu sobre meu coração, sorrindo como no primeiro dia.

ALFRED DE MUSSET

Capítulo VI

Brigitte dormia. Muda, imóvel, eu estava sentado à sua cabeceira. Como um lavrador, depois de uma tempestade, conta as espigas de um campo devastado, assim comecei a penetrar em mim mesmo e a sondar o mau que fizera.

Assim que pensei nele, julguei-o irreparável.

Alguns sofrimentos, por seu próprio excesso, avisam-nos de seu final, e quanto mais sentia vergonha e remorso, mais sentia que, depois de tal cena, restava-nos apenas dizer adeus. Por menos coragem que tivesse, Brigitte bebera até o final a taça amarga de seu triste amor; se não queria vê-la morrer, devia deixá-la se repousar. Muitas vezes ela me fez cruéis recriminações, e talvez as tivesse feito com mais cólera que desta vez; mas, agora, o que me dissera, não eram mais palavras vãs ditadas pelo orgulho ofendido, era a verdade que, reprimida no fundo do coração, quebrara-o para então sair. A circunstância onde nos encontrávamos e a minha recusa em partir com ela, tornavam impossível qualquer esperança; mesmo que quisesse perdoar, ela não teria forças. Até mesmo esse sono, essa morte passageira de um ser que não podia mais sofrer, era um testemunho; esse silêncio súbito, essa doçura que mostrara retornando tão tristemente à vida, esse rosto pálido, e até seu beijo, diziam-me que já se consumara, e, algum vínculo que ainda pudesse nos unir, eu o rompera para sempre. Assim como ela dormia agora, estava claro que, ao primeiro sofrimento que lhe causasse, adormeceria de um sono eterno. O relógio soou, e senti que a hora transcorrida levava minha vida com ela.

Como não desejava chamar alguém, acendi o candelabro ao lado de Brigitte; olhava essa fraca claridade, e meus pensamentos pareciam flutuar na sombra como seus raios incertos.

Não importa o que fizesse ou dissesse, nunca a ideia de perder Brigitte apresentara-se a mim. Cem vezes quis deixá-la; mas quem amou nesse mundo e não sabe o que é isso? Não passava de desespero ou movimentos de cólera. Enquanto sabia ser amado por ela, estava certo de amá-la também; pela primeira vez a intransponível necessidade acabara de se erguer entre nós. Sentia como um langor surdo, onde não distinguia nada claramente. Estava curvado perto da cama, ainda que visse desde o primeiro instante a extensão de meu infortúnio, não sentia seu sofrimento. O que meu espírito compreendia, minha alma, frágil e aterrorizada, parecia recuar para nada ver. Vamos, dizia-me, isso é certo; eu desejei, e o fiz; não há a menor dúvida de que não podemos mais viver juntos; não quero matar essa mulher, assim, só me resta deixá-la. Está decidido; parto amanhã. E, enquanto falava assim, não pensava em meus erros, nem no passado, nem no futuro; não me lembrava nem de Smith nem de nada nesse momento; não conseguiria dizer quem me levara até ali, nem o que fizera na última hora. Olhava as paredes do quarto, e creio que tudo o que me ocupava era no dia seguinte procurar a carruagem com que eu iria.

Permaneci por muito tempo nesse estado de estranha calma. Como um homem que atingido por um golpe de punhal sente primeiro só o frio do ferro; faz ainda alguns passos em seu caminho, e, estupefato, com o olhar perdido, pergunta-se o que lhe aconteceu. Mas pouco a pouco o sangue cai gota por gota, a chaga se entreabre e o deixa escorrer; a terra tinge-se de púrpura negra, a morte chega; o homem, à sua aproximação, treme de horror e cai fulminado.

Assim, tranquilo em aparência, ouvia chegar o infortúnio; repetia-me em voz baixa o que Brigitte me dissera, e dispunha em torno dela o que, pelo costume, eu sabia que lhe prepararriam para a noite; depois a olhava, então ia até a janela e ali ficava com o rosto colado nos vidros, diante de um imenso céu sombrio e pesado; depois retornava para perto da cama. Partir amanhã, este era meu único pensamento, e pouco a pouco essa palavra, "partir", tornava-se inteligível.

— Ah Deus! — exclamei subitamente. — Minha pobre amante, eu a perco e não soube amá-la!

Estremeci a essas palavras, como se não fosse eu a pronunciá-las; elas ressoaram em todo meu ser, como em uma harpa tensionada uma lufada de vento que vai quebrá-la. Em um instante, dois anos de sofrimentos atravessaram meu coração, e depois, deles, como sua consequência e sua última expressão, o presente agarrou-me.

Como explicar tal dor? Talvez com uma única palavra, para aqueles que amaram. Pegara a mão de Brigitte, e, sonhando sem dúvida em seu sono, ela pronunciara meu nome.

Levantei-me e andei pelo quarto; uma torrente de lágrimas escorria de meus olhos. Estendia os braços como para recuperar todo esse passado que me escapava. "Será possível?", repetia; como! Estou perdendo-a? Não posso amar outra que não você. Como! Está partindo? É para sempre? Como! Você, minha vida, minha adorada amante, você me escapa, não a verei mais? "Nunca, nunca", dizia bem alto; e, dirigindo-me a Brigitte adormecida, como se pudesse me ouvir: "Nunca, nunca, não conte com isso; nunca consentirei. E então? Por que tanto orgulho? Não existe nenhum meio de reparar a ofensa que lhe fiz? Peço-lhe, procuremos juntos."

Não me perdoou mil vezes? Mas me ama, não pode partir, e não terá coragem. O que quer que façamos depois?

Uma demência horrível, assustadora, apoderou-se de mim subitamente; ia e vinha, falando ao acaso, buscando sobre os móveis algum instrumento de morte. Enfim, caí de joelhos e bati a cabeça na cama. Brigitte fez um movimento, e então parei.

—E se a acordasse? — disse-me estremecendo. — O que está fazendo, pobre insensato? Deixe-a dormir até de manhã; tem ainda uma noite para vê-la.

Retomei meu lugar; era tanto meu pavor de que Brigitte acordasse, que mal ousava respirar. Meu coração parecia ter parado junto com minhas lágrimas. Permaneci congelado de um frio que me fazia tremer, e como para me forçar ao silêncio: Olhe-a, dizia-me, olhe-a, isso você pode.

Consegui enfim me acalmar, e senti lágrimas mais doces escorrerem lentamente sobre meu rosto. Ao furor que sentira sucedia-se a ternura. Parecia-me que um grito dolorido rasgava os ares; inclinei-me sobre a cabeceira, e fiquei olhando Brigitte, como se, pela última vez, meu bom anjo me dissesse para gravar em minha alma a marca de seus traços queridos.

Como estava pálida! Suas longas pálpebras, envoltas de um círculo azulado, ainda brilhavam, úmidas de lágrimas; seu porte, outrora tão leve, estava curvado como sob um fardo; suas faces, magras e lívidas, repousavam em sua mão delicada, sobre seu braço fraco e oscilante; sua testa parecia trazer a marca desse diadema de espinhos ensanguentados com a qual se coroa a resignação. Lembro-me da cabana. Como era jovem, há apenas seis meses! Como era alegre, livre, despreocupada! O que fiz com tudo isso? Parecia-me que uma voz desconhecida repetia-me uma velha canção que há muito eu esquecera.

Altra volta gieri biele,
Blanch'e rossa com' un fiore;
Ma ora, no. Non son più biele,
Consumatis dal'amore.

Era a antiga canção de minha primeira amante, e, pela primeira vez, esse dialeto melancólico parecia-me claro. Eu a repetia, como se a tivesse guardado até agora em minha memória sem compreendê-la. Por que eu a aprendera, e por que me lembrava dela? Ela estava ali, minha flor esmaecida, prestes a morrer, consumida pelo amor.

— Olhe-a — dizia a mim mesmo, soluçando. — Olhe-a! Pense naqueles que se lamentam que suas amantes não os amam; a sua o ama, ela lhe pertenceu; e você a perde, e não soube amá-la.

Mas a dor era demasiado forte; levantei-me e voltei a andar.

— Sim — continuei —, olhe-a; pense naqueles que o tédio devorou, e que se afastam para arrastar uma dor que não é compartilhada. Os males de que sofre, já sofreram, e nada em você permaneceu solitário. Pense naqueles que vivem sem mãe, sem pais, sem cão, sem amigo; que buscam e não encontram, que choram e de quem zombam, que amam e são desprezados, que morrem e são esquecidos. Diante de você, nesta alcova, repousa um ser que a natureza talvez tenha formado para você. Desde as esferas mais elevadas da inteligência até os mistérios mais impenetráveis da matéria e da forma, essa alma e esse corpo são seus irmãos; há seis meses, sua boca não falou, seu coração não bateu uma vez, sem que uma palavra, um batimento do coração não lhe tenha respondido; e essa mulher, que Deus lhe enviou como envia o orvalho à planta, mal penetrou em seu coração. Essa criatura que, diante do céu, viera com os braços abertos para lhe dar sua vida e sua alma, ela se desvanecerá como uma sombra, e restará apenas o vestígio de uma aparência. Enquanto seus lábios tocavam os dela, enquanto seus braços envolviam seu pescoço, enquanto os anjos do eterno amor os enlaçavam como um único ser com os laços de sangue da volúpia, estavam mais longe um do outro que dois exilados nos limites da terra, separados pelo mundo todo. Olhe-a, e, sobretudo, silencie. Ainda tem uma noite para vê-la, se seus soluços não a despertarem.

Pouco a pouco, minha cabeça se exaltava, e ideias cada vez mais sombrias me agitavam e me assustavam; uma potência irresistível arrastava-me para que mergulhasse em mim.

Fazer o mal! Este era então o papel que a Providência impusera-me! Eu, fazer o mal! Eu, a quem minha consciência, em meio aos meus furores, dizia, no entanto, que eu era bom! Eu, que um impiedoso destino sempre arrastava mais fundo em um abismo, e a quem ao mesmo tempo um horror secreto sempre mostrava a profundidade desse abismo onde eu caía! Eu, que em toda parte, apesar de tudo, ainda que tivesse cometido um crime e derramado o sangue com estas mesmas mãos, ainda me teria repetido que meu coração não era culpado, que me enganava, que não era eu que agia assim, mas meu destino, meu mau gênio, algum ser que habitava o meu, mas nele não nascera! Eu! Fazer o mal! Há seis meses, consumara essa tarefa; nem um dia se passou que eu não tivesse trabalhado nessa obra ímpia, e agora mesmo tinha a prova diante dos olhos. O homem que amara Brigitte, que a ofendera, depois insultara, e então a negligenciara, abandonara para retomá-la, cheia de medos, assaltada de suspeitas, lançada enfim sobre essa cama de dor onde a via estendida, era eu! Batia em meu coração, e vendo-a, não podia crer. Contemplava Brigitte; tocava-a como para estar certo de que era um sonho que me enganava. Meu próprio rosto, que percebia no espelho, olhava-me espantado. Quem é então essa criatura que me aparece com meus traços? Quem é então esse homem sem piedade que blasfemava com minha boca e torturava com minhas mãos? Era ele que minha mãe chamava Otávio? Era ele que outrora, aos quinze anos, entre os bosques e as campinas, eu vira nas claras fontes onde me inclinava com um coração puro como o cristal em suas águas?

Fechei os olhos, e pensava nos dias de minha infância. Como um raio de sol que atravessa uma nuvem, mil lembranças penetravam meu coração.

— Não — dizia-me — não fiz isso. Tudo o que me cerca neste quarto não passa de um sonho impossível.

Lembrava-me do tempo em que ignorava, em que sentia meu coração se abrir aos meus primeiros passos na vida. Lembrava-me de um velho pedinte que se sentava em um banco de pedra diante da porta de uma fazenda, a quem me enviavam algumas vezes para levar de manhã, depois do almoço, os restos de nossa refeição. Eu o via, estendendo suas mãos enrugadas, fraco e encurvado, abençoar-me sorrindo. Sentia o vento da manhã deslizar sobre meu rosto, algo de fresco como o orvalho que caía do céu em minha alma. Depois, de repente, reabria os olhos, e encontrava, na claridade do candelabro, a realidade diante de mim.

— E acha que não é culpado? — perguntava-me horrorizado. Ó aprendiz corrompido de ontem! Porque chora, acha-se inocente? O que considera como testemunho de sua consciência, não será remorso? E que assassino não o sente? Se sua virtude grita-lhe que ela sofre, quem lhe diz que não é porque ela está morrendo? Ó miserável! Essas vozes distantes que ouve gemer em seu coração, acha que são soluços; talvez não passe do grito da gaivota, o pássaro fúnebre das tempestades, atraído pelo naufrágio. Quem nunca lhe contou a infância daqueles que morrem cobertos de sangue? Também eles tiveram seus bons dias; também colocam suas mãos sobre o rosto para algumas vezes se lembrarem disso. Você faz o mal e se arrepende? Nero também, quando matou sua mãe. Quem lhe disse que os prantos nos lavam?

E ainda que fosse assim, que fosse verdade que uma parte de sua alma jamais pertencerá ao mal, o que fará com a outra que lhe pertencer? Tocará com a mão esquerda as feridas abertas pela mão direita; fará um sudário de sua virtude para encobrir seus crimes; atacará, e como Brutus, irá gravar sobre sua espada as bobagens de Platão! Ao ser que lhe abrir os braços, mergulhará no fundo de seu coração essa arma pretensiosa e já arrependida; conduzirá ao cemitério os restos de suas paixões e desfolhará sobre seus túmulos a flor estéril de sua piedade; dirá aos que o virem: "O que querem! Ensinaram-me a matar, e observem que ainda choro por isso, e que Deus me fizera melhor." Falará de sua juventude, convencerá a si mesmo de que o céu deve perdoá-lo, de que seus infortúnios são involuntários, e pontificará suas noites de insônia para que elas o deixem descansar.

Mas quem sabe? Ainda é jovem. Mais confiará em seu coração, mais seu orgulho deve desorientá-lo. E hoje aí está você diante da primeira ruína que deixará em seu caminho.

Se Brigitte morrer amanhã, você chorará sobre seu caixão; para onde irá ao deixá-la? Partirá por três meses talvez, e irá para a Itália; se cobrirá com seu casaco como um inglês atormentado pelo *spleen*, e em uma bela manhã dirá a si mesmo, no fundo de uma hospedaria, depois de beber, que seus remorsos estão apaziguados e que já é tempo de esquecer para reviver. Você que começa a chorar tarde demais, cuidado para um dia não chorar mais. Quem sabe? se não zombarão de suas dores que acha conhecidas; se um dia, no baile, uma bela mulher sorrir de piedade quando lhe contarem que você se lembra de uma amante morta; não irá tirar alguma glória disso, e então se orgulhar daquilo que hoje o entristece? Quando o presente, que o faz estremecer, e que não ousa olhar de frente, se tornar passado, uma velha história, uma lembrança confusa, não poderá você uma noite, por acaso, atirar-se em uma poltrona, durante uma ceia de debochados, e contar, com o sorriso nos lábios, o que viu com os olhos cobertos de lágrimas? É assim que se bebe a vergonha, é assim que se anda aqui na terra. Você começou sendo bom; torna-se fraco, e será mau.

— Meu pobre amigo — disse-me do fundo do coração — tenho um conselho: acho que deve morrer.

Enquanto ainda é bom, aproveite para não ser pior; enquanto a mulher amada está ali, moribunda, sobre essa cama, e que você sente horror de si mesmo, estende a mão sobre o peito dela: ainda vive, e basta; feche os olhos e não os abra mais; não assista aos seus funerais, com medo de que amanhã já esteja consolado; apunhale-se enquanto o coração que carrega ainda ama o Deus que o fez. É sua juventude que o detém? E o quer poupar, é a cor de seus cabelos? Não os deixe nunca embranquecer se não estão brancos esta noite.

E então, o que quer fazer no mundo? Se partir, aonde irá? O que espera se ficar? Ah! Parece que, ao olhar essa mulher, ainda tem no coração um tesouro escondido? Que o que perde, não é tanto o que foi e sim o que poderia ter sido, e que a pior das despedidas é sentir que nem tudo foi dito? O que falava há uma hora? Quando o ponteiro não se mexera, ainda podia ser feliz. Por que não abria sua alma, se sofria? Por que não o dizia, se amava?

Aí está você como o avarento que morre de fome agarrado ao seu tesouro; fechou sua porta, avarento, e se debate por trás dos ferrolhos. Chacoalhe-os então, eles são sólidos; foi sua mão que os forjou. Ó insensato que desejou e possuiu com seu desejo, não pensou em Deus! Brincava com a felicidade como uma criança com um chocalho, e não pensava no quanto era raro e frágil o que tinha em suas mãos; desprezava-o; sorria e recomeçava a desfrutá-lo, e não contava as preces que seu bom anjo fazia durante esse tempo para lhe conservar essa sombra de um dia. Ah! Se existe um deles nos céus que nunca deixou de velá-lo, o que faz neste momento? Está sentado diante de um órgão; suas asas estão meio abertas, suas mãos estendidas sobre o teclado de marfim; ele começa um hino eterno, o hino do amor e do imortal esquecimento. Mas seus joelhos hesitam, suas asas caem, sua cabeça inclina-se como um junco quebrado; o anjo da morte tocou-lhe o ombro, ele desaparece na imensidão!

E com vinte e dois anos você está só sobre a terra! Quando um amor nobre e elevado, quando a força da juventude talvez fizessem de você alguma coisa!

Quando, depois de aborrecimentos tão longos, mágoas tão violentas, tantas irresoluções, uma juventude tão dissipada, podia ver se levantar sobre você um dia tranquilo e puro! Quando sua vida, consagrada a um ser adorado, podia se encher de uma seiva nova, é nesse momento que tudo desaba e desaparece à sua frente! Aí está, não mais com desejos vagos, mas com arrependimentos reais; não mais com o coração vazio, mas despovoado. E ainda hesita! O que espera? Já que ela não quer mais de sua vida, que sua vida não conta mais nada; já que ela o deixa, deixe-a também. Que aqueles que amaram sua juventude chorem por você; eles não são muitos.

Quem foi mudo diante de Brigitte deve permanecer mudo para sempre! Que aquele que passou sobre seu coração ao menos guarde seu traço intacto! Ah meu Deus! Se ainda quer viver, não deveria apagá-la? Que outra escolha sobraria, para conservar teu sopro miserável, senão acabar de corrompê-lo? Sim, é o quanto vale sua vida agora. Para suportá-la seria preciso não apenas esquecer o amor, mas desaprender que ele existe; não apenas renegar o que havia de bom em você, mas matar o que ainda pode sê-lo; pois o que faria se dele se lembrasse? Não daria um passo sobre a terra, não riria, não choraria, não daria esmola a um pobre, não poderia ser bom quinze minutos sem que todo seu sangue, regressado ao coração, grite-lhe que Deus o fizera bom para que Brigitte fosse feliz. Suas mínimas ações ressoariam em você, e, como ecos sonoros, fariam gemer seus infortúnios; tudo o que em sua alma remexesse despertaria um lamento, e a esperança, essa mensageira celeste, essa santa amiga que nos convida a viver, ela mesma se tornaria para você um fantasma inexorável, e se tornaria irmã gêmea do passado; todas essas tentativas de perceber algo não passariam de um longo arrependimento. Quando o homicida caminha pela sombra, segura suas mãos apertadas sobre o peito, com medo de tocar algo e de que as paredes o acusem. É assim que deverá fazer; escolha entre sua alma ou seu corpo: deve matar um dos dois. A lembrança do bem o envia ao mal; faça de você um cadáver, se não quer ser seu próprio espectro.

Ó criança, criança! Morra honesto! Que possam chorar sobre seu túmulo!

Joguei-me ao pé da cama, cheio de um desespero tão horrível que minha razão me abandonava, e que não sabia mais onde estava nem o que fazia. Brigitte deu um suspiro, e, afastando o lençol que a cobria, como se oprimida por um peso inoportuno, descobriu seu seio branco e nu.

A essa visão, todos os meus sentidos se inflamaram. Era dor ou desejo? Não sabia de nada. Um pensamento horrível fizera-me estremecer de repente. "E então", disse-me, "deixar isso para outro!" Morrer, descer na terra, enquanto esse colo branco respirará o ar do firmamento! Deus meu! Outra mão que a minha sobre essa pele fina e transparente! Outra boca sobre esses lábios e outro amor nesse coração! Outro homem aqui, nessa cabeceira! Brigitte feliz, viva, adorada, e eu em um canto do cemitério, virando pó no fundo de uma fossa! Quanto tempo para que ela me esqueça, se não existir mais amanhã? Quantas lágrimas?

Nenhuma, talvez! Nem um amigo, ninguém que se aproxime dela, e lhe diga que minha morte é um bem, que se apresse em consolá-la, que lhe diga para não pensar mais nisso! Se ela chora, desejarão distraí-la; se uma lembrança a atinge, dela a afastarão; se meu amor nela sobrevive, será curada como de um envenenamento; e ela mesma, que, no primeiro dia, talvez diga que quer me seguir, se distanciará depois de um mês, para não ver de longe chorar o salgueiro que plantarão sobre meu túmulo! Como seria diferente? De quem se lamenta quando se é tão bela? Mesmo desejando morrer de mágoa, esse belo seio lhe diria que quer viver, e um espelho a convenceria; e o dia em que as lágrimas secas darão lugar ao primeiro sorriso, quem não a felicitaria, convalescente de sua dor?

Quando, depois de oito dias de silêncio, começar a sofrer se pronunciam meu nome diante dela, uma vez que ela mesma o fará, olhando langorosamente, como se dissesse: "Consolem-me"; então pouco a pouco conseguirá, não evitar minha lembrança, mas não mais falar sobre ela, e quando abrir suas janelas, nas belas manhãs de primavera, quando os pássaros cantam no orvalho; quando se tornar sonhadora e disser: "Amei", ...quem estará lá, ao seu lado? Quem ousará lhe responder que deve amar ainda? Ah! Então não estarei mais aqui! Você o ouvirá, infiel; se inclinará enrubescendo, como uma rosa que vai desabrochar, e sua beleza e sua juventude estarão em seu rosto. Mesmo dizendo que seu coração está fechado, dele deixará sair essa fresca auréola da qual cada raio exige um beijo. Querem ser amadas, aquelas que dizem não amar mais! E qual a surpresa? É mulher; esse corpo, esse colo de alabastro, você sabe o que valem, já lhe disseram; quando os esconde sob seu vestido, não acredita, como as virgens, que o mundo todo se lhe assemelha, e sabe o preço de seu pudor.

Como a mulher que foi elogiada pode se decidir a não sê-lo mais? Acredita-se viva se permanece à sombra, e se há silêncio em torno de sua beleza? Essa mesma beleza é o elogio e o olhar de seu amante. Não, não, não se deve duvidar; quem amou não vive mais sem amor; quem sabe de uma morte se agarra à vida. Brigitte me ama e disso talvez morresse; eu me mato e outro a terá.

— Outro! Outro! — repetia inclinando-me, apoiado na cama, e minha fronte roçava seu ombro. "Não é viúva?", pensei; "já não viu a morte? Essas pequenas mãos delicadas não cuidaram e enterraram?"

Suas lágrimas sabem o quanto duram, e as segundas duram menos. Ah! Deus me preserve! Enquanto ela dorme, o que me impede de matá-la? Se a acordasse agora, e se lhe dissesse que chegou sua hora e que vamos morrer em um último beijo, ela aceitaria.

O que me importa? Será que tudo não acaba aqui?

Encontrei uma faca sobre a mesa, e a segurava em minha mão.

Medo, covardia, superstição! O que sabem aqueles que falam sobre isso? É para o povo e os ignorantes que nos falam de outra vida; mas quem acredita do fundo de seu coração?

Que coveiro de nossos cemitérios viu um morto abandonar seu túmulo e ir bater na porta do padre? Era antigamente que se viam fantasmas; a polícia os proibiu em nossas cidades civilizadas, e só os vivos enterrados apressadamente gritam do seio da terra. Quem tornou a morte muda, se ela nunca falou? Será porque as procissões não têm mais o direito de atravancarem nossas ruas, que o espírito celeste se deixa esquecer? Morrer, aí está o fim, o destino. Deus o dispôs, os homens o discutem; mas nenhum traz escrito em sua testa: "faça o quiser, morrerá". O que diriam se eu matasse Brigitte? Nem ela nem eu nada ouviríamos.

E amanhã em um jornal estará que Otávio de T*** matou sua amante, e depois de amanhã nada mais se falará. Quem nos acompanhará em nosso último cortejo? Ninguém que, ao voltar para casa, não almoce tranquilamente; e nós, estendidos lado a lado nas entranhas dessa lama fresca, o mundo poderia andar sobre nós sem que o ruído dos passos nos desperte. Não é verdade, minha bem-amada, não é verdade que ali estaríamos bem? Não há cama mais macia que a terra; nenhum sofrimento ali nos aguardaria; não falariam nos túmulos vizinhos de nossa união diante de Deus; nossos ossos se abraçariam em paz e sem orgulho; a morte é conciliadora; e o que ela une não se separa mais.

Por que o nada o assustaria, pobre corpo que lhe é prometido? Cada hora que soa, arrasta-o; cada passo que dá, quebra o degrau onde acaba de se apoiar; você só se alimenta dos mortos; o ar do céu pesa e o esmaga, a terra que pisoteia o atrai pela planta dos pés.

Desça, desça! Por que tanto pavor? É a palavra que o horroriza? Diga apenas: Não viveremos mais. Não é de um grande cansaço que é bom se repousar? Por que hesitamos, se a única diferença é um pouco mais cedo ou um pouco mais tarde? A matéria é imperecível, e os físicos, como nos dizem, torturam eternamente o menor dos grãos de poeira sem nunca conseguirem destruí-lo. Se a matéria é a propriedade do acaso, que mal ela faz ao mudar de tortura, já que não pode mudar de senhor? o que importa a Deus a forma que recebi e que rótulo carrega minha dor? O sofrimento vive em meu crânio; ele me pertence, eu o mato; mas a ossada não me pertence, e a devolvo a quem me emprestou; que um poeta a transforme em uma taça onde beberá seu vinho novo! Do que podem me recriminar? E essa recriminação, quem a faria? Que administrador inflexível me diria que abusei? O que ele sabe? Estava em mim? Se cada criatura tem seu dever a cumprir, e se é um crime libertá-la,

ALFRED DE MUSSET   281

que grandes culpados são então as crianças que morrem no seio da ama de leite? Por que foram poupadas? Prestar contas depois da morte, a quem servirá a lição? O céu deveria ser deserto para que o homem fosse punido de ter vivido, pois já basta que tenha de viver e, além de Voltaire em seu leito de morte, não sei quem já perguntou isso; digno e último grito de impotência de um velho ateu desesperado. Para quê? Por que tantas lutas? Quem está lá em cima olhando, e que se agrada com tantas agonias? Quem então se contenta e se abandona a esse espetáculo de uma criação sempre nascente e sempre moribunda? Em ver construir, e a erva crescer; em ver plantar, e o raio derrubar; em ver andar, e a morte gritar "basta"; em ver chorar, e as lágrimas secarem; em ver amar, e o rosto enrugar; em ver orar, se prosternar, suplicar e estender os braços, e nem por isso as colheitas têm uma pitada de fermento a mais? Quem é então que tanto fez, pelo prazer de ser o único a saber que o que fez não é nada? A terra morre; Herschell disse que é o frio; quem então segura em sua mão essa gota de vapores condensados, como um pescador segura um pouco de água do mar e a olha ressecar para ter um grão de sal? Essa grande lei de atração que suspende o mundo em seu lugar, o usa e o corrói em um desejo sem fim; cada planeta carrega suas misérias gemendo sobre seu eixo; eles se arrastam de um lado ao outro do céu, e, desejosos de repouso, buscam quem será o primeiro a se imobilizar.

Deus os retém; eles realizam assídua e eternamente seu trabalho vazio e inútil; giram, sofrem, queimam, apagam-se e acendem-se, descem e sobem, seguem-se e evitam-se, enlaçam-se como anéis; carregam em sua superfície milhares de seres incessantemente renovados; esses seres se agitam, também, cruzam-se; apertam-se um tempo uns contra os outros, depois caem, e outros se erguem; ali onde falta a vida, ele corre; ali onde o ar sente o vazio, ele se precipita; nem uma desordem, tudo é regulado, marcado, escrito em linhas de ouro e em parábolas de fogo; tudo anda ao som da música celeste sobre caminhos impiedosos, e para sempre; e tudo isso não é nada! E nós, pobres sonhos sem nome, pálidas e dolorosas aparências, imperceptíveis efêmeros, nós animados por um sopro de um segundo para que a morte possa existir, nós nos esgotamos de fadiga para provarmo-nos que desempenhamos um papel e que algo se apercebe de nós. Hesitamos em atirar sobre o peito um pequeno instrumento de ferro, e em nos explodir a cabeça com um levantar de ombros; parece que, se nos matamos, o caos vai se restabelecer; escrevemos e redigimos as leis divinas e humanas, e temos medo de nossos catecismos; sofremos trinta anos sem murmurar, e acreditamos que lutamos; enfim o sofrimento é o mais forte, enviamos uma pitada de pólvora no santuário da inteligência, e uma flor cresce sobre nosso túmulo.

Quando acabei essas palavras, havia aproximado do peito de Brigitte a faca que segurava. Não era mais senhor de mim, e não sei, em meu delírio, o que teria acontecido; tirei o lençol para descobrir o coração, e percebi entre os dois seios brancos um pequeno crucifixo de ébano.

Recuei, com medo; minha mão se abriu, e a arma caiu. Foi a tia de Brigitte que, no leito de morte, lhe dera esse pequeno crucifixo. Não me lembrava, no entanto, de tê-lo visto; sem dúvida, no momento de partir, ela o colocou em seu pescoço, como uma relíquia protetora dos perigos da viagem. Juntei as mãos de repente e abaixei-me no chão.

— Senhor meu Deus! — disse tremendo. — Senhor meu Deus, você estava aqui!

Que aqueles que não creem em Cristo leiam esta página; eu também não acreditava. Nem no colégio, nem criança, nem homem, nunca assombrei as igrejas; minha religião, caso tivesse uma, não tinha nem rito nem símbolo, e acreditava em um Deus sem forma, sem culto e sem revelação. Envenenado, desde a adolescência, por todos os escritos do último século, neles bebera logo cedo o leite estéril da impiedade. O orgulho humano, esse deus do egoísta, fechava minha boca à prece, enquanto minha alma assustada refugiava-se na esperança do nada. Estava bêbado e insensato quando vi Cristo sobre o seio de Brigitte; mas mesmo não acreditando, recuei sabendo que ela acreditava. Não foi um terror vão que, nesse momento, deteve minha mão. Quem me via? Era noite, estava sozinho. Eram os preconceitos do mundo? Quem me impedia de afastar de meus olhos esse pequeno pedaço de madeira negra? Podia jogá-lo nas cinzas, e foi minha arma que joguei. Ah! Como o senti até na alma, e o sinto ainda agora! Quão miseráveis são os homens que nunca zombaram daquilo que pode salvar um ser!

Que importa o nome, a forma, a crença? Tudo o que é bom não é sagrado? Como ousam tocar em Deus?

Como, com um olhar do sol, a neve desce das montanhas, e, da geleira que ameaçava o céu, faz um riacho no vale, assim descia em meu coração uma fonte que transbordava. O arrependimento é um puro incenso; ele exalava todo meu sofrimento. Ainda que quase tivesse cometido um crime, assim que minha mão foi desarmada, senti meu coração inocente. Um único instante devolveu-me a calma, a força e a razão; fui novamente até a alcova; inclinei-me sobre meu ídolo e beijei o crucifixo.

— Durma em paz — disse-lhe —, Deus vela sobre você! Enquanto um sonho a fazia sorrir, você acabava de escapar do maior perigo que já correu em sua vida. Mas a mão que a ameaçou não fará mais mal a ninguém; juro por seu próprio Cristo, não matarei nem a você nem a mim. Sou um louco, um insensato, uma criança que se acreditou homem. Deus seja louvado! Você é jovem e viva, e é bela, e me esquecerá. Curar-se-á do mal que lhe fiz, se puder perdoá-lo. Durma em paz até que o dia surja, Brigitte, e decida então nosso destino; qualquer que seja o decreto dado, obedecerei sem reclamar. E você, Jesus, que a salvou, perdoe-me, não lhe diga. Nasci em um século ímpio, e tenho muito a expiar. Pobre filho de Deus esquecido, não me ensinaram a amá-lo. Nunca o procurei nos templos; mas, graças ao céu, ali onde eu o encontro, ainda não aprendi a não tremer.

Ao menos uma vez, antes de morrer, beijei-o com meus lábios sobre o coração de quem o tem em demasia. Protege-a enquanto ele respirar; fique aqui, santo protetor; lembre-se de que um desafortunado não ousou morrer de sua dor ao vê-lo pregado sobre sua cruz; ímpio, salvou-o do mal; se tivesse acreditado, tê-lo-ia consolado. Perdoe aqueles que o fizeram incrédulo, pois o fizeste se arrepender; perdoe a todos os que blasfemaram! Eles nunca o viram, sem dúvida, quando estavam desesperados. As alegrias humanas são sarcásticas, desdenham sem piedade; ó Cristo! Os felizes desse mundo acham que nunca precisam de você; perdoe: quando o orgulho deles o ultraja, suas lágrimas cedo ou tarde os batizam; lamente-os por se acreditarem protegidos das tempestades, e de precisarem, para chegar a você, das lições severas do infortúnio. Nossa sabedoria e nosso ceticismo são em nossas mãos grandes brinquedos de crianças; perdoe-nos por sonhar que somos ímpios, você que sorria no Gólgota. De todas nossas misérias passageiras, a pior é, para nossas vaidades, que elas tentam esquecê-lo. Mas, como vê, não passam de sombras, que um olhar seu faz cair. Você mesmo não foi homem? Foi a dor que o fez Deus; um instrumento de suplício serviu-lhe para que subisse ao céu, e que o levou de braços abertos ao seio de seu pai glorioso; e nós, também é a dor que nos conduz a você assim como o conduziu ao seu pai; apenas coroados de espinhos é que vamos nos inclinar diante de sua imagem; apenas com as mãos ensanguentadas é que tocamos em seus pés cheios de sangue, e você sofreu o martírio para ser amado pelos infelizes.

Os primeiros raios da aurora começavam a surgir; pouco a pouco tudo despertava, e o ar enchia-se de ruídos distantes e confusos. Fraco e esgotado de fadiga, ia deixar Brigitte para repousar um pouco. Quando saía, um vestido jogado sobre uma poltrona deslizou ao chão perto de mim, e dele caiu um papel dobrado. Peguei-o: era uma carta, e reconheci a letra de Brigitte. O envelope não estava lacrado; abri e li o seguinte:

"25 de dezembro de 18...

Quando receber essa carta, estarei longe de você, e talvez nunca a receba. Meu destino está ligado ao de um homem por quem tudo sacrifiquei; viver sem mim lhe é impossível, e vou tentar morrer por ele. Eu o amo. Adeus. Tenha pena de nós."

Virei o papel depois de lê-lo, e vi o endereço: "A M. Henri Smith, em N***, posta restante."

CAPÍTULO VII

No dia seguinte, ao meio-dia, em um belo sol de dezembro, um rapaz e uma mulher atravessaram de braços dados o jardim do Palais Royal. Entraram em um ourives, onde escolheram dois anéis iguais, e, trocando-os com um sorriso, cada um colocou o seu no dedo. Depois de um curto passeio, foram almoçar no Frères-Provençaux, em uma dessas pequenas saletas elevadas de onde se descortina, em todo seu conjunto, um dos mais belos lugares existentes no mundo. Ali, trancados um diante do outro, quando o garçom retirou-se, apoiaram-se na janela e apertaram-se suavemente a mão. O rapaz usava uma roupa de viagem; vendo a alegria que transparecia em seu rosto, poderiam tomá-lo por um recém-casado mostrando pela primeira vez à sua esposa a vida e os prazeres de Paris. Sua alegria era suave e calma, como sempre é a da felicidade. Quem tivesse experiência ali reconheceria a criança que se torna homem, e cujo olhar mais confiante começa a fortalecer o coração. Vez ou outra, ele contemplava o céu, depois voltava à sua amiga, e lágrimas brilhavam em seus olhos; mas as deixava correr sobre suas faces e sorria sem enxugá-las. A mulher estava pálida e pensativa; olhava só para seu amigo. Havia em seus traços como um sofrimento profundo que, mesmo não se esforçando para se esconder, não ousava, contudo, resistir à alegria que via. Quando seu companheiro sorria, ela também sorria, mas não sozinha; quando falava, respondia-lhe, e comia o que lhe servia; mas havia nela um silêncio que só parecia viver por instantes. Em seu langor e em sua indiferença, distinguia-se claramente a apatia da alma, esse sono do mais fraco entre dois seres que se amam e dos quais um só existe no outro e só se anima pelo eco. O rapaz não se enganava quanto a isso e parecia orgulhoso e reconhecido; mas via-se, em seu próprio orgulho, que sua felicidade lhe era nova. Quando a mulher subitamente se entristecia e baixava os olhos ao chão, para tranquilizá-la, ele se esforçava para tomar um ar aberto e resoluto; mas, como nem sempre conseguia, às vezes também se perturbava. Essa mescla de força e de fraqueza, de alegria e de mágoa, de desordem e de serenidade, era impossível de ser compreendida por um espectador indiferente; poderia pensar que ora eram os seres mais felizes sobre a terra e ora os mais infelizes; mas, ignorando o segredo deles, sentiria que sofriam juntos, e, fosse qual fosse a pena misteriosa, via-se que tinham colocado sobre suas mágoas o selo mais poderoso que o próprio amor: a amizade. Enquanto se seguravam as mãos, seus olhares permaneciam castos; mesmo estando sozinhos, falavam em voz baixa. Como esmagados por seus pensamentos, encostaram suas frontes uma contra a outra, e seus lábios não se tocaram. Olhavam-se com um ar terno e solene, como os fracos que desejam ser bons. Quando o relógio soou uma hora, a mulher deu um profundo suspiro, e virando-se um pouco:

— Otávio — disse ela —, e se estiver enganado!

— Não, minha amiga — respondeu o rapaz —, esteja certa, não me engano. Terá de sofrer muito, por muito tempo talvez, e eu para sempre; mas nos curaremos, você com o tempo, e eu com Deus.

— Otávio, Otávio — repetia a mulher —, tem certeza de não se enganar?

— Não creio, minha cara Brigitte, que possamos nos esquecer; mas creio que, neste momento, ainda não podemos nos perdoar, e, no entanto, é isso que devemos a todo custo, mesmo não nos revendo mais.

— Por que não nos reveríamos? Por que um dia?... Você é tão jovem!

Ela acrescentou com um sorriso:

— Ao seu primeiro amor, nos reveremos sem perigo.

— Não, minha amiga; pois, saiba, sempre a reverei com amor. Possa aquele a quem a deixo, a quem a dou, ser digno de você! Smith é corajoso, bom e honesto; mas, por maior que seja o amor que tem por ele, sabe que ainda me ama; pois, se eu quisesse ficar ou levá-la, você concordaria.

— É verdade — respondeu a mulher.

— Verdade? Verdade? — repetiu o rapaz olhando-a com toda sua alma. — Verdade? Se eu desejasse, viria comigo? Depois continuou suavemente: É por essa razão que não devemos mais nos ver. Há certos amores na vida que perturbam a cabeça, os sentidos, o espírito e o coração; e, entre todos eles, apenas um não perturba, mas penetra, e este só morre com o ser no qual se enraizou.

— Mas não deixará de me escrever?

— Não, primeiro, por algum tempo, pois o que devo sofrer é tão rude, que a ausência de qualquer forma habitual e amada agora me mataria. Foi pouco a pouco e com cautela que, não me conhecendo, aproximei-me, não sem temor, que me tornei mais íntimo, que enfim... Não falemos do passado. E é pouco a pouco que minhas cartas se tornarão mais raras, até o dia em que cessarão. Descerei então da colina que escalei durante um ano. Haverá nisso uma grande tristeza e quem sabe algum encanto também. Quando se para, no cemitério, diante de um túmulo fresco e verdejante, onde estão gravados dois nomes queridos, sente-se uma dor cheia de mistério que faz escorrer lágrimas de amargura, e é assim que algumas vezes quero me lembrar de ter vivido.

A mulher, depois dessas últimas palavras, jogou-se na poltrona e soluçou. O rapaz desabou em lágrimas; mas permaneceu imóvel e como se ele próprio não quisesse se aperceber de sua dor. Quando as lágrimas cessaram, aproximou-se de sua amiga, pegou-lhe a mão e a beijou.

— Acredite — disse ele —, ser amado por você, seja qual for o nome que o lugar que se ocupa em seu coração carregue, dá força e coragem. Nunca duvide disso, minha Brigitte, ninguém a compreenderá melhor que eu; outro a amará mais dignamente, ninguém a amará mais profundamente. Outro cultivará em você qualidades que ofendo; a envolverá com seu amor; você terá um melhor amante, não terá um melhor irmão. Dê-me a mão e deixe o mundo rir com uma frase sublime que não compreenderá:

"Restemos amigos, e adeus para sempre". Quando pela primeira vez estivemos um nos braços do outro, havia algum tempo que algo em nós sabia que iríamos nos unir. Que essa parte de nós, que se beijou diante de Deus, não saiba que nos deixamos aqui na terra; que uma miserável disputa passageira não desfaça nosso beijo eterno!

Ele segurava a mão da mulher; ela se levantou, ainda banhada de lágrimas, e, com um sorriso estranho, foi para frente do espelho; tirou um par de tesouras e cortou uma longa trança de cabelos; depois se olhou por um instante, assim desfigurada e privada de uma parte de um de seus mais belos ornamentos, e a deu ao seu amante.

O relógio soou mais uma vez, era hora de descer; quando novamente passaram sob as galerias, pareciam tão alegres como quando ali chegaram.

— Que belo sol — disse o rapaz.

— É um belo dia — disse Brigitte —, e nada o apagará.

Ela bateu sobre seu coração com força; apressaram os passos e desapareceram na multidão. Uma hora depois, uma pequena carruagem passou sobre a pequena colina, última barreira de Fontainebleau. O rapaz estava sozinho; olhou uma última vez sua cidade natal ao longe, e agradeceu a Deus por ter permitido que, de três seres que por sua culpa sofreram, restasse apenas um infeliz.

NOTAS DO
TRADUTOR

Página 19, *abelha*
As abelhas foram adotadas como símbolo do ideal de liberdade
durante a Revolução Francesa e, mais tarde, por Napoleão. Faziam
parte das tapeçarias, decorações e dos mantos imperiais.

Páginas 73 e 271, a tradução para a canção tirolesa é a que segue:
*Outrora bela/Branca e rosa como uma flor/Mas não
agora, não é mais bela/Consumado o amor.*

Página 90, *Nouvelles Nouvelles*
Coletânea de histórias encomendada pelo duque
de Borgonha, Felipe, o Bom, em 1462.

Página 101, a tradução para o trecho em italiano retirado de
A divina comédia, de Dante Alighieri é a que segue:
Semelhante à pessoa enferma/Que, no leito jazendo/Não descansa.

Página 131, *rosière*
Jovem a quem se oferece solenemente, em alguns vilarejos, um prêmio
de virtudes, simbolizado por uma coroa de rosas, e uma recompensa.

Este livro foi composto em
Crimson Roman no corpo 10.5/15
e impresso em papel Pólen bold 90g/m^2 pela
Prol gráfica.